KB075259

조선의 왈가닥 비바리

조선의 **왈가닥**
비바리

천영미 장편소설

조선의 왈가닥 비바리

2쇄 발행 2022년 7월 22일

지은이 천영미
펴낸이 배선아
편 집 박미애
디자인 엄인경
펴낸곳 (주)고즈넉이엔티

출판등록 2017년 3월 13일 제2021-000008호
주소 서울특별시 중구 청계천로 40, 1203호
대표전화 02-6269-8166 **팩스** 02-6166-9199
이메일 gozknockent@gozknock.com
홈페이지 www.gozknock.com
블로그 blog.naver.com/gozknock
페이스북 www.facebook.com/gozknock
인스타그램 www.instagram.com/gozknock

ⓒ 천영미, 2022
ISBN 979-11-6316-301-5   03810

표지/내지이미지 Designed by Freepik, Getty Images Bank
무료폰트, 마포 브랜드(마기찬 디자이너), Mapo금빛나루

차례

1부

바다 이야기 1

모든 시작이 그렇듯 주변은 온통 어슴프레하고, 고요함을 너머 적막함에 에워싸인 듯하다.

긴긴 세월 동안 그 상태로 존재하던 나는, 어느 날 갑자기 거대한 힘에 휩쓸려 큰 소용돌이에 빠져들었다. 있는 힘껏 발버둥 치다가 겨우 제 자리를 잡고 정신을 차려 보니, 출렁이는 촉감이 온통 나를 뒤덮고 있었다.

그리고 내 안엔 셀 수 없이 많은 생명체들이 요동치고 있었다. 불현듯 내 안에 깃든 생명체들을 잘 길러내야 한다는 막중한 책임이 나를 가득 채우고 있었다.

나는 '바다'라 불린다.

오오!

나를 그저 무식한 큰 물 덩어리로, 혹은 사납기만 한 거대한 힘으로 규정하려 한다면, 절대 사절이다!

　나는 놀라우리만큼 정교한 구조로 이루어져 있고, 뭐라 규정할 수 없는 거대한 힘들과 협력하고, 때론 맞서기도 하면서 내 안의 생명체들을 지켜내느라 사력을 다하고 있다. 그러니 제발 나를 가만히 멈춰 있는 물 덩어리로 치부하지 말아주시길!

　나는 모든 생명체를 귀히 여기는 존재이자, 생명체 하나마다 깃들어 있는 삶의 의미를 존중하고 돕는 존재이며, 위대한 생명의 근원지다.

　그런 나를 인간들이 고작 '바다'라는 명칭으로 부를 뿐이다.

빨강 댕기

쏴! 철썩 쏴아아! 철썩.

작은 그림자 하나가 바위를 때리는 파도 소리를 하염없이 듣고 있었다.

"만덕아, 이제 그만 집에 가자. 아방(아버지의 제주 방언)은 오늘도 못 오시는 거 같다."

"그래, 그만 가자. 오늘도 밥때 놓치면 어망(어머니의 제주 방언)이 또 뿔날 거다."

사내아이 둘이 작은 여자아이 주변을 맴돌았다.

"싫다. 그리 밥이 좋으면 다들 먼저 가라. 나는 아방 올 때까지 있을 거다."

매몰차게 쏘아붙인 여자아이가 씩씩대며 대꾸했다.

"만재야, 우리 그냥 만덕이 버리고 가자. 저 황소고집을 무슨 수로 꺾겠냐.”

사내아이들이 휑하니 가버린 자리에 덩그러니 남은 아이. 톡 튀어나온 짱구 이마에 커다란 눈망울을 지닌 꼬마는 호기심을 가득 담은 눈으로 지치지도 않고 바다 너머를 바라보았다.

“앗! 앗! 우와아!”

지평선 너머의 작은 점을 가리키며 아이가 통통 튀어 올랐다.

“아방이다, 아방! 아방!”

들리지도 못할 소리가 파도 너머로 흘러갔다.

먼 뱃전에서 아방이 지켜볼 거라 굳게 믿는 아이는 뱅글뱅글 돌며 아방을 반기는 춤을 춰댔다.

“만덕아! 우리 이쁜 짱구!”

“아방!”

두 부녀의 요란스런 상봉에 뭍으로 내리는 사람들이 머리를 절레절레 흔들어댔다.

“저 둘은 전생에 부부였나 봐. 어찌 저리들 좋을까.”

“웅렬이가 팔푼이지, 딸 팔푼이. 하하하!”

“아니야, 만석 애비가 우리 염장을 지르는 게야. 나도 저렇게 마중 나와 주는 딸 하나 있음 좋겠다.”

이십여 일이 넘는 여정에 지친 사내들이 하나둘 집으로 돌아가자, 만덕은 기다렸다는 듯 아비의 얼굴에 뽀뽀를 쪽쪽 해댔다.

"아이고, 우리 만덕이. 못 본 새 더 예뻐졌네. 오라방(오라버니의 제주 방언)이랑 만재는?"

"다들 밥 먹을라고 일찍 들어갔어. 밥이 아방보다 더 좋은가 봐."

"그래서 너 혼자 아방 기다린 거야? 컴컴해지는데, 안 무서웠어?"

"아방이 올 텐데 뭐가 무서워?"

큰 눈망울을 또로록 굴리는 아이가 귀여워 사내는 덥수룩한 수염을 아이 얼굴에 비벼댔다.

"아방. 여기에 뭐가 있네?"

아비의 품을 파고든 아이가 가슴팍에서 만져지는 물건에 눈을 반짝였다.

"그거, 우리 짱구 줄라고 아방이 사왔지."

"진짜? 뭔데? 뭔데?"

사내가 품속에서 꺼내 든 것은 예쁜 댕기였다. 이제 일곱 살이 된 딸아이가 매면 눈부시게 예쁠 빨간색 댕기였다.

"아방, 이게 뭐야?"

난생처음 댕기를 본 아이가 호들갑을 떨었다.

"머리끝에 매면 아주 예쁜 거야. 아방은 잘 못 하니까, 얼른 가서 어망한테 해달라고 하자."

딸아이를 번쩍 들어 목마를 태운 사내는 석양빛을 등지고 안식처로 향했다.

만덕의 아비 김응렬은 전라도 나주와 탐라를 오가며, 뭍의 쌀을 섬으로 가져와서 팔고, 탐라의 미역과 전복을 뭍으로 사가는 상인이었다. 그는 먼 뱃길 여정에 심하게 구토를 하던 어느 날, 수줍은 듯 미소 지으며 물 한사발을 건네던 섬 처녀가 좋아 탐라에 머물게 되었다.

생사를 알 수 없는 뱃길 여정은 한번 떠나면 근 이십 일이 넘도록 이어졌지만 만선(滿船)으로 돌아와 가족들을 먹이고 입히는 게 즐거운 타고난 뱃사람이었다.

남편이 뭍에 나가는 날이면, 새벽마다 정화수를 떠놓고 무사귀환을 빌던 고씨 부인은 멀리서 들려오는 남편의 웃음소리에 얼굴이 환해졌다.

"오셨어요?"

남편의 온전한 모습을 확인하고서야 부인의 얼굴에 안도감이 스쳤다.

"어망! 나 이거 빨리 해줘."

"어머! 댕기네?"

"아방이 머리에 하면 이쁜 거래. 빨리빨리!"

아이의 손에 들려 있는 댕기는 한눈에 봐도 귀한 물건이었다. 새까만 머리끝에 맨 빨강 댕기는 가족들의 감탄을 자아냈다.

"우와! 우리 짱구 이쁘네. 시집가도 되겠어. 하하하."

아비의 얼굴에 함박웃음이 묻어났다.

"이건 만석 어망 꺼. 이건 만석이랑 만재 꺼."

갈라지고 부르튼 손으로 내민 것은 어여쁜 부채와 팽이였다.

"와, 아방! 이거 지금 가지고 놀아도 되지요?"

대답도 듣기 전에 쌩하니 사라진 아들들을 흐뭇하게 보던 사내가 부인에게 고개를 돌렸다.

"이게 요즘 나주에서 아주 잘 팔리는 물건이래. 어때?"

"너무 예뻐요."

고씨 부인은 부채를 만지작거리며 울먹였다. 그녀는 무사히 귀가해주는 것만으로도 다행스러운데, 늘 이렇게 가족들을 살뜰히 챙기는 남편이 고맙기만 했다. 만덕과 만덕의 어미는 뭍에서 나는 물건들을 사 나르는 아비 덕에 동네 여인들에게 늘 부러움을 샀다.

탐라.

성종 원년(1470)부터 인조 2년(1624)까지 약 150년 동안 섬에서 굶주리던 백성들이 뭍으로 도망을 치자, 제주 삼읍(제주목, 대정현, 정의현)의 백성 수는 급격히 감소되었다. 이에 조정에서는 국법으로 엄히 정하여 탐라 주민들의 도망을 금지시켰는데, 이를 출륙금지령이라고 한다. 이후로 탐라는 바다 위에 떠 있는 감옥 아닌 감옥이 되었고, 탐라의 백성들은 꼼짝없이 갇힌 채 폐쇄된 삶을 살아야 했다.

탐라의 백성들은 대부분 포작(남자 잠수부)이나 격군(노잡이), 잠녀(해녀)들이었다. 잠녀는 포작이나 격군과 혼인해서 가정을 꾸렸다. 조정에서 진귀한 해산물을 많이 징수하자 포작은 깊은 바다에서 해삼과 전복을 잡았고, 잠녀들은 주로 우뭇가사리와 미역을 채취했다. 그러나 고된 노동에 격군과 포작들이 뭍으로 도망치는 일이 빈번해지자, 관리들은 진상품을 채우기 위해 도주한 포작과 격군의 부인들을 닦달하였고, 연좌처벌을 면하기 위해 이제 물질은 오롯이 잠녀들의 몫이 되었다.

그러니 동네 잠녀들의 눈에는 남편의 자상한 보살핌을 받는 만덕과 만덕 어미가 팔자 좋은 천상의 여인들 같았다. 잠녀는 결혼해서 아들을 낳아도 격군이나 포작이요, 딸을 낳아도 잠녀였다. 물질에서 벗어날 수 없는 삶이 그들을 옭죄었다.

만덕 아비는 동네의 궂은일을 마다하지 않았고, 만덕 어미는 마음 밭이 고와 자신이 가진 것을 나눌 줄 아는 사람이었다. 아픈 잠녀의 집에 일부러 들러 쌀 한주먹이라도 가져다줘야 마음이 편했고, 바쁜 잠녀들의 집에 가끔씩 들러 나물 반찬이라도 놓고 와야 직성이 풀리곤 했다. 이들은 탐라 주민들의 마음에 큰 위안으로 자리 잡고 있었다.

꽃활찌

"어망! 나 오늘 늦어."

"웅? 오늘은 어디에서 놀 건데?"

"오늘 개둥이 귀빠진 날이라서, 일찍 개둥이 물질하는 거 도와주고, 산에 꽃구경 가려고."

아침밥을 오물대며 먹던 아이가 야무지게 대답하자, 고씨 부인은 할 말을 잃었다. 딸아이는 굳이 잠녀도 아닌데 재미 삼아 자맥질을 배우더니, 요즘은 곧잘 이쁜 조가비도 주워오고, 미역도 따오곤 했다. 어디 그뿐인가. 주워온 조가비는 잘 말려서 목걸이도 만들고, 그림을 그려 넣기도 할 정도로 어린 딸아이는 손끝도 야무지고 재주도 있었다.

"만덕아! 물에서는 늘 조심해야 돼. 너는 잠녀가 아니잖아. 태어나면서부터 물질을 한 개둥이는 너랑 달라. 개둥이가 깊은 바당(물질하기 적합한 바다)에 들어가더라도 함부로 따라 들어가면 안 돼."

어미가 걱정스런 목소리로 말하자, 만덕이 방긋이 웃으며 대답했다.

"어망! 내가 개둥이보다 물질 훨씬 잘해."

"으이구, 이 멍청아! 그 말이 아니잖아. 그냥 조심하라고."

옆에서 밥을 아구아구 씹어 먹던 만석이가 만덕의 머리통을 콩 쥐어박으며 면박을 주었다.

"아얏! 왜 자꾸 머리통을 때려? 안 그래도 튀어나온 이마 때문에 창피해 죽겠는데!"

만덕과 만석의 투닥거리는 모습에 아비는 삐져나오는 웃음을 참았다.

'좀 많이 튀어나오긴 했지. 우리 짱구 이마가⋯⋯.'

"개둥아! 개둥아!"

멀리서 뒤뚱뒤뚱 걸어오는 개둥이를 보자, 만덕은 쏜살같이 달려갔다. 아니나 다를까 개둥이는 물소중이(잠녀들의 물옷, 하의)와 물적삼(잠녀들의 물옷, 상의)을 입고, 양손에 커다란 두렁박 두 개를 들고 낑낑대며 걸어오고 있었다.

"내 옷은?"

두렁박 하나를 받아들며 만덕이 물었다.

"어망 몰래 껴입고 나오느라 죽는 줄 알았다."

개둥이가 두 겹으로 겹쳐 입은 물소중이와 물적삼을 하나씩 벗어주었다.

"하하하, 그래서 네 걸음걸이가 그랬구나. 미역국은 먹었어?"

"미역국은 무슨! 내가 미역을 캐와야 끓여주겠지, 우리 어망이."

귀빠진 날 밥도 못 얻어먹고 일하러 나온 개둥이가 투덜댔다.

"우리 빨리 끝내고, 산에 꽃 구경 가자."

"그래그래. 빨리 해 치우자."

퐁당퐁당 물에 뛰어든 두 여자아이의 웃음소리가 바닷바람에 메아리쳤다.

탐라 잠녀들은 입에 늘 서글픈 노래를 달고 살았다.

"저승의 돈 벌어 이승의 자식을 먹여 살리주."

"소로 못 태어나니 여자로 태어났주."

잠녀들은 평생을 물속에서 목숨을 내던진 채 살아가지만, 다행히 그녀들 사이에는 어린 잠녀들의 미숙함을 보듬어주는 '의리'가 있었다. 하루의 반을, 풍랑이 없는 날은 무조건 자맥질을 해야 하면서도 그들은 서로를 지키고 보호하려 했다. 물질의 능력에 따라 상군, 중군, 하군으로 나누고, 깊은 바당의 물질은 상군 잠녀들이 도맡아 했다. 어린 잠녀들은 안전한 바당에서 작업하도록 했고, 야트막한 할망 바당을 따로 두어 늙은 잠녀들의 생활도 배려했다. 어디 그뿐인가. 상군 잠녀들은 어린 잠녀들에게 채취한 미역을 한 움큼씩 나눠주었다.

　그러니까 오늘 개둥이는 상군 잠녀에게 미역도 받을 테고, 만덕이도 도울 테니 꽤 일찍 물질을 마칠 수 있을 거란 얘기다. 신이 난 두 아이는 물속에서 머리를 쏙 내밀며 까르르 웃어댔다.

　"만덕아, 너는 좋겠다."

　"뭐가?"

　"매일 물질을 안 해도 되고, 마음껏 놀 수도 있고."

　만덕이 집에서 챙겨온 여벌 옷으로 갈아입으며 개둥이가 중얼거렸다.

　"개둥아, 염려 마. 평생 네 물질은 내가 도와줄게. 그렇게 매일매일 일을 후딱 해치우고 같이 놀면 되지. 히히히."

　"정말?"

　봄날의 바닷물은 살을 에는 듯 차가웠지만, 산을 오르는 두 아이의 코를 간질이는 봄바람은 마냥 따뜻했다.

　"와!"

　"우와아!"

　붉은 영산홍이 야트막한 초록 언덕을 온통 뒤덮고 있었다. 숨 막히는 바다에서 나와 탁 트인 산에 오르자, 아이들은 가슴이 뻥 뚫리는 듯했다.

　"개둥아! 여기에 눕자."

　"응? 누우면 네 옷에 풀물이 들 텐데……."

"괜찮아. 이렇게 누워서 하늘 좀 봐봐."

만덕은 이미 벌러덩 누워서 봄을 만끽하느라 옷 걱정은 뒷 전이었다. 어망한테 지청구 듣는 건 이제 일도 아니라는 듯.

"와! 진짜 하늘이 파랗다. 만덕아, 왜 바다의 파랑과 하늘의 파랑이 이렇게 다를까?"

푸른 바다는 자신의 삶을 옭아매는 데 반해, 푸른 하늘은 바라보기만 해도 위로가 되었다. 개둥이는 조금씩 자신의 삶이 버거워지고 있었다. 그리고 자신의 삶은 푸름을 가장한 시커먼 바다를 닮았고, 벗의 삶은 맑디맑은 하늘 같아서 부럽기만 했다.

"개둥아, 오늘은 그냥 재미있게 놀자. 자, 이거 받아."

주머니에서 조가비로 만든 목걸이를 꺼내자, 개둥이의 눈이 휘둥그레졌다.

"예쁘다! 이걸 언제 만들었어?"

흔해 빠진 조개껍데기를 알록달록 예쁜 색을 입혀 근사한 목걸이로 탈바꿈시킨 벗의 솜씨에 개둥이는 환하게 웃었다.

"또 하나 있어. 태어나줘서 고마워 친구야."

만덕은 개둥이가 선물에 넋이 나가 있을 동안 뚝딱 만들어낸 꽃팔찌를 개둥이 손목에 둘러 주었다.

"만덕아 우리 오래오래 친구 하자."

개둥이는 다시 벌러덩 누워버린 만덕의 손을 꼭 쥐며 속삭였다.

바다 이야기 2
겨울

오랜 세월 동안 나는 바람의 흐름에 따라 움직여 왔다. 잔잔한 상태로 머물다가도, 내가 바람을 받아들이는 순간 난 더 이상 '잔잔한 바다'가 아니다. 오르락내리락 출렁이면서 이랑과 고랑을 만들어내고, 바람으로부터 거대한 힘을 얻은 나는 이제 사나운 물결이 되어 '거친 바다'로 완벽하게 모습을 뒤바꾼다. 그리고 나의 표면, 표층수를 사나운 겨울바람의 노리갯감으로 내준다.

쉭, 쉬익, 쉬이익.

잿빛 어둠이 드리워진 드넓은 수면에 오직 바람만 배회한다.

바람은 먹이를 찾는 맹수처럼 눈을 번뜩이며 날렵하면서도 치밀하게 움직인다.

심술이 난 바람은 나를 힘껏 들어올려 거대한 풍랑을 만들어내고, 포말과 물보라를 일으키며 있는 힘껏 나를 내동댕이친다. 난 맥없이 바위 위에 부서져 내린다.

그리고 바람이 할퀴고 간 자리엔 죽음의 흔적들이 빼곡하게 남아 있다. 내가 소중하게 품고 있던 생명체들은 힘을 잃고 둥둥 떠다니고, 그물이라는 도구로 생명체를 낚아 올리던 인간들 역시 견고하다고 굳게 믿었던 나뭇조각들과 함께 여기저기 죽은 채 널브러져 있다.

모든 생명체가 영영 나를 떠나버린 것 같다.

내가 바람을 받아들이기로 한 결정을 후회할 때도 있다.

내 모진 결정을 이해해 주길 바라는 건 아니다.

다만 철저하게 외면당하는 일이 잦아질수록 난 점점 더 외로워질 뿐이다.

사람들은 겨울 바다를 생명도 희망도 없는 암울한 상태로 여긴다. 그들은 육지의 앙상한 나뭇가지에서는 봄의 희망을 읽어내면서도, 바다에겐 봄을 기대하지 않는 것 같다. 그들은 발밑의 굳어버린 땅에서는 벌레의 알과 나무의 씨앗들을 찾으면서도, 바다에겐 '씨앗'자체가 없다고 단정 짓는다. 겨울 바다는 암흑이요, 죽음이라고 치부해버린다. 심지어 겨울 바다를 향한 그들의 분노는 짐작조차 하기 어렵다.

난 편협하고 독단적인 생각들에 맞서 그저 내 할 일을 묵묵히 해나간다. 그리고 결국엔 입증해내고야 만다. 겨울 바다의 의미를.

혹독한 겨울 바다에도 분명 '씨앗'은 있다. 이 작은 씨앗은 따사로운 봄 햇살을 만나러 표면까지 오르기 위해, 겨우내 죽은 듯이 심해 바닥에서 동면하는 중이다. 여린 씨앗들은 얼음처럼 차디찬 바닥에 잔뜩 웅크린 채 때를 기다리고 있을 뿐이다. 아주 조용히 그리고 끈질기게.

겨울 바다는 새봄에 대한 '약속'을 가득 품고 있는 것이다. 그리고 이 사실을 아는 건 오로지 나뿐이다.

검은 그림자

"휴…… 덥다."

만덕은 철퍼덕 주저앉은 나무 그늘에서 여자라곤 도저히 믿기지 않는 불량한 자태로 드러누웠다. 조신함 같은 건 도저히 찾으려야 찾을 수 없는 모양새였다. 치마 밑의 속곳이 훤히 드러나도록 다리 한 짝을 꼬아 올리고, 입에는 씹다 만 질경이 풀을 오물거리고 있었다. 오늘 개둥이가 물질을 나가는 날이라 혼자 산에 오른 것이다.

개둥이는 어느새 어린 잠녀가 미역을 채취하는 얕은 바당에서 벗어나 중군 잠녀가 되어가고 있었다. 이제 개둥이 뒤를 따라다니며 물질을 일찍 끝내고 놀던 시절은 끝나가고 있다는 걸 어렴풋이 직감했다. 중군으로 올라선 개둥이는 이제 제법 잠녀 티가 났다. 오늘도 후딱 끝내고 와서 만덕과 공기놀이를 하기로 한 터였다. 개둥이를 기다리면서 산 여기저기 흩어져 있는 공깃돌들을 주우러 다니던 만덕은 노곤해져서 스르르 잠이 들었다.

"에, 에, 에취!"

코를 간질이는 강아지풀에 요란스레 재채기를 하고 만 만덕이 실눈을 떴다.

"으이구! 아무 데서나 누워서 자는 버릇 좀 고쳐."

얼굴에 묻은 소금기를 털어내지도 못한 채 달려온 개둥이가 강아지풀을 까딱대며 지청구를 주었다.

"우아! 드디어 우리 개둥이가 왔구나."

"오늘은 몇 알로 시작할까?"

"다섯 알로 시작해서 70년 내기하자."

"너는 왜 맨 날 70년으로 정해?"

요즘 부쩍 다섯 알 공기에 70년 내기를 주장하는 게 이상하다 여겼는지 개둥이가 만덕에게 물었다.

"칠십 살까지 살라고."

"칠십 살? 그렇게나 오래?"

"왜? 너무 쭈그렁바가지 할망 같으려나?"

"덕배네 할망도 오래 살았지만, 그래도 환갑이었잖아. 칠십 살이면 그것보다 십 년이나 더 사는 건데……. 그리 오래 살아서 뭐 할라고?"

"신나고 재미난 세상 실컷 놀아야지, 히히히."

웃으면 둥그런 눈이 한껏 처지는 만덕을 보며, 개둥이는 마음이 편안해졌다. 힘든 물질을 끝내고 만덕과 짬짬이 노는 시간이 개둥이에겐 삶의 버팀목이었다.

"오늘도 바다로 가려고?"

"응, 아방이 돌아오는 날이 훨씬 지났는데도 아직 감감무소식이네. 가서 기다려봐야지."

"아즈방(아저씨의 제주 방언) 별일 없으실 거야. 걱정 마."

"그래야지……."

산을 내려오던 만덕은 갈림길에서 개둥과 헤어져 바다 쪽으로 길을 꺾었다.

어슴프레 비쳐오는 석양빛에 아방 얼굴이 자꾸 떠올랐다. 며칠 동안 지속되었던 거친 풍랑이 마음에 걸렸다. 섬사람들에게 풍랑은 눌러붙어 떨어지지 않는 엿가락 같은 근심거리였다. 불현듯 밀려오는 불길한 생각에 만덕은 좀처럼 뒤숭숭한 마음을 잡을 수가 없었다. 섬에서든 뭍에서든 기일을 어기지 않기로 유명한 아버지였다. 장사꾼으로서 보기 드물게 '잇속'에 빠삭하기보다는 '신뢰'로 쌓아 올린 명성이었다. 그런 아버지가 며칠째 돌아오지 않고 있었다. 이런저런 상념에 젖어 있던 만덕은 턱! 뭔가 부딪치는 둔탁한 소리에 화들짝 놀랐다. 제법 어두워져서 가까이에 가서야 검은 형체를 볼 수 있었다.

"저게 뭐지?"

물속으로 첨벙첨벙 들어간 만덕은 돌 사이에 부딪쳐 끼어버린 널빤지 위에 사람이 널브러져 있는 것을 발견했다. 이리저리 끌어당기며 틈 사이에서 사람을 빼내곤 만덕이 소리쳤다.

"장씨 아즈방! 장씨 아즈방! 정신 좀 차려보세요."

의식을 잃고 쓰러져 있는 사람은 아버지 배의 격군 장씨였다. 온 힘을 다해 장씨를 모래밭에 누인 만덕은 미친 듯이 마을을 향해 뛰었다.

장정들이 들쳐업고 와서 물을 떠먹이자, 장씨의 의식이 서서히 돌아왔다. 한참이 지난 뒤 장씨는 오열했다. 나주를 출발한 배가 탐라에 거의 닿을 무렵 갑작스런 풍랑에 침몰했다는 것이다. 모두 물에 빠져 허우적대는 모습이 자신이 기억하는 마지막 장면이라고 했다. 의식을 잃은 채 물에 떠밀려오면서도 장씨는 부서진 뗏목 조각에 온몸을 실었던 것이다.

장씨의 말을 이해한 사람들이 주섬주섬 일어나 밖으로 나갔다. 공동 우물이 있는 곳으로 모인 사람들은 말없이 장작을 패고 솥을 걸었다. 물질을 끝내고 돌아온 잠녀들은 우물가에 주저앉아 팥을 씻었다.

"으악! 하지 마요! 그거 하지 마요!"

갑작스레 달려든 만덕이 개동 어미의 가슴팍을 때리며 울먹였다. 결국 서러운 울음보가 터진 만덕을 개동 어미가 붙들고 같이 울었다.

"아이고, 어쩌나…… 이를 어쩌나……. 이렇게 어린 것들을 두고……."

꺼이꺼이 울어주던 개동 어미가 다시 우물가로 돌아가자, 만덕은 악착같이 달려들어 개동 어미가 씻던 팥을 기어이 쏟아버리고 말았다.

"만덕아! 만덕아! 으아앙……."

옆에서 울던 개동이가 만덕을 끌어안았다.

탐라에서는 사람이 죽으면 가장 먼저 하는 일이 조관(造棺, 관을 만드는 것)이었다. 조관을 해야 조문객을 받을 수 있고, 모든 장례의식이 시작될 수 있었다. 그리고 죽은 이를 위해 관을 만들 때, 친척집에서 팥죽을 쑤어 오는 게 관습이었다. 상제들과 친지, 상가(喪家)를 돌보는 사람들의 기력 회복과 부정한 기운이나 악귀가 틈타는 일을 막기 위해 팥죽을 쑤었다. 그런데 자식들이 어려 아직 출가시키지 못했거나, 일가붙이가 뭍에 사는 경우 동네 사람들이 팥죽을 쑤어 장례를 도왔다. 살아 돌아온 장씨의 진술에 마을 사람들이 장작을 패고 솥을 걸었던 건, 죽은 이들을 묻을 관을 만들고, 팥죽을 쑤기 위해서였다.

물론 이번 탐라 장정들의 시신은 수장(水葬)되어 수습할 수 없었지만, 마을 사람들은 빈 관이라도 묻어 그 원혼(冤魂)을 달래주고 싶었다. 잊을 만하면 찾아드는 죽음의 그림자는 온 마을을 침통하게 만들었다. 이 탐라 땅에 살면서 일평생 몇 번이나 웃으며 살려나. 이들은 삶의 일부가 되어버린 죽음에 익숙해질 만도 하건만, 죽음은 매번 받아들이기 힘든 불청객이었다.

울다 지친 만덕의 기억이 삼 년 전으로 거슬러 올라갔다.

마을 어른의 장례가 있던 날이었다. 일곱 살 만덕은 죽음이 뭔지 전혀 알지 못했다. 매일같이 마주치던 마을 노인이 별세했고, 그날 맛있는 팥죽을 배부르게 먹었다는 걸 기억할 뿐이었다. 그리고 쫄래쫄래 뒤따라갔던 장지(葬地)에서 장례를 마치고, 상두꾼(상여를 메는 사람)들이 만덕의 아비에게 머리 숙여 노인을 대신해서 마을의 어른이 되어달라고 청했다.

아비는 그 일은 지긋하게 나이 드시고 덕망이 높은 어르신이 맡아야 할 일이지, 아직 새파랗게 젊고 부덕(不德)한 자신이 감당할 수 있는 일이 아니라며 극구 사양했다. 그러나 관례상 상두꾼들의 결정은 번복될 수 없었다. 이에 아비는 멋진 사또 옷을 입고 가마에 올라 마을의 새로운 어른이 되었다. 사람들은 이를 삿도놀이 또는 원님놀이라고 불렀다.

마을로 돌아오는 새 원님을 맞이하기 위해 만덕 어미는 마당에 병풍을 펼치고, 푸짐한 상을 차려내어 각종 술과 고기를 마을 사람들에게 대접했다. 마을 사람들은 장례를 치르느라 지치고 힘들었던 몸과 마음을 밤새 놀고먹으며 추슬렀다.

낮에 배불리 먹었던 팥죽이 채 꺼지기도 전에 어린 만덕과 동네 아이들은 고기를 먹느라 입이 쉴 겨를이 없었다. 어린 만덕에게 장례는…… 이런 것이었다. 팥죽을 먹고, 맛난 고기를 실컷 먹으며 신나게 노는 날.

그런데 자신에게 닥친 아비의 죽음, 시신조차 찾을 수 없는 아비의 죽음은 더 이상 놀이가 아니었다. 팥죽도 싫고 고기도 싫었다. 아비를 삼켜 버린 검은 바다가 미치도록 싫었다. 난생처음 탐라에 사는 게 저주스럽게 느껴졌다.

슬픔을 부여잡고 치러낸 마을 공동 장례에서 사람들은 살아 돌아온 장씨에게 새로운 원님이 되어 달라 청했다. 모진 풍파에서 살아남은 그 끈질긴 생명력으로 마을을 이끌어달라고 간절히 말했다. 혼자 살아남았다고 자책하던 장씨는 그러마, 대답했다.

이후로 만덕은 꽤 오랫동안 팥죽을 입에 대지 못했다.

아비의 죽음 이후 만덕 어미는 시름시름 앓았다. 동네 잠녀들이 일을 나가며 두고 간 음식에 입도 대지 않은 채, 하루 종일 멍하니 바다만 바라보았다. 오라방과 남동생은 산에 나무를 하러 갔다. 격군의 일도, 상인의 일도 배우지 못한 채 갑작스레 가장이 된 이들이 유일하게 할 수 있는 일이었다.

산에서 나물을 한가득 캔 만덕은 다시 바다로 향했다. 가족 모두가 치를 떠는 바다를, 만덕은 외면할 수 없었다. 아비가 곤히 잠들어 있는 바다를 더 이상 미워할 수 없었다. 히히덕거리며 놀던 어린아이는 이제 손 밑이 까매지도록 나물을 캐고, 아픈 어미를 돌봐야 했다. 그리고 물속에 잠든 아비와도 만나야 했다.

"아방! 나 왔어."

만덕은 늘 앉던 돌 위에 앉아 큰 소리로 아방을 불렀다.

"아방, 나 오늘은 두릅을 땄어. 큰 가시에 손가락이 찔렸는데, 괜찮아. 나 이제 피나도 잘 안 울어. 씩씩해져야 되니까. 요즘 어망이 많이 아파. 어망은 아방이 많이 보고 싶은가 봐. 아, 물론 내가 더 많이 아방 보고 싶어 하는 건 알지? 물속 용궁(龍宮)이 그렇게 좋은 거야? 산해진미(山海珍味)도 가득하고? 그래서 집에 안 오는 거야? 아방이 좋은 곳에서 맛난 거 많이 먹느라 우릴 잊은 거면 내가 용서해줄게. 그래도 가끔씩 꿈속에라도 와줘. 아방 얼굴 잊어버리지 않게. 아참, 아방! 그리고 나 이제 짱구 이마 아니야. 요즘 나름 예뻐지고 있어. 동네 아즈망(아주머니의 제주 방언)들이 나보고 이쁜 비바리래. 히히히. 아방이 준 빨강 댕기 덕분이야. 아방…… 내일 또 올게."

아무도 없는 바다에 나와 날마다 이렇게 외쳐대는 만덕은 돌아갈 즈음엔 늘 속이 후련했다. 아방이 진짜로 듣고 있는 것 같아서…….

새벽녘.

밖에서 중얼대는 소리에 만덕은 설핏 들었던 잠이 깼다. 문을 살짝 열어보니 어미가 밖에 있었다.

"비나이다, 비나이다. 오늘도 우리 가족 무탈하게 해주시고, 뭍에 나간 우리 남편 무사귀환 하게 해주소서."

옷도 제대로 걸치지 않은 채 장독대에 정화수를 떠 놓고 비는 어미는 오들오들 떨고 있었다.

"어망! 이거라도 걸쳐야지."

만덕이 두툼한 이불을 끌고 나와 어미를 감싸 안으며 말했다.

요즘 어미는 서서히 정신 줄을 놓아가고 있었다. 멍하니 바다만 바라보던 어미는 오롯이 이 새벽녘에만 정신이 또렷해졌다. 정갈하게 머리를 빗질하고 정화수를 떠서 남편의 무사귀환을 빌고 또 빌었다. 그러다 또다시 툭, 정신을 놓았다. 매일 아침 어미가 잠깐이라도 제정신으로 돌아오는 게 만덕은 고마웠다. 자신이 잊지 못하는 아비를, 어미도 그토록 그리워 하는 게 아리고 또 아렸다. 그렇게 어미는 새벽마다 아비를 위해 빌었고, 만덕은 해 질 녘 텅 빈 바다에서 아비를 불러대느라 목이 쉬었다.

　그리고 어느 새벽.

　어미는 더 이상 정화수를 떠서 빌지 못했다.

　평온한 모습으로 그렇게 아비 뒤를 따라가 버리고 말았다.

남겨진 아이

　어미의 허망한 죽음으로 갑자기 고아가 된 아이들 앞에 웬 낯선 사내가 서 있었다.

　"눈매가 아비를 많이 닮았구나."

　만덕의 머리를 쓰다듬으며 사내가 나지막이 말했다.

　뭍에서 온 사내는 만덕 아비의 형이라 했다. 동생의 장례를 치르고 아이들을 데려가기 위해 먼 뱃길을 한걸음에 내달려 왔다. 그런데 뭍을 떠나기 전 애들 어미가 단단히 못 박았다. 사내아이 둘만 데려오라고. 사내아이들이야 나무도 하고 장사도 가르치면 집안에 도움이 되지만 계집아이는 그야말로 군식구라고……. 야속한 말이었지만 사내아이 둘이라도 거두겠다고 약속해준 부인을 탓할 수는 없었다.

　그런데 막상 동생을 꼭 닮은 조카를 보니 발걸음이 떨어지지 않았다. 차마 너는 아니라고, 너는 데려갈 수 없다고 말할 자신이 없었다. 가는 길에 관아에 딸린 기방에 들러 아이를 부탁할 심산이었다. 탐라에서는 잠녀가 아닌 양인 여자아이가 살아갈 방도가 전혀 없었다. 기방에서 그저 배고프지 않게 거두어주면서, 허드렛일을 돕게끔 해달라고 부탁할 수밖에 없었다.

"가자."

사내아이 둘은 두툼한 봇짐을 등에 지고 뒤따랐고, 사내는 마지막이 될 만덕의 자그마한 손을 꼭 쥐고 걷기 시작했다. 걷다 지친 아이들을 위해 사내는 기방에 여장을 풀었다. 땀으로 흠뻑 젖은 아이들이 방 한 칸에 옹기종기 누워 잠든 것을 확인하고 나서 사내는 행수기녀에게 간곡히 말했다.

"이 돈이면 충분하겠소? 이 아인 양인이니 기녀로 삼지는 말고, 그저 기방 여인들의 허드렛일을 도우며 배나 곯지 않게 돌봐주시오. 가끔 뭍에 올라오는 장사치들을 통해 아이의 안부를 전해주시오. 때마다 사례는 섭섭지 않게 하리다."

기방을 들어설 때 만덕과 마주친 기녀 월향은 짱구 이마에 큰 눈매를 가진 아이가 마음에 끌렸다. 미색(美色)이 흐르는 얼굴은 아니었지만 야무지고 귀여워 자신의 심부름이나 시키고, 말벗이나 할 요량이었다.

사내는 만덕이 깨지 않도록 사내아이 둘만 깨워서 서둘러

길을 떠났다. 사내아이들은 왜 누이는 갈 수 없냐고 묻지 못했다. 부모 없는 자신들의 신세가 끈 떨어진 연 같다는 걸 모르지 않을 나이였다. 도망치듯 떠나는 아이들은 속으로만 누이의 이름을 되뇌었다.

"으라차차, 으으으으!"

기지개를 쫙 펴며 눈을 뜬 만덕은 걸리적거리는 오라방과 아시(남동생의 제주 방언)의 다리가 없다는 걸 뒤늦게 깨달았다. 추운 겨울 한 방에 모여 잘 때면 몸들이 서로 뒤엉켜 이튿날 온몸이 뻐근하곤 했다. 그런데 일어나 보니 그들은 안 보이고, 머리맡에 달빛처럼 고운 기녀가 앉아 있었다.

"아침을 깨우는 소리가 참 요란하구나, 꼬마야."

"누구세요? 우리 오라방이랑 만재는 어디에 있어요?"

또로록 눈을 굴리며 묻는 아이에게 무거운 이야기를 시작하려니 그녀의 마음도 편치 않았다.

"난 행수기녀 월향이야. 그들은 아침 일찍 길을 떠났어. 앞으로 넌 여기에 머물게 될 거야."

말을 마친 월향은 조심스럽게 아이의 안색을 살피기 시작했다. 갑작스럽게 울어버리면 어쩌나 노심초사했다. 아이를 낳은 적도, 길러 본 적도 없다 보니 어린 여자아이를 어떻게 달래야 할지 난감했기 때문이다.

눈을 내리깐 채 오도카니 앉아 있던 아이가 마침내 입을 열었다.

"여기 살게 해주셔서 고맙습니다. 열심히 밥값을 해볼게요. 그런데 오늘 하루만 제게 슬퍼할 시간을 주시겠어요? 너무 갑자기 가족을 모두 잃어서요……."

"그, 그, 그래. 나가서 놀아도 되고, 하고 싶은 거 해도 된단다."

평소 어린 기생들에게도 조그만 실수를 용납하지 않을 만큼 단호한 그녀가 당황해서 버벅거렸다. 눈물을 흘리며 꺼이꺼이 울던지, 생떼를 쓸 거라 생각했는데 당돌한 부탁을 하자 어안이 벙벙했던 것이다. 열한 살이라고는 믿기지 않게 작고 마른 아이는, 이곳에 버려진 다른 아이들과 달리 빛나고 있었다.

만덕은 다시 바다로 향했다. 버려진 건 가슴 아팠지만, 그래도 아방이 누워 있는 바다에 남게 돼서 기뻤다.

"아방! 오늘 오라방이랑 만재는 뭍으로 갔어. 삼촌이 따듯하게 먹여주고 돌봐줄 거래. 나는 아방이 있는 여기가 더 좋아서 안 간다고 했어. 예쁜 아즈망이 나랑 같이 살 거야. 어망이랑 만나니까 좋아? 나는 지금 조금 슬퍼. 아무도 없으니까. 그런데 오늘까지만 슬퍼할 거야. 내일부터는 재미난 일들을 또 찾아볼게. 그러니 내 걱정은 말고 잘 지내!"

차마 삼촌에게 버려졌다고 말할 수 없었던 아이는 결국에

서러움에 북받쳐 울먹였다.

바위 위에 누워있던 기다란 형체가 주섬주섬 일어나 이리
저리 두리번거렸다. 파도 소리 속에 간간이 섞여 있는 사람 소
리 때문이었다. 깡마른 여자아이가 바다를 향해 소리치고 있
었다. 자세히는 들을 수 없었지만 자기는 괜찮다고 외치는 것
같았다. 행여라도 저 때문에 아이가 놀랄까 봐 사내는 그저 낚
싯대를 쥐고 숨죽여 앉아 있었다. 괜찮다는 걸 보니 적어도 저
아이는 물에 빠져 죽을 마음은 없어 보여서다.

"안녕하우꽈, 아즈방."

갑작스런 말소리에 사내는 화들짝 놀랐다.

"어, 어, 그래."

"물고기는 많이 잡았어요? 아참, 저는 만덕이에요. 오늘부
터 저기 기방에 살게 되었어요."

"어, 그래……."

살가운 아이의 인사에 사내는 몸 둘 바를 몰라 했다. 지금까
지 아무도 자기한테 먼저 다가와 인사한 적이 없었기 때문이
다. 사람들은 늘 그를 흘끔거리며 쳐다보거나 수군댔다.

"나, 나는…… 육손이야."

사내가 손을 슬쩍 가리며 얼버무렸다.

"이름이 육손이에요?"

"아, 아니. 원래 이름은 양춘인데, 사람들이 나를 육손이라

고 불러."

아이가 놀랄까 봐 손을 가리고 있던 사내는 여섯 번째 손가락을 슬며시 보여주며 말했다.

"와아! 정말 귀엽네요."

"으응?"

"여섯째 손가락이요. 참 앙증맞게 생겼어요, 아즈방."

처음 들어본 말이었다. 이 손가락 때문에 자신은 이 나이가 되도록 육손이, 병신새끼, 모지리, 부정한 놈이란 말을 듣고 살았다. 잠녀들의 물질이 시원찮아도, 변덕스런 날씨에 풍랑이 겹쳐도, 격군들의 노가 부러져도 모두 부정한 육손이 때문이라 했다. 훤칠한 키에도 늘 어깨를 쭉 펴보고 살지 못했던 삶이었다. 그런데 이 작은 아이는 이 손가락이 앙증맞고 귀엽단다.

"고, 고맙구나."

"정말이에요. 저는 빈말은 안 해요."

"기방에 살게 되었다고 했지? 나도 거기에 살아."

"와! 정말요?"

"월향 아즈망이 내 동생이거든."

"우와! 아즈망도 정말 예쁘신데, 아즈방도 키도 크고 되게 멋져요."

딸꾹!

오늘 자꾸 희한한 소리를 듣다 놀랜 사내는 급기야 딸꾹질을 하기 시작했다.

"괜찮으세요?"

"응, 괜찮아. 이제 집에 가자."

"집……, 맞아요. 이제 저기가 제 집이네요. 그래도 다행이에요. 아즈방이랑 아즈망이 있어서요."

육손이는 왜 이곳에 오게 되었냐, 무슨 일이 있었냐고 꼬치꼬치 캐물을 수 없었다. 바다를 바라보며 울던 아이에게 물을 수 없어 쭈뼛거렸다.

"아까요, 제가 바다에 대고 막 소리친 거 보신 거죠? 제가 살짝 미쳤다고 생각하실 수도 있어요. 음…… 하루아침에 가족을 모두 잃었거든요. 그런데 옆에 남아 있는 건 바다뿐이라서……. 그래서 막 소리 지른 건데, 지금은 속이 조금 시원해진 거 같아요."

만덕이 바위에 톡톡 발길질을 하며 중얼거렸다.

"미쳤다고 생각하지 않는다. 그러니 걱정 마. 나도 매일 바다에 나와 중얼거린단다. 언제든 내 얘기를 들어주는 건 바다뿐이니까. 바다는 우리 얘기를 듣고, 또 파도에 실어 멀리 보내버리기도 하니까……. 바다에 털어놓으렴. 조금은 편해질 수 있게."

육손이가 아이의 눈을 바라보며 말했다.

"히히힛, 아즈방이랑 저는 조금 잘 통하는 거 같아요."

아이가 방긋 웃었다.

그리고 갑자기 사내의 거칠고 큰 손 안에 아이의 작은 손이 쏙 들어왔다. 흠칫 놀란 사내는 작고 여린 손을 뿌리칠 수 없었다. 별처럼 빛나는 아이의 미소에 오히려 사내의 마음이 시렸다.

'이 아이는 정말 괜찮은 걸까.'

아이의 굴곡진 삶이 더 이상 애처로워지지 않기를 사내는 속으로 빌고 또 빌었다.

바다 이야기 3
봄

흐어억, 헉, 헉헉.

힘이 빠져나간다.

따스한 봄이 올 때까지 조금만 더 버텨야 한다.

지독히도 길었던 겨울, 혹독한 바람에 시달리면서 지금껏 내 안의 씨앗들을 지켜내 왔다. 강풍에 시달린 내 모습은 흡사 고된 삶에 지친 백발의 노인 같다고나 할까.

땅에서는 개구리의 노랫소리가 긴 잠에 빠져 있던 동물들을 흔들어 깨울 때, 봄이 연둣빛 새순과 봉긋한 꽃망울로 찾아든다. 불과 며칠 전까지만 해도 앙상한 나뭇가지를 흔들어대던 쌀쌀한 바람은 이제 한결 온화해진 기세로 새싹을 간질인다.

쏴, 쏴아아, 쿠울, 쿠울럭.

바다에 봄이 오는 소리다.

수면 위에 거품이 길게 드리워지고, 세차게 들끓으며 소용돌이가 시작된다.

겨우내 찬 바람을 잔뜩 머금었던 표층수가 무거워져 밑으로 가라앉는다. 그리고 내 안 깊숙이 자리잡아 따뜻한 기운을 품고 있던 심층수는 서서히 위로 솟구친다. 생명을 가득 품은 여린 씨앗들을 데리고.

이제 거대한 두 물의 역전이 시작될 때, 씨앗은 위로 올려보내질 것이다. 심층수는 인간들은 감히 헤아릴 수 없는 높이까지 솟아올라 표층수까지 다다른다. 봄의 서막을 알리기 위해.

내가 모든 존재들로부터 철저히 외면당하면서도 사나운 겨울바람을 견딘 건 바로 이 순간 때문이다. 물의 역전을 통해 생명체들을 온전하게 살리는 일, 내게 주어진 봄의 소명 때문이다.

톡, 토독, 토도톡.

표층수까지 다다른 씨앗(규조류)들이 불시에 깨어나 싹을 틔운다.

이들은 믿기지 않는 속도로 증식한다. 어찌나 빨리 자라는지 며칠 새 광대한 수면을 온통 담요처럼 뒤덮어 버린다.

긴 겨울이 물러나고, 다시 바다에 봄이 찾아든 것이다.

따뜻한 봄의 기운을 느낀 연약한 생명체(동물성 플랑크톤)들이 꿈틀대기 시작한다.

씨앗이 싹을 틔우자마자, 이 작은 생명체들은 허겁지겁 허기를 채운다. 무리 지어 물속을 배회하면서 닥치는 대로 먹어치운다.

어느새 또 다른 생명체의 새끼들이 수면으로 헤엄쳐 올라와 포식자였던 녀석들을 게걸스럽게 먹어치운다. 봄을 맞은 표층수는 드넓은 양식장으로 변해 약동하는 생명력으로 북적인다.

특별한 재주

기방에서 지내게 된 만덕은 처음에 어리둥절했다. 자신을 바라보는 기녀들의 시선에 은근한 불쾌함이 묻어 있었기 때문이다. 만덕 또래의 어린 기녀들은 자신들이 기녀의 몸가짐이나 기역(妓役)에 대해 혹독하게 배울 때 만덕이 월향의 잔심부름이나 하며 편히 지낸다고 시샘을 했다. 기녀도 아니고, 여종도 아닌 만덕을 다들 탐탁지 않게 여겼고, 뒤에서 수군대는 소리가 점점 커지고 있었다.

이를 지켜보던 월향은 나뭇잎처럼 팔랑이는 기녀들의 입을 단속하기 위해 만덕을 개울가로 내보냈다.

두 계절이 훌쩍 지나자, 만덕은 이제 넘치는 빨랫감을 감당할 수 있게 되었고, 제법 일이 손에 익어 다른 일까지 도맡아하게 되었다.

이른 새벽부터 시작되는 만덕의 하루는 꽤나 길다. 밤새 기녀들을 끼고 뒹굴던 사내들이 깨기 전에 냉큼 우물에서 물을 길어 와야 하고, 속절없이 님을 떠나보낸 기녀들의 빈방에 들어가 깨끗하게 청소도 해야 한다. 기녀들의 속곳이며, 기방의 이불 홑청을 자근자근 밟아 빠는 일도 오롯이 만덕의 몫이었다.

손이 야물고 빠른 만덕은 오후 즈음 부리나케 일을 끝내고, 언제나 그렇듯 바다로 향했다.

"아방! 나 왔어."

알록달록 단풍으로 물든 산이 아름다워질수록, 가을 바다는 더 스산해 보였다. 잊으려야 잊혀지지 않는 일들이 불쑥불쑥 고개를 내밀며 그녀를 괴롭혔다.

"아방! 너무 무겁다. 매일매일 줍는 조개껍데기가 너무 무거워서 오늘은 안 주우려고……. 이제 겨울이 오려나 봐. 바닷바람이 너무 차가워."

모래사장에 주저앉아 주저리주저리 얘기하는 만덕 곁으로 기다란 그림자가 다가왔다.

"추우면 들어가서 쉬지."

"어? 아즈방! 오늘도 물고기 낚으러 오셨어요?"

"응, 늘 그렇지 뭐."

기방의 급한 일들을 마친 육손이 역시 지남석(指南石, 자석)

이 쇠붙이에 끌리듯 늘 향하는 곳이 바다였다.

"매일 물고기를 잡으세요?"

"잡기도 하고, 놔주기도 하고, 가끔은 물고기랑 이야기도 하고."

숱하게 많은 시간을 홀로 있으면서 오해도 많이 받았다. 주저앉아 물고기를 살피거나 중얼거리는 그를 보며, 다들 육손이가 미쳐가고 있다고 수군댔다. 죽은 어미가 기어이 그의 발목을 끌어당기고 있다고 혀를 찼다.

"저 오늘 아즈방 물고기 잡는 거 구경해도 돼요? 할 일도 다 끝냈거든요."

늘 혼자였던 육손이는 순간 망설였다. 갑자기 등장한 꼬마가 그의 평화로운 일상에 균열을 일으키고 있었다.

"지루하면 먼저 들어가도 돼."

"네, 걱정 마세요. 귀찮게 하지 않을게요."

아이의 눈이 지평선 너머를 향하자, 육손이는 평소처럼 낚싯대를 드리웠다.

육손이와 월향의 어미도 기녀였다. 탐라 제일이라 손꼽히던 기녀였다. 그리고 어미가 사랑했던 남매의 아비는 뭍에서 귀양살이 온 선비라 했다. 어미의 재주를 아끼며 귀히 여겨주던 아비는 여느 양반들과 달리 따뜻한 사람이었다. 모두가 그의 학식과 덕망을 우러렀다.

그런 아비가 귀양살이를 끝내고 뭍으로 간 뒤로는 소식이 끊겼다. 따듯한 아비의 품을 그리워하던 어미는 하염없이 그를 기다렸다. 더 정확히는 그의 서신을 기다렸다. 7년을 넘게 살 붙이고 산 지아비가 자신들을 기억하고 있다는 서신. 한양으로 불러올릴 수는 없지만, 적어도 그리워하고 있다는 단 한 장의 서신을 애타게 기다렸다.

그리고 절망이 그녀를 갉아먹어 버린 어느 날, 그녀는 스스로 바닷속에 뛰어들었다.

남겨진 남매는 기방 한켠에 기거했다. 어미를 쏙 빼닮은 월향은 어미의 삶을 고스란히 따랐고, 어미가 빠져 죽은 바다를 떠날 수 없었던 육손이는 누이동생의 곁을 묵묵히 지켰다. 쉽게 사랑하고, 쉽게 버림받는 누이의 삶에 변하지 않는 버팀목이 되어주고 싶었다.

"아즈바아아앙!"

"응?"

딴생각에 빠져 있던 육손이가 만덕이 부르는 소리에 화들짝 놀라 낚싯대를 끌어 올렸다.

"우와! 진짜 크다."

아이의 호들갑에 낚싯대 끝을 보니 일곱 자가 넘는 큰 문어가 대롱대롱 매달려 있었다.

"아즈방, 저 문어 잡는 거 처음 봤어요. 너무 신기해요."

처음이라는 아이의 말에 육손이는 일부러 문어를 바위 위에 철퍼덕 던져 놨다.

"이놈은 둥근 머리 밑에 달린 다리가 여덟 개야. 한번 세어 볼래? 자세히 들여다봐."

"어? 정말 여덟 개예요. 여기 보세요. 예쁜 꽃무늬 같아요. 팔랑거리는 다리에 예쁜 꽃이 붙어있는 거 같아요."

지난번 자신의 여섯 번째 손가락이 앙증맞다고 했던 아이는, 문어 다리에 붙은 징그러운 빨판을 예쁜 꽃이라 했다.

"문어는 이렇게 예쁜 다리로 바닷속에서 춤을 추겠죠?"

아이는 예쁜 문어에게 홀딱 반해 한참이나 들여다보며 놀았다. 그런 아이의 옆을 묵묵히 지키고 앉아 있던 육손이가 불쑥 물었다.

"늦은 밤까지 잠이 안 오니?"

분주하고 시끌벅적한 기방의 불이 하나둘 꺼지고 나면, 육손이는 주변을 둘러보며 구석구석을 정리하고, 누이동생의 처소도 들러 보았다. 그러다 늦도록 잠들지 못하는 아이의 방을 보게 된 것이다.

"별거 아니에요. 그냥 하고 싶은 일이 좀 있어서요."

"하고 싶은 일?"

"매일 바다에서 주워가는 조개껍데기에 그림도 그려 넣고, 예쁜 촛대도 만들고, 팔찌도 만들고……."

"그런 걸 할 줄 알아?"

"아주 어려서부터 재미 삼아 이것저것 만들었어요. 아방이 뭍에서 구해다주는 안료랑 붓으로 조가비에 그림 그리는 걸 좋아했거든요. 그런데 이곳에 오고 난 후엔 자주 못 만들었어요. 선물을 주고 싶은 가족도 이제 없고, 동무도 없고…… 참, 제 친구 이름은 개동이였어요. 지금은 상군 잠녀가 되었을 거예요. 또 낮에는 할 일이 많아서 짬도 없고요."

"이곳 사람들에게 발에 밟히고 치이는 게 조개껍데기인데, 그걸로 뭔가를 만드는구나…… 그럴 수도 있구나……"

"그럼요! 얼마나 예쁘다고요. 다음에 꼭 보여드릴게요."

"그러자꾸나."

"그런데 요즘엔 문제가 생겼어요. 조개껍데기에 구멍을 뚫고 싶은데 자꾸 깨지거든요."

"구멍을 뚫는다고?"

"바느질할 때 장식으로 매달면 예쁠 거 같아서요. 사실 제가 수를 잘 못 놓거든요."

"그럼 어교(魚膠)를 사용하면 되겠네."

"어교요? 그게 뭐예요?"

"물고기 부레로 만든 아교 같은 거야. 점성이 있어서 조개껍데기를 천 위에 붙이면 딱 달라붙을 거야. 이곳 탐라에서 나는 민어가 어교의 재료로 아주 유명하지. 궐에서 임금님이 입으시는 곤룡포나 흉배에 금박을 붙일 때 민어 부레로 만든 어교를 사용한대. 그것뿐만 아니라 나라에서 활을 제작할 때도 민어 어교가 요긴하게 사용되나 봐."

"와! 아즈방은 어떻게 그런 걸 다 알아요? 그럼 아즈방, 민어도 잡을 수 있어요? 그거 잡아서 저 어교도 만들어 줄 수 있어요? 하지만 너무 바쁘시면 괜찮아요. 제가 귀찮게 하지 않기로 약속했으니까요. 그래도 혹시 시간이 되면 만들어주시면 정말 좋을 것 같아요. 한 번도 어교를 써본 적이 없거든요."

아이가 쉴 새 없이 떠들어대며 질문을 해대는 통에 육손이는 뭐부터 대답 해야 할 지 갈피를 잡지 못했다.

"응, 그래. 내가 민어를 잡아볼게. 꼭 그래볼게."

그가 할 수 있는 약속은 이것뿐이었다.

"만덕아! 만덕아아! 이 계집애가 왜 불러도 대답이 없어?"

월향이 행수기녀가 된 후, 이 기방에서 가장 어여뻐 뭇 사내들이 달려드는 이가 예향이었다. 예향이 앙칼지게 내지르는 소리에 모두들 슬금슬금 자리를 피했다. 잘못 걸렸다간 된통 당할 게 뻔해서다.

"당장 내 앞에 그 계집애 데려와!"

오늘 밤은 기녀들에게 아주 특별한 날이었다. 새로 부임한 제주 목사의 환영 연회가 있기 때문이다. 기녀들은 아침부터 목욕재계하고 치장하느라 분주한 하루를 보내고 있었다.

조선이라는 나라에서 유일하게 천한 신분으로도 비단옷을 걸치고 노리개를 매달 수 있는 이들이 바로 기녀들이었다. 어디 그뿐인가. 왕실 여인들만 사용할 수 있다는 연분(鉛粉)을 사용해서 한껏 치장할 수 있는 이들 또한 기녀들이었다.

환영 연회에서 새로 부임한 원님에게 잘만 보이면 고귀하고 편안한 삶이 보장되었다. 이 좁아터진 섬 구석에서 떵떵거리며 새 삶을 살아볼 수 있는 유일한 기회였다. 그런데 이렇게 중요한 날 입을 저고리 소매에 얼룩덜룩 땟자국이 남아 있었던 것이다.

어린 기녀 하나가 만덕을 부르러 쪼르르 달려갔다.

이 소동을 알 리 없는 만덕은 일하는 중에도 신이 나 있었다.

"이제 쫘악 펴서 널어볼까나?"

기녀들의 속곳과 온 기방의 이불 홑청을 잿물에 넣고 자근자근 밟던 만덕은 눈부신 햇살 아래서 노래를 흥얼거리며 빨래를 널기 시작했다. 이렇게 좋은 볕 아래서 물기를 쏙 뺀 빨래를 보송보송하게 말리면 기분이 한결 나아지곤 했다.

"만덕아! 큰일 났어."

어린 기녀가 숨넘어가듯 달려오자, 만덕이 되물었다.

"큰일? 누가 죽었어? 아니면 다쳤어?"

"죽긴 누가 죽어? 네가 곧 죽게 생겼구만."

"그게 무슨 소리야?"

"예향 성(언니의 제주 방언)이 널 죽일지도 몰라. 맘 단단히 먹어."

어린 기녀 손에 급히 붙들려온 만덕이 주눅 들거나 무서워하는 기색이 전혀 없자, 예향은 짜증이 치밀어 올랐다.

"뭘 잘못했는지 아직도 모르겠어? 그렇게 눈치가 없어서 어디다 쓸래, 응? 이거 봐봐."

예향이 소맷자락을 만덕의 얼굴에 들이밀어도 만덕은 눈 하나 깜짝하지 않았다.

급기야 예향이 고래고래 소리를 질러댔다.

"애들아 멍석말이 준비해, 당장! 저년이 기방의 법도를 알 때까지……."

"무슨 일로 이리 소란인 게야?"

예향의 말이 채 끝나기도 전에 월향이 나타났다.

"행수, 이번 일은 절대 그냥 넘어가면 안 돼요. 맡은 소임을 게을리하는 건 절대 용서 못 해요. 이거 오늘 밤에 입어야 되는데, 이제 어떻게 해요?"

예향이 분에 못 이겨 씩씩댔다.

예향의 말을 다 듣고 난 다음 월향이 눈을 가늘게 뜨고 만덕을 보았다.

"만덕이 네가 대답해봐."

단호한 월향의 목소리에 징징대던 예향의 목소리가 쏙 들어갔다.

"이거 잿물에 넣고 깨끗이 빨았고, 볕에도 잘 말렸어요. 그런데도 얼룩이 지워지지 않은 건 비단이 낡아서지, 제가 게을러서가 아니에요."

또박또박 대답하는 만덕의 말에 틀린 구석이 하나도 없었다. 모두가 알고 있는 사실이었다. 그런데도 예향은 이렇게 중요한 날을 망친 걸 누군가에게 화를 내야 분이 풀릴 듯했다.

"어린 것이 어디서 못된 것만 배워서는! 이제 거짓말까지 하는 거니? 정말 이걸 빨긴 한 거야?"

너무도 당당하게 대답하자 기가 질린 예향이 따져 물었다.

"방법이 있어요."

아이가 차분하게 대답했다.

"방법이라니?"

팔을 들어 흥분이 가라앉지 않는 예향을 말리며 월향이 만덕에게 되물었다.

"예향 성이 먼저 저에게 사과하면, 제가 소매를 고쳐줄 수 있어요."

어린아이가 제시한 방법이라는 게 과연 믿을 만한 건지 의아해 하면서도 월향은 만덕에게 기회를 주고 싶었다. 옆에 두고 일을 시켜봐도 눈치가 빠를 뿐 아니라, 마음 씀씀이도 깊은 아이였다. 까다롭기로 둘째가라면 서러울 월향에게 만덕은 입에 혀처럼 구는 아이였다.

"예향이 네가 오늘 온전한 소맷자락으로 연회에 서려면, 먼저 사과부터 해야겠구나."

"아니, 행수! 어떻게 그런 말씀을……. 제가 여기에서 어떻게 저 어린 계집애한테……."

"그럼 넌 오늘 연회에 참석하지 말고, 네 방에 처박혀 있든지!"

너무나도 매몰찬 월향의 태도에 예향이 고개를 떨구며 말했다.

"미안해. 오늘은 내가 경솔했어. 그런데 방법이란 게 정말 있긴 한 거니?"

소란에 하나둘 모여든 사람들로 마당은 북적거릴 정도였다. 이런 가운데 기어코 예향에게 사과를 받아낸 만덕은 제 방에서 보따리 하나를 꺼내왔다.

"이게 다 뭐니?"

월향이 사뭇 놀라 물었다.

"이건 제가 조개껍데기로 만든 장식들이에요. 예향 성 소맷자락에 이걸 덧대면 아주 예쁠 거예요."

만덕이 보자기에서 꺼내 든 물건들은 기녀들의 시선을 빼앗기에 충분했다. 아이가 만든 거라곤 믿기지 않는 솜씨였다.

"이런 걸 어떻게 만들었니?"

월향이 반짝이는 장식들을 매만지며 물었다.

"육손이 아즈방이 민어 부레로 어교를 만들어주셨는데, 그걸 비단 자투리에 붙인 거예요. 이 천을 소매에 덧대면 반짝반짝 예쁠 거예요."

만덕의 조개 장식이 낡아빠진 비단옷을 금세 탈바꿈해놓자, 예향의 태도도 누그러졌다. 오히려 마음에 쏙 들어 가슴이 두근거릴 정도였다. 오늘 자신이 더 돋보일 생각을 하니 우쭐해지기까지 했다. 다른 기녀들이 만덕의 보따리 속 물건에 흠뻑 빠져 있을 때, 저만치서 흐뭇하게 바라보던 육손이가 낚싯대와 어망을 들쳐 메고 중얼댔다.

"저런 걸 만들었던 거구나. 앞으론 민어를 더 많이 잡아줘야겠네."

톡톡, 톡톡톡톡.

이른 아침부터 마당 한쪽에서 뭔가를 두드려대는 소리가 새어나왔다.

"아아함! 만덕이가 또 뭘 만드나?"

입이 찢어져라 하품을 하며 나오던 연심이가 창고 안을 빼꼼히 들여다봤다.

"만덕아, 오늘도 밤샌 거야?"

"아, 깜짝이야! 연심 성이 웬일로 이렇게 일찍 일어났어요?"

"나도 오래 자고 싶었지. 근데 네가 하도 뭘 두드려대는 통에 잠이 깼지 뭐야."

"미안해요, 연심 성."

"아니야. 뭘 만들기에 그렇게 콩콩 찧어대니?"

"응, 요즘 성들 얼굴이 많이 상한 것 같아서 해초랑 전복 껍질을 빻아 조두(비누)를 만들어 보려고요."

"아, 그래? 그거 만들면 내가 제일 먼저 살 수 있을까? 물량이 많지 않을 테니, 전부 달려들면 곤란한데. 내가 값을 톡톡히 쳐줄 테니 나한테 먼저 줘."

"알았어요. 우선 만들고 나서 얘기해 줄게요."

"어머나! 오늘 완전 횡재했네. 호호호."

연심은 엉덩이를 살랑살랑 흔들어대며 사라졌다.

지난번 예향이의 소매에 조개 장식을 달아주며 솜씨를 보인 뒤로 만덕은 꽤나 바빠졌다. 기녀들이 주전부리를 하나씩 들고 만덕의 비좁은 방에 장식품들을 구경하러 왔기 때문이다.

만덕의 방에 놓인 장식품들은 좁고 어두운 방을 환하게 밝혀주고 있었다. 날마다 주워온 조개껍데기를 씻어 말리고, 색깔을 입혀 촘촘히 어교를 붙여 만든 촛대는 단연 으뜸이었다. 사르랑거리며 소리를 내는 조개 풍경도, 조개를 붙여 만든 팔찌며 가락지도 기녀들의 마음을 홀딱 빼앗았다. 이제 만덕의 방은 기방의 보물창고이자, 예쁜 것이라면 사족을 못 쓰는 기녀들에게 호기심과 선망의 장소였다.

매일 뚝딱거리며 물건을 만들어도, 평소 같으면 시끄러워 죽겠다고 투정하거나 짜증을 낼 위인들이건만, 요즘은 다음에 진열될 물건이 무엇일까 궁금해하는 기색들이 역력했다.

늘 뒤에서 거리를 두고 묵묵히 지켜보던 육손이가 월향에게 난생처음 부탁이란 걸 했다. 만덕이 장식품들을 만들 수 있는 작은 창고를 마당 한쪽 구석에 만들어주자는 것이었다. 그리고 만덕이 만들어내는 그 장식품들을 기녀들이 먹다 남은 주전부리가 아닌, 합당한 가격으로 팔 수 있게 해주자는 부탁이었다. 사실 육손이가 이런 부탁을 하게 된 건 어느 날 밤 우연히 만덕의 방을 지나면서 듣게 된 중얼거림 때문이었다.

밤늦도록 노래를 흥얼거리며 물건을 만들던 만덕이 문득 누군가에게 말을 하는 듯했다. 의아해진 육손이는 자리에 멈춰서서 귀를 기울였다.

"아방, 나 요즘 다시 물건을 만들고 있어. 사람들 발에 밟히고, 깨진 조개껍데기가 딱 나를 닮은 거 같아서 자꾸 줍게 돼. 버려진 조개껍데기를 깨끗이 씻고, 예쁜 색으로 칠해주면 조개마저 웃는 거 같아서 기분이 참 좋아져. 근데 말이야, 아방! 조금 엉뚱하긴 하지만, 난 요즘 어떤 물건이든 그 주인이 따로 있다는 생각이 들어. 물건들이 방 안에만 있으면 죽은 듯이 빛을 잃었다가, 주인을 찾아가면 기쁘다는 듯이 반짝반짝 빛나는 것처럼 보이거든. 난 그런 물건들을 만들고 싶어, 아방. 어둠이 너무 무거워서 감당이 안 될 때, 여린 마음이 돌이킬 수 없을 만큼 산산조각 났을 때, 작은 손에 받아들고 나면 잠시나마 환하게 웃을 수 있는 그런 물건 말이야. 요즘 다시 사람들에게 이것저것 선물하다 보니까, 내 삶이 더 환해지는 것 같아. 작은 조개껍데기가 일으키는 기적이 정말 놀랍다니까. 까짓것! 아무도 알아주지 않으면 어때? 내가 다른 사람의 마음을 먼저 헤아려주면 되지 뭐."

만덕은 물건을 만들 때만큼은 모든 시름을 잊는 듯했다. 마치 자신이 물고기를 낚으며, 모든 상처를 씻어내 왔듯 말이다. 육손이는 이렇듯 애틋한 마음으로 만들어지는 만덕의 물건이 한낱 아름다움에 들떠 있는 기녀들에게 주전부리 정도로 취급되는 게 속상했다.

평생 말 한번 시원하게 하는 법이 없던 오라비였다. 관아 기방에 필요한 일들을 무던히 잘 해내면서도 불평하는 기색이 없었고, 질문을 해야 겨우 입을 달싹거려 대답하던 오라비가 요즘 많이 달라져 있었다. 만덕이 온 이후로 제법 자주 활짝 웃었고, 지금처럼 먼저 부탁이라는 것도 하고 말이다.

월향 역시 만덕을 많이 아꼈다. 성품도 고왔지만, 그 재주도 탁월한 아이였다. 오라비의 제안대로 만덕이 예쁜 물건들을 만들어내면 기방에서 필요한 대로 쓸 수 있을 테고, 무엇보다도 오라비의 마지막 부탁이 마음에 걸렸다.

"월향아! 만덕이는 양인이야. 그걸 잊지 마. 만덕이는 기녀가 아닌, 양인으로 살아야지……. 아비가 상인이었다고 하더라. 그래서인지 아이가 어린데도 제법 셈에도 밝아. 그러니 기녀가 아닌, 상인으로 살게 하는 것도 좋겠지. 다행히 손재주까지 타고났으니 크면 제 앞가림은 거뜬히 할 수 있을 거야. 네가 틈틈이 언문을 가르쳐줬으니 잘 알 거야. 배움도 빠른 아이 같아."

육손이가 이토록 숨도 안 쉬고 길게 말하는 걸 처음 들은 월향은 내심 놀랐다. 그리고 오라비와 자신의 생각이 같아서 안도했다.

다른 기녀들이 만덕을 그렇게 귀애하면서도 왜 수양딸로 삼지 않느냐고 물을 때도, 딱히 이렇다 할 대답조차 하지 않았다. 수양딸로 삼아 기적(妓籍, 기녀의 신분을 기록해 놓은 문서)에 오르는 순간, 자신과 같은 삶을 살아야 하기 때문이다. 차마 양인을 기녀로 만들 수 없었고, 그럴 마음이 추호도 들지 않았기 때문이다.

그런데 오라비의 제안을 듣고 보니 만덕에게 계속 기방의 허드렛일만 시키기에는 그 재주가 아까웠다. 이제야 만덕에게 맞는 자리를 찾아줄 수 있을 것 같았다. 동의의 뜻을 내비치자마자, 육손이는 그날로 뚝딱 작은 창고 하나를 만들기 시작했고, 아무도 모르게 등잔 기름까지 듬뿍 채워 놨다.

이제 만덕은 마음껏 창고에서 원하는 물건들을 만들고, 필요한 재료를 찾으러 자유로이 바다에 나갈 수 있게 되었다. 그렇게 조금씩 채워가던 창고엔 이제 제법 많은 물건들이 진열되었다. 그리고 이 물건들은 기방에서 사용되기도 하고, 기녀들의 개인 물건들로 소소한 값에 팔리기 시작했다.

돈을 벌 수 있을 거라 기대하지 못했던 만덕은 요즘 엽전 세는 재미에 푹 빠져 지냈다. 그 돈으로 장에 나가 월향과 육손이를 위한 선물도 사고, 조개 장식에 필요한 안료와 재료들도 샀다. 기방에 버려진 천 쪼가리를 사용하는 게 아니라, 더 고급스러운 비단들도 제법 살 수 있었다. 물론 입속에 오물거리며 먹는 호박엿도 빼놓을 수 없다. 이렇게 만덕은 세상 남부러울 것 없는 일상을 보내고 있었다. 만덕이 바빠질수록 민어를 낚아 올리는 육손이의 손도 더불어 바빠졌다.

물건들이 어느 정도 만들어지자, 만덕은 새로운 일을 도전해보고 싶었다. 그래서 생각해낸 게 바로 조두였다. 기녀들이 짙은 화장을 지우기 위해 얼굴에 벅벅 문질러대는 조두는 팥이나 녹두, 쌀, 콩 등의 곡류를 맷돌에 갈아서 껍질을 벗겨내고, 다시 곱게 갈아 체에 쳐서 만든 것이다. 그런데 곡물로 만들다 보니 날 비린내가 심했고, 무엇보다도 연분(鉛粉)을 사용하는 기녀들이 조두를 사용하고 나면, 얼굴이 껍질이 벗겨진 채 허옇게 일어나는 일이 다반사였다.

만덕은 좋은 향기가 나면서도 얼굴을 촉촉하게 만들어주는 조두를 만들어 보고 싶었다. 그래서 얼마 전부터 세책방에서 약초에 대한 자세한 내용이 들어 있는 책을 사서 조금씩 읽기 시작했다. 월향에게서 간간이 배운 언문이 꽤나 도움이 되고 있었다.

조두를 만들어 볼 궁리를 하던 만덕은 드디어 산이나 들로 들꽃과 약초를 캐러 다니기 시작했고, 초봄에는 미역과 해초들을 채취하러 바다를 쏘다니는 일이 빈번해졌다. 약초꾼도 아닌데 턱 하니 바랑 하나 메고 산을 타고, 잠녀도 아닌데 잠녀 옷을 걸친 채 척척 물질까지 하는 만덕이 기녀들에겐 참 유별나 보였다.

부스럼 할망의 저주

"으아악! 깜짝이야! 만덕아, 얼굴이 왜 그래?"

마당에서 만덕을 마주친 계심이가 놀라 물었다.

"얼굴이 왜요? 뭐 묻었어요?"

느닷없는 계심의 반응에 만덕이 되물었다.

"이리 와봐."

계심의 손에 이끌려 방에 들어간 만덕은 자신의 두 눈을 믿을 수가 없었다. 경대(鏡臺) 속에 비친 얼굴은 더 이상 사람의 형상이 아니었다.

"왜 이렇게 된 거야?"

"사실은 요즘 성들 얼굴이 많이 상한 거 같아서 새로운 조두를 만들어 보는 중이었어요. 그리고 어제 다 만들어져서 시험 삼아 제가 먼저 써봤는데……."

세책방에서 빌린 약초 책을 읽던 만덕은 조두의 날 비린내를 없애기 위해 향이 좋은 쑥이나 꽃을 넣어보고 싶었다. 그래서 쑥과 잇꽃, 제비꽃, 어성초 꽃, 오행초 꽃을 따서 정성스럽게 말렸었다.

그리고 조두를 사용한 후 얼굴에 물기가 촉촉하게 남으려면 미역이 효과가 있을 거라 생각했다. 하루 종일 짜디짠 바다에서 물질을 한 잠녀들이 피부가 거칠어질 때마다 미역 한 줄기를 뜯어서 얼굴에 붙이는 걸 많이 봤기 때문이다. 그래서 말린 쑥과 미역을 잘게 빻아 조두와 함께 물에 개서 사용해봤던 것이다. 그런데 아침에 일어나 보니 얼굴이 빨갛게 부어오르고, 가렵기 시작했다.

"우선 물로 얼굴을 먼저 씻어봐. 아이 참, 속상해라. 이쁜 얼굴이 다 망가졌네."

계심이가 호들갑을 떨었다. 고운 피부가 기녀들의 자존심이니 당연한 일이었다.

"에이, 얼굴은 괜찮아요. 금방 가라앉겠죠."

만덕은 부어오른 얼굴보다 조두에 무슨 문제가 있는 건지 궁금해서 참을 수가 없었다.

골똘히 생각에 빠져 걷다 보니 어느새 바다가 눈앞에 닿아 있었다.

"아방! 나 왔어. 지금 내 꼴이 도깨비 같아도 놀라지 마. 왜 이렇게 되었냐면, 음…… 그러니까 이뻐질라고 꽃가루를 얼굴에 조금, 아주 조금 발랐는데, 요 모양이 돼버렸네. 히히히. 부스럼 할망(피부병을 치료하는 제주 여신)이 빨리 고쳐줘야 할 텐데."

"괜찮은 거냐?"

낚시를 하다 만덕을 발견하고 다가온 육손이가 걱정스레 얼굴을 살폈다.

겸연쩍어진 만덕이 주저리주저리 그간의 일들을 이야기했다.

"쑥을 언제 캔 거야?"

"며칠 안 되었어요. 그런데 그건 왜 물으세요?"

"아마 네 얼굴이 그렇게 된 게 쑥 때문인가 보다. 쑥은 단오 이전에 따야 하는데……."

"왜요?"

"단오 이후에 따는 쑥은 약효보다는 독성이 더 강해지거든. 그래서 더울 때 딴 쑥은 오래 묵혀 두었다가 써야 탈이 없어."

"와아! 역시 아즈방 최고! 아즈방 덕분에 이유를 알았어요."

만덕이 나가 있던 사이, 계심이의 입방아로 기방이 떠들썩했다. 어린애가 겁도 없이 얼굴에 아무거나 처바르니 부스럼 할망이 노한 거라는 둥, 천둥벌거숭이처럼 산을 헤집고 다니니 산신령이 노했다는 둥, 앞으로 만덕이가 만드는 물건을 어떻게 믿고 쓰냐는 둥, 요즘 돈맛을 보더니 콧대가 하늘을 찌른다는 둥. 처음에 얼굴 부스럼 걱정으로 시작되었던 이야기는 결국에 만덕의 험담으로 막을 내리고 있었다.

지나다 사정을 들은 월향은 피식 웃음이 났다.

"으이구, 사고뭉치. 쫑알쫑알 약초 이야기를 묻더니만, 결국 이런 사달을 냈구먼."

월향은 장롱 속에 넣어 두었던 자색(紫色) 천을 꺼내 들고 만덕을 기다렸다.

"아즈망, 만덕이에요."

"들어와."

월향의 잔소리가 시작되기도 전에 만덕이 장황하게 설명을 시작했다.

"그러니까, 아즈망. 놀라지 마시고요. 제 얼굴은 괜찮아요."

"알고 있으니 그만 쫑알대고, 여기에 누워봐라."

'어랏! 오늘은 웬일이시지?'

평소와 달리 다소곳이 누운 만덕은 눈을 동그랗게 뜨고 월향의 안색을 살폈다. 월향이 자색 천에 물을 묻혀 만덕의 얼굴에 뒤집어 씌웠다.

"두 식경 정도 이러고 있어야 돼."

"킁킁, 그런데 이게 뭐예요, 아즈망?"

만덕은 두 식경이 되기도 전에 숨 막혀 죽을 거 같아 물었다.

"자초(紫草)를 말려서 물들인 천이야. 이걸 대고 있으면 창독

(瘡毒)이 없어지고, 종물(腫物, 종기)이 생기지 않아."

"우와! 아즈망이랑 아즈방은 모르시는 게 없네요. 안 그래도 육손이 아즈방한테 말했더니, 쑥이 문제였을 거라고……."

"오라방이 한 말이니, 틀림없이 맞을 거다. 짬이 날 때마다 낚시를 하거나 서책을 들여다보는 위인이니. 쯧쯧쯧, 그 정성으로 여심(女心)을 살폈으면 진즉에 혼인을 하고도 남았을 텐데."

"아즈방이 서책도 읽으세요? 혹시 서책도 많으신가요?"

깜짝 놀란 만덕이 벌떡 일어나 앉자, 월향이 짱구 이마를 지그시 눌러 다시 눕혔다.

"그러니 앞으론 아무거나 시험해보겠다고 얼굴에 찍어 바르지 말고, 오라방한테 먼저 물어봐. 평소엔 입에 거미줄을 치고 있더라도 네가 물어보면 술술 답을 해줄 테니."

어미를 쏙 빼닮은 월향과 달리, 육손이는 서책을 좋아하던 아비의 성품과 근성을 많이 빼다 박았다. 천한 신분을 굳이 밝히지 않는다면, 읽고 쓰는 데 막힘이 없어 양반이라고 해도 모두 믿을 터였다.

"도대체 다 큰 여자아이 얼굴이 이게 뭐니?"

"얼굴로 먹고사는 것도 아닌데, 뭐가 어때요? 내일부터 다시 만들어봐야겠어요."

"요게, 말하는 본새하고는!"

월향이 다시 만덕의 이마를 꾹 눌렀다.

어느새 열세 살이 된 만덕은 어렸을 적 귀여운 맛이 살짝 없어지긴 했지만, 제법 어여쁜 처녀티가 나고 있었다.

"너도 이제 다 컸으니, 혼처도 알아봐야 할 텐데……."

"네? 혼인이요?"

"그럼. 내년이면 벌써 열넷이잖니. 시집을 가고도 남을 나이지."

"저는 절대로 혼인하지 않을 거예요."

"아니, 왜?"

"사내니, 혼인이니 하는 건 모두 시시해요. 세상에 재미나고 신나는 게 얼마나 많은데, 굳이 혼인을 해요? 혼인을 하면 마음껏 하고 싶은 걸 할 수 없잖아요."

"응? 그럼 어떻게 살려고?"

만덕의 뜬금없는 대답에 토끼눈을 하고 월향이 물었다.

"아즈망이랑 아즈방도 혼인 안 해도 멋지게 사시잖아요."

"내가 이렇게 사는 거야 기생년 팔자가 기구해서고, 오라방이 이렇게 사는 건 나 때문이지……."

"무슨 그런 말씀을 하세요? 저는 아즈망이랑 아즈방처럼 자유롭게 하고 싶은 거 하면서 살 거예요. 하고 싶은 거 하면서 돈도 많이 벌고요. 멋진 곳에도 많이 가보고 싶어요."

"별 시답잖은 얘기를 다 듣겠네. 어서 부스럼 할망한테나 빌어. 빨리 낫게."

"호호, 알겠어요."

구김 없이 밝은 아이를 보며, 월향은 과연 그런 세상이 올까 싶어 씁쓸했다. 여인이 혼인하지 않고도 자유롭게 살고, 멋진 곳에도 맘껏 가볼 수 있는 그런 세상 말이다.

물에서 온 도령

제주목 관아에 들어서면 가장 먼저 보이는 건물은 홍화각(弘化閣)이다.

홍화각은 제주 목사들이 사무를 보던 공간으로, 탐라고각(耽羅高閣)이라 불릴 정도로 웅장하게 그 위용을 떨치고 있다. 그러나 홍화각의 웅장함은 그 외양에서만 나오는 건 아니다.

세종 치세 당시 탐라 백성들이 기근으로 죽어가고 있을 때, 왕은 최해산을 탐라 안무사로 내려보냈다. 그는 백성의 고통을 헤아리며 신속히 기근을 해결했고, 송사에 억울한 일이 없도록 만반을 기했다. 뿐만 아니라 말[馬]을 기르는 세세한 방법부터 적의 침입에 맞서는 전술에 이르기까지 백성들에게 세세히 가르치며, 그들의 삶이 윤택해질 수 있도록 힘을 다했다.

또한 유례에 없던 대화재로 제주 관아가 소실되자, 이를 수리하고 만경루라는 이름을 홍화각이라고 고쳤다. 만경루는 놀고 구경하는 곳에나 어울리는 이름이니, 성상의 은혜가 백성에게 두루 미친다는 뜻의 홍화각이 더 낫다는 것이다.

이후 탐라 백성들에게 최해산은 그야말로 신적인 존재가 되었다. 그리고 사람들은 그와 같은 충직한 관리가 한양에서 내려와 주길 손꼽아 기다렸다. 제주 목사들은 처음 이곳에 부임했을 때, 홍화각의 장중한 외관과 무거운 의미를 곱씹느라 가슴이 벅차오르곤 했다. 제주 목사 이한길 역시 예외는 아니었다.

그런데 요즘 홍화각 근처 내아(內衙, 지방 수령의 사적인 거처)에서 숭고한 뜻과는 전혀 어울리지 않는 소리가 새어 나오고 있었다.

우당탕탕! 좌아악!

"흑흑흑, 도련님! 잘, 잘못했습니다요."

"이게 무슨 소리냐?"

관아 내아를 지나던 도령이 방 밖에서 서성이는 춘수에게 물었다.

"송구합니다요, 작은도련님. 큰도련님이 역정이 나셔서 또 상을……."

"내가 들어가 볼 테니, 너는 춘실이 데리고 행랑에 가 있거라."

"예, 도련님."

"형님!"

작은도령이 방문을 열자, 춘실이 방 한가득 널브러져 있는 음식을 줍느라 여념이 없었다.

"찬이 입에 안 맞으셨습니까?"

"너는 또 왜 와서 잔소리인 게야?"

눈을 치켜뜨며 큰도령이 소리를 질러댔다.

"춘실이는 그만 나가보거라."

작은도령이 등 뒤로 손짓을 하며, 빨리 나가보라는 신호를 보냈다.

"예예, 도련님."

평소 늘 있는 일이라 이젠 놀랍지도 않았다. 그러나 매번 눈 앞에서 상이 뒤집히고 큰도령의 손찌검까지 받아내야 하는 춘실에게 밥때는 견디기 힘든 고역이었다. 자주 맞는 얼굴의 부기가 빠지기도 전에 또 맞을 수도 있다는 공포가 그녀의 오금을 저리게 했다.

새로 부임한 제주 목사 이한길에겐 두 아들이 있다.

큰아들 진욱과 작은아들 현욱.

이 둘은 성품만큼이나 외모도 천지 차이였다. 진욱은 전처 조씨의 소생이었고, 현욱은 후처 한씨 소생이었기 때문이다. 전처 조씨는 내로라하는 집안의 외동딸이었다. 집안에서 정해준 대로 혼인한 이한길은 조씨의 욕심스럽고 투기가 심한 성격을 감당하기 힘들었다. 시부모를 향한 눈길에도 늘 짜증이 차 있었고, 집안의 종들을 부릴 때에도 거칠고 잔인한 구석이 있었다. 부부의 연을 맺고 살면서도 살가운 정을 느끼기보다, 벗어나고 싶다는 마음이 조금씩 차올랐다. 조씨 부인 역시 자신을 봐도 늘 데면데면한 남편에게 서운했다.

아들 진욱은 외모부터 성품까지 모두 조씨를 빼다 박았다. 진욱이 아장아장 걷기 시작할 때부터 살아있는 미물을 발로 꾹꾹 눌러 죽이며 까르르 웃어대도, 어미는 그것을 훈계하는 법이 없었다. 늘 아이가 하는 일을 무조건 잘했다고 부추기며, 눈감아주기 일쑤였다.

그러다 아이가 세 살 되던 해, 심각한 역병이 조선 땅을 휩쓸었다. 두창과 온역, 이질, 한질 같은 전염병이 끊이지 않고 창궐하자, 이한길은 역병이 미치지 않은 동네에 사는 누이 집으로 양친을 모셨다. 그리고 진욱도 조부모를 따라 피신시켰다. 그렇게 아들을 떼놓고 하루하루 숨죽이며 지내는 사이, 평소 몸이 허약했던 조씨는 역병에 걸려 세상을 떠나고 말았다.

아이가 돌아왔을 때, 어미는 더 이상 곁에 없었다. 양친과 아이만이라도 살았다는 안도감도 잠시뿐, 이한길의 부친은 재혼을 강권했다. 역병과 기근에 언제 가문의 대가 끊어질지 모른다는 불안감 때문이었다. 대단한 가문에서 모셔온 강팍한 성품의 며느리를 이미 겪었던 터라, 양친은 이번 혼례에서는 가문보다는 건강하고 참한 처자를 물색하느라 바빴다. 그리고 한미한 가문 출신이지만 조용하고 기품 있는 한씨 처자를 찾아냈다. 역병이 휩쓸고 간 생채기가 채 아물기도 전이라 혼례는 약식으로 치르고, 한씨 부인은 조용히 이한길에게 후처 자리로 시집왔다.

이한길은 한씨 부인을 만나고서 비로소 조금씩 편안해지기 시작했다. 한씨는 조용한 성품이면서도 사람의 마음을 헤아릴 줄 아는 여인이었다. 가문의 대소사에 분란이 일기 전에 지혜롭게 다스릴 줄 알았고, 종들을 부릴 때에도 위엄 있으면서 후덕했다. 종들도 마음을 다해 새 안주인을 따르는 게 눈에 보였다. 그리고 한씨가 현욱을 낳자, 양친도 이제 마음껏 기뻐하며 진심으로 며느리를 아꼈다.

그런데 예상치 못한 문제가 불쑥 끼어들었다. 네 살 터울의 아이들이 자라면서 눈에 띄게 불화가 심해졌던 것이다. 물론 진욱이 벌컥 화를 내면서 현욱을 때리는 일이 다반사였지만, 한씨 부인은 두 아이 모두에게 회초리를 댔다. 진욱은 친모가 아니면서 자신을 때리는 한씨 부인이 죽도록 싫었고, 현욱은 잘못도 없는데 맞는 자신의 처지가 서운했다.

머리가 굵어지자, 한씨 부인과 현욱을 괴롭히는 진욱의 수법도 점점 교묘해졌다. 글공부를 할 때, 현욱이 막힘없이 술술 대답이라도 하면 진욱의 심사가 더욱 뒤틀렸다. 아비에게 독선생을 붙여 달라 수없이 간청해도, 아비는 두 아들을 학당에 보냈다. 학당 동무들과 스스럼 없이 의론(議論)해야 편협한 시각에 갇히지 않고, 넓게 견문을 익힐 수 있다는 게 이유였다.

스승의 물음에 눈이 번쩍 뜨일 만한 답을 말하는 건 늘 현욱이었다. 그날 밤엔 어김없이 밥상이 뒤엎어지고, 춘실이의 얼굴에 손자국이 남았다. '고기반찬이 너무 짜다'는 게 표면상의 이유였다. 그러나 실은 반찬 하나 제대로 입맛에 못 맞추냐는 한씨 부인에 대한 모욕이었다. 처음엔 이한길도 이 못된 버릇을 고쳐보려 애써 봤지만, 진욱은 그럴수록 더 엇나갔다. 이 일은 자신에게 맡겨달라는 한씨 부인의 간곡한 부탁에 이한길은 한 발짝 뒤로 물러나 있었다.

그리고 갑작스럽게 명(命) 받은 제주 목사직.

이 일을 앞두고 이한길은 깊이 고민했다. 대개의 경우 관료들은 먼 지방으로 떠날 때 한양 본가에 식솔들을 두고 홀로 임지로 떠났다. 그런데 자신이 집을 비울 경우, 한씨 부인이 패악을 떠는 진욱을 감당해낼 수 있을지 걱정이었다. 고민 끝에 이한길은 양친의 간곡한 만류에도 불구하고 과감하게 결단을 내렸다. 부임 기간 동안 한씨 부인은 본가에서 양친을 극진히 모시게 하고, 자신이 두 아들을 데리고 탐라로 가겠다는 거였다.

탐라 여정이 확정되자 진욱은 신이 났다. 자신을 옭죄던 조부모와 한씨 부인의 시선에서 자유로워진다는 게 너무 설레었다. 이제 무슨 짓을 해도 자신을 막을 수 없다는 해방감에 콧노래가 절로 나왔다.

　현욱 역시 안도했다. 진욱의 횡포가 심해질수록 숨 한번 제대로 못 쉬고 지낸 어미가 이제 조금 편해질 수 있어서였다. 이제 자신만 진욱을 감당해내면 되는 거였다.

　그런데 처음엔 신이 났던 진욱은 요즘 많이 따분했다.

　막상 도착한 탐라는 그야말로 드넓은 바다 말고는 아무것도 없었다. 그래서 요즘 재미 삼아 기방에 드나들고 있었다. 탐라 기녀들은 한양 기녀들 못지않게 어여뻤다. 그리고 제주 목사의 아들이라는 신분이 이 촌구석에서 꽤나 먹혀들었다. 모두들 한양에서 내려온 진욱의 비위를 맞추느라 아양을 떨어댔다.

　진욱이 몰래 관아를 빠져나가 기방으로 향하려던 어느 날, 내아를 채 벗어나기도 전에 부친과 맞닥뜨렸다. 평소 쉽게 역정을 내지 않던 부친의 얼굴이 심하게 일그러져 있었다.

　"요즘 자주 기방에 드나든다는 소문이 파다하더구나."

　"아, 아버님. 소자는……."

　"글공부에 매진해서 청운의 꿈을 품어도 모자랄 판에, 어찌 벌써부터 기녀들의 품에 빠져 있는 게냐?"

"송구합……."

"시끄럽다. 당장 들어가서 서책을 펼쳐라."

진욱의 말이 채 끝나기도 전에 부친이 다그쳤다.

'필시 그놈이 고자질을 했겠지……. 두고 보자.'

방으로 향하는 진욱의 눈빛이 사나워졌다.

뒤따라오는 아비의 기척에 진욱이 슬쩍 돌아보자, 아비는 어느새 노기(怒氣)를 가라앉히고, 글 읽는 소리가 나오는 현욱의 방을 흐뭇한 시선으로 바라보고 있었다.

'쳇!'

진욱의 심사가 미칠 듯이 뒤틀렸다.

다음 날 월계정사에서 글공부를 마치고 나오던 진욱이 현욱을 멈춰 세웠다.

"나랑 갈 데가 있다. 따르거라."

"예? 집으로 안 가십니까?"

"당장 뒤따르라는데, 어찌 서설이 이리 긴 것이냐?"

혼자 돌아가기도 애매해서 뒤따르기 시작한 현욱은 어느새 기방 문 앞에 서 있었다. 기방 문을 위아래로 훑으며 당당히 선 진욱의 모습에 아연실색했다.

"형님! 아버님께서 아시면 또 역정을……."

"닥치거라! 너만 입 다물면 그만이다. 지난번에도 네놈이

고해바친 걸 내가 모를 줄 아느냐?"

"아닙니다, 형님."

"어디서 감히 거짓을 고하느냐?"

현욱이 고해바친 게 아니었다. 이한길이 향리 고관들과의 모임에서 우연히 듣게 된 것이었다. 큰 아드님이 똑똑하기도 하고, 참으로 호방하다는 그들의 뼈 있는 칭찬을 들으며 이한 길은 적잖이 당황했었다.

"제가 왜 형님을 고해바치겠습니까?"

"네 말이 정녕 사실이라면, 오늘 이곳에서 사내답게 오해를 풀면 그만이다. 따르거라."

"혀, 형님!"

현욱이 기방 문턱을 넘자마자, 진욱은 후회했다. 그간 자신 에게 홀딱 빠져 있던 기녀들의 시선이 어느새 죄다 현욱에게 쏠려버리고 말았다. 땅딸한 키에 통통한 자신과 달리, 현욱은 키도 훤칠하고 곱상하게 생긴 사내였다. 외탁을 한 자신과 달 리, 현욱은 아비를 쏙 빼닮았다. 그래서 조부모들의 시선도 장 남인 자신이 아닌, 현욱에게 늘 닿아 있었다.

"어머나, 도련니이이임! 어서 오시어요."

교태가 담뿍 흐르는 목소리로 예향이 반기자, 진욱은 상한 마음이 조금 가라앉았다. 예향이 누구인가. 그래도 이곳에서 가장 어여쁘고 콧대 높은 기녀가 아니던가. 다른 천한 기녀들의 마음이 누구를 향하든 상관없었다.

예향의 기세에 눌려 그동안 진욱에게 다가가지 못했던 기녀들은 한꺼번에 현욱에게 몰려들었다.

"그럼 도련님은 저희가……."

"떨어져라."

차가운 목소리가 달려들던 기녀들을 순식간에 제압했다.

"내 몸에 손끝 하나 대지 마라."

예향과 진욱이 방으로 쏙 들어간 뒤, 혼자 남은 현욱은 아무도 자신의 곁에 다가오지 못하게 했다.

"아니, 저러실 거면 기방엔 왜 오신 거람?"

"저런 외모를 지닌 분이 손끝도 대지 말라고 하시니, 괜시리 억울해지네."

기녀들이 입술을 삐죽이며 투덜거렸다.

그런 기생들의 소리가 하나도 들리지 않을 만큼 현욱은 난감했다. 함께 들어가서 진욱의 장단을 맞춰줄 수는 없었다. 탐라에 와서까지 형제의 불화를 내비칠 수 없어 따라 들어왔을 뿐이다. 그러니 이렇게 마당과 기방 주변을 서성이다가 같이 귀가할 마음이었다. 그리고 다시는 발걸음을 하지 않을 작정이었다.

"도련님, 아이들을 물릴 터이니 저쪽 정자에서라도 조용히 쉬시지요. 술 대신 차를 올리겠습니다."

"고맙네."

행수기생 월향의 권유로 현욱은 정자로 향했다.

마당을 지나 한적한 곳에 세워진 정자에서 서너 잔쯤 차를 들이켜자 현욱은 슬슬 지겨워졌다. 등 떠밀려 온 게 아니었다면 벌써 바다에라도 나갔을 것이다. 진욱을 두고 혼자 떠날 수도 없던 차라, 다시 마당 쪽으로 나갔다. 행수기녀를 통해 형에게 은근히 귀가를 재촉해보려던 참이었다. 자신이 얘기하면 벌컥 역정부터 내겠지만, 행수기녀를 통하면 더 쉽게 일이 풀릴 듯했다. 짜증이 치밀어 오르던 자신에게 은근하게 차를 권하며 쉬게 해준 월향이 노련해보였기 때문이다.

그런데 아무리 둘러 봐도 마당 근처에 기녀들이 보이질 않았다. 서성이며 정자로 돌아가려던 때, 마당 한쪽의 창고 문이 삐긋이 열려 있는 게 보였다. 걸음을 멈추고 슬쩍 들여다본 현욱은 두 눈이 번쩍 뜨였다. 곡괭이나 삼태기, 전복이나 조개를 캐는 도구들이 가득할 거라 생각했는데 그게 아니었던 것이다. 현욱은 창고 안을 가득 채우고 있는 반짝이는 물건들과 향기에 도취되어 자신도 모르게 안으로 발을 들여놨다.

"이게 다 뭐지?"

조개로 만든 멋스러운 촛대부터 풍경, 여인들의 팔찌와 목걸이들이 있었다. 그 무엇보다 현욱의 눈을 사로잡은 건 조개 장식을 붙여 만든, 아니 더 정확히 말하자면 지금 만들어지고 있는 병풍이었다.

사랑채에 빠져서는 안 되는 물건들 중 단연 으뜸인 것이 병풍이다. 서책을 읽는 등 뒤로 늘 목석같이 서 있는 물건. 위로 국왕부터 아래로 사대부들까지 이 병풍에 수많은 의미들을 담곤 했다.

해와 달, 다섯 산봉우리를 그려 장엄함을 되살린 일월오봉도 병풍은 왕의 어좌(御座) 뒤에 항상 놓여 있다가, 붕어(崩御)한 왕과 같이 묻힐 정도로 의미 있는 물건이다. 또한 꽃 중의왕, 모란꽃이 그려진 병풍은 왕실의 제례(祭禮)에 늘 사용되었고, 장수를 염원하던 사대부들은 불로장생을 상징하는 열 가지 사물을 그려 넣은 십장생도 병풍을 둘렀다. 또한 사대부들의 절개와 충성을 상징하는 사군자와 고송(古松)이 그려진 병풍도 양반들에겐 꽤나 익숙한 물건이었다.

그런데 지금 현욱의 눈앞에 펼쳐진 병풍은 난생처음 보는것이었다. 화공이 그려 넣었을 법한 바다의 풍경이 전체적으로 깔려 있지만, 이 병풍을 돋보이게 하는 건 군데군데 장식된 아름다운 조개껍데기들이었다. 모양도 색도 제각각이었지만, 바다의 순일함을 내뿜고 있었다.

"지금 뭐 하시는 겁니까?"

자신도 모르게 손을 뻗어 조개를 만져보던 현욱은 깜짝 놀라 뒤를 돌아봤다.

짱구 이마에 큰 눈을 한 여자아이가 문가에 서서 허리춤에 양손을 야무지게 얹고 씩씩대고 있었다.

"아, 나는…….."

어안이 벙벙해진 현욱이 버벅댔다.

"대체 누구시기에 주인도 없는 창고를 막 들여다보십니까?"

"저, 나는…….."

현욱이 자신의 신분을 밝히려 또 입을 열었지만, 여자아이의 대거리가 다시 시작되었다.

"그리고! 그건 왜 허락도 없이 막 만지십니까? 붙여 놓은 어교가 아직 마르지도 않았는데, 이거 망가지면 책임지실 겁니까?"

"미안하구나."

현욱은 병풍 쪽으로 기울어진 몸을 바로 하며 말했다.

"근데 누구십니까?"

자기소개의 기회를 놓친 현욱이 선뜻 미안하다고 사과하자, 그제서야 흥분이 가라앉았는지 만덕이 물었다.

"그러니까…… 내가 아까부터 그 얘기를 하려던 참이었는데, 네가 하도 역정을 내는 바람에……. 나는 이현욱이다."

"근데 여기엔 왜 들어오셨습니까?"

허름한 옷차림으로 봐선 분명 기방에서 일하는 여종일 텐데, 양반 앞에서도 주눅 든 기색 없이 꽥 소리를 내지르는 것을 보니 보통 성깔은 아닌 듯했다.

"문이 삐긋이 열려 있기에……. 그래도 다른 이의 공간에 허락도 없이 들어온 것은 내 과오가 맞다. 미안하구나."

"괜찮습니다. 이제 제가 또 작업을 시작해야 하니, 그만 자리를 비켜주시지요."

만덕은 현욱을 지나쳐 병풍 앞에 앉았다.

"그런데 이건 네가 다 만든 것이냐?"

만덕의 요청에 발길을 돌리던 현욱이 아주 조심스레 물었다.

"예."

너무 당연한 걸 묻는다는 듯이 짧게 대답한 후, 만덕이 다시 일에 몰두했다.

"그런데……."

"아, 진짜! 또 뭐가 남았습니까?"

"네 이름이……."

"김만덕."

만덕은 엉거주춤 서 있는 현욱을 쳐다보지도 않고 대답했다.

현욱은 뒤통수를 얻어맞은 듯했다. 이렇게 버르장머리 없는 종을 본 적이 한 번도 없어서다. 그런데 이상하게도 화가 나거나 괘씸하지가 않았다. 그 당돌함이 오히려 귀엽기까지 했다.

"방해가 되지 않는다면, 내가 조금 더 구경해도 되겠느냐?

물론 소리도 내지 않고 조용히 있을 것이다."

"그럼 저쪽에 앉으시든가요."

만덕이 조개껍데기를 든 손으로 후미진 구석 자리를 가리켰다.

"응, 그래. 고맙구나."

"그런데 탐라에는 유람하러 오신 것입니까?"

작업하는 소리만 한동안 이어지다 정적을 깨고 만덕이 갑자기 물었다.

"아니다. 부친을 따라온 것이다."

"오래 머무실 건 아닌가 보네."

만덕의 말이 어느새 짧아지고 있었다.

"그래도 부친께서 명 받으신 기간을 끝마치셔야 하니, 족히 이 년은 넘게 걸릴 듯하구나. 아, 나는 제주 관아에 머물고 있다."

조개로 만든 촛대를 들여다보며 현욱이 대답했다.

"근데 제주 관아에 머무시는 분이 벌건 대낮에 기방엔 웬일로?"

만덕의 말이 더 짧아지다 못해 시건방져지고 있었다. 옛날 오라비한테 하던 말본새가 본인도 모르게 튀어나오고 있던 것이다.

"기방에 오신 형님을 따라왔을 뿐이다. 같이 귀가하지 않으면 부친께서 걱정하실 듯하여."

"원래 동생들이 더 의리가 있는 법이지…… 나도 우리 오라
방보다 훨씬 더 의리가 있었거든."

"잠깐! 근데 너는 왜 아까부터 나한테 반말을 하는 것이냐?
딱 봐도 반가의 처자는 아닌 듯한데."

"아! 제가 그랬습니까?"

그제서야 정신을 차린 만덕이 토끼 눈을 하고 물었다.

"너를 탓하고자 한 말은 아니다. 비슷한 연배인 듯하니 그
냥 편한 대로 하거라."

"네……. 송구합니다."

"너는 이곳에서 일하는 여종이냐?"

"아닙니다."

"여종도 아닌데, 이곳에서 뭘 하는 것이냐?"

"저는 부모님을 조금 일찍 여읜 양인 규수로, 잠시 이곳에
살고 있습니다. 밥값이나 좀 해보려고 이곳에서 기방과 기녀
들이 필요로 하는 예쁜 물건을 만드는 여자 장인이지…… 상
인이란 말이 더 맞으려나? 내가 이런 반짝이는 것들을 만들고
팔아서 돈도 벌거든."

공손함도 잠시뿐, 다시 만덕의 말이 슬금슬금 반말로 끝나
고 있었다. 물론 본인은 알아차리지 못했다.

"그럼 이 물건을 나한테도 팔겠느냐?"

현욱이 병풍을 가리키며 말했다.

"안 돼, 안 돼. 그건 내달에 있을 연회에 사용될 거라 미리 주문제작을 받은 거거든."

"그럼, 내 것을 하나 만들어 줄 수도 있느냐?"

"만드는 건 어렵지 않은데, 이게 왜 필요해? 딱 봐도 연회를 막 즐길 것 같이 생기진 않았는데, 쩝."

만덕은 딱 봐도 여종처럼 생겼다는 도령의 말을 고스란히 되돌려주고 있었다.

"하하하!"

"왜 웃지?"

"역시 넌 반말이 편한 게로구나."

"앗, 죄송……."

"괜찮다. 편히 하거라. 다만, 남들이 보는 앞에서만 조심하거라. 괜히 책잡히지 말고."

"그럼, 그럴까?"

오늘 여러 번 자신을 봐 주고 있는 도령에게 만덕이 장난기 가득한 얼굴로 대답했다.

"병풍이란 게 연회에만 필요한 것은 아니다. 사대부들에게 사군자나 고송, 십장생이 그려진 병풍은 아주 익숙한 물건들이지."

"그럼 그쪽도 이미 가지고 있겠네."

"있지. 그런데 이렇게 멋진 바다 병풍은 한양에도 없거든."

"그래……? 그럼 비싸게 팔아야 되겠네."

"부르는 값만큼 쳐줄 터이니, 염려 말거라."

"기한은?"

"보아하니 네 일거리가 산더미 같은데, 네가 편할 때 만들어주면 된다."

"와, 얼굴도 곱상한데 마음씨까지 이쁘네."

만덕이 능글대는 목소리로 놀려댔다.

"아, 아니. 지금 그건 처자가 사내에게 할 말은 아닌 듯한데……."

시간 가는 줄 모르고 둘이 얘기를 주고받는 중에 마당에서 현욱을 찾는 소리가 들렸다.

"그럼 오늘은 이만. 병풍이 완성되면 관아에 기별을 넣거라."

"안 나갈 테니, 조심히 가셔."

한껏 불량스런 어조로 만덕이 대꾸했다. 현욱은 그런 모습이 재밌다는 듯 웃으며 창고문을 나섰다.

"아! 아까 이름이 뭐랬더라? 현, 현…… 아 몰라, 몰라."

혼자 중얼거리던 만덕이 다시 병풍 속 바다 세계에 빠져들었다.

탐라 밖 세상

"춘수야, 춘수 밖에 있느냐?"

"예, 도련님!"

작은주인이 평소와 다르게 들뜬 음성으로 불러대자, 춘수는 의아했다.

"어서 기방에 좀 다녀오너라."

"예? 기방에요? 큰도련님이 또 거기에 쓰러져 계십니까?"

하루가 멀다 하고 기방 출입이 잦아진 진욱은 급기야 요즘 기방에 술이 떡이 돼서 쓰러져 있곤 했다. 부친 몰래 춘수를 대동하고 진욱을 들쳐업고 온 게 엊그제인데, 또 기방에 다녀 오라니 춘수는 힘이 쭉 빠진 것이다.

"아니다. 오늘은 내 용건으로 너를 보내는 것이다."

"예? 도련님이 기방에 무슨 용건이……."

춘수가 못 들을 얘기라도 들은 듯 눈이 휘둥그레졌다.

"기방에 가면 마당 한쪽에 창고가 보일 것이다. 거기 좀 다녀오너라. 거기에서 내가 주문한 물건을 찾아오면 되느니라."

"아, 예. 그럼 다녀오겠습니다."

가슴을 쓸어내리며 춘수가 고개를 끄덕였다.

"아, 춘수야."

"예, 도련님. 뭐 잊으신 거라도 있으십니까?"

소매 속에서 비단 주머니를 꺼내 든 현욱은 그것을 춘수에게 내밀었다.

"만덕이에게 주면 알 것이다. 아, 참! 그리고 혹여 만덕이가 반말을 해도 너무 노여워하지는 말거라."

"예? 만덕이란 사람은 천한 기방에 사는데도, 처음 보는 남의 집 종놈에게도 막 반말을 하고 그럽니까?"

"보면 안다. 서둘러라. 늦으면 만덕이가 잔뜩 골을 낼지도 모르니, 하하하."

춘수는 문득 궁금해졌다. 도대체 만덕이란 놈이 누구이기에 자신의 주인이 저렇듯 유쾌한 얼굴로 그를 두둔하는지…….

한달음에 달려 도착한 기방 앞에서 춘수는 일단 가쁜 숨을 몰아쉬었다.

"저기, 내아에서 왔습니다요."

"무슨 일로?"

비쩍 마른 여자아이가 문 쪽을 흘끔 쳐다보며 물었다.

"물건을 찾으러 왔습니다."

"아! 작은도령이 보낸 사람인가 보네. 요기에 있는 물건 들고 가면 돼."

"이것이 무엇입니까?"

"얘기 못 듣고 왔나 보네. 음…… 그 댁 작은도령이 주문한 병풍이야."

"만덕이란 분을 뵙고 전하라는 물건이 있는데요."

툭 튀어나온 이마에 눈을 또로록 굴리는 여자아이가 만덕이란 사실을 꿈에도 모른 채 춘수가 머뭇거렸다.

"놓고 가."

"그러니까…… 만덕이란 분께……."

도련님에게 받은 비단 주머니를 주섬주섬 꺼내던 춘수가 머뭇거리며 대답했다.

"네가 그토록 찾는 만덕이가 나니까, 거기에 놓고 가라고."

"엥?"

춘수는 황당해서 되물었다. 그러고 보니 처음부터 지금껏 쬐그만 여자아이한테 반말을 들었다는 걸 이제야 깨달았다.

'아…… 이래서 도련님이 화내지 말라는 거였구나.'

"도련님이 전하라 하셨습니다."

춘수는 비단 주머니를 조심스럽게 내려놓았다.

"응. 그리고 그거 무식하게 막 휘두르면서 가면 안 돼. 길 가다가 다른 사람이랑 부딪쳐도 안 되고."

"예?"

"나, 참. 귓구멍이 막혔나. 말 그대로야. 병풍 위에 어교로 조개껍데기를 붙여서 만든 것이라, 밤길 조심해서 들고 가란 소리야. 혹시 넘어지더라도 목숨 걸고 지키고. 망가져도 수리 안 해줄 거니까."

"아, 예. 그런데 왜 수리는 안 해주십니까?"

"내가 너무너무 바쁘니까. 나 지금 죽을 시간도 없거든."

기방 문을 나선 춘수는 기가 막혔다. 기껏 해봐야 기방 한 구석에서 일하는 여종일 텐데, 그리고 나이도 춘실이랑 비슷해 뵈는데, 정말 아무런, 아무런 일말의 망설임조차 없이 막말을 퍼붓고 있었다. 그런데 이상하리만치 황당하기는 해도, 기분이 나쁘진 않았다.

춘수가 낑낑대며 병풍을 들고 내아에 들어왔을 때, 이한길이 바람을 쏘이는지 마당을 서성이고 있었다.

"대감마님, 나와 계십니까요? 날씨가 꽤 쌀쌀합니다요."

"응, 그래. 춘수구나. 괜찮다. 바닷가가 지척이라 그런지 바람이 꽤 부는구나. 어디 다녀오는 길이냐?"

"예. 작은도련님 심부름 다녀오는 길입니다요."

"심부름?"

한길은 평소 춘수 남매를 종 부리듯 하지 않던 현욱이 심부름을 보냈다는 소리에 의아해서 물었다. 어려서부터 이들 남매는 진욱보다는 현욱을 더 많이 따랐다. 남매가 진욱과 지낸 시간이 더 많지만, 마음으로 따르는 건 현욱이었다. 현욱은 이들을 가족처럼 챙기고 보살폈다. 저자에 나갈 때면 꼭 작은 엿가락 하나라도 이들의 입에 물려주었고, 진욱이 행패를 부릴 때마다 자신이 앞서서 슬쩍 구해주곤 했다. 그런 현욱이 춘수의 이마에서 굵은 땀방울을 떨어지게 하는 물건 운반을 시켰다고 하니, 이한길은 문득 궁금해졌다.

"무슨 물건이더냐?"

"조개껍데기를 붙인 병풍이라고 했습니다요."

"오, 그래? 그런 물건을 들어보지 못했는데, 이 기회에 나도 구경 한번 해야겠구나."

방 앞에서 두런두런 이야기 소리가 들리자 현욱이 방문을 열고 나왔다.

"아버님, 밤공기가 서늘한데 어찌 그리 서 계십니까?"

"응, 그래. 서책을 읽고 있었더냐? 진귀해 보이는 물건이 도착한 것 같구나. 나도 구경해 봐도 되겠느냐?"

"들어오십시오. 춘수야, 조심히 옮겨서 펼쳐 보아라."

"춘수도 이제 늙어가는 것이냐. 얼마 전까지만 해도 황소 같은 힘이 보이더니만, 오늘은 어째 그리 빌빌거리누."

평소와 다르게 물건을 조심스럽게 다루던 춘수의 모습이 어설프고 우스워, 이한길이 껄껄 웃으며 말했다.

"아휴, 아닙니다요, 대감마님. 이걸 만든 장인이 어찌나 조심히 들고 가라고 잔소리를 하던지요……. 길가에서 쓰러져 죽더라도 이 물건은 목숨 걸고 지키고, 온전히 운반하라고까지 했습니다요."

"허허허, 그래?"

조심스럽게 펼쳐진 병풍을 보자, 모두들 입이 떡 벌어졌다. 뭐라 형용할 수 없는 멋진 바다가 눈앞에 펼쳐져 있었다. 분명 화폭의 배경은 탐라 바다였지만 수묵화가 아니라 은은하게 바다 빛으로 채색이 되어 있었고, 군데군데 각양각색의 조개껍데기는 마치 바닷속에서 살아 움직이듯 장식되어 있었다.

현욱의 입가에 미소가 번졌다.

"현욱아, 이걸 만든 장인이 누구더냐? 이런 진귀한 물건은 난생처음 보는구나."

"아뢰옵기 송구하오나, 이 물건은 기방에서 일하는 만덕이라는 아이가 만든 것이옵니다."

"어린아이가 이런 재주가 있단 말이냐?"

"어려서 부모를 일찍 여의고, 돌봐줄 사람이 없어 기방에 의탁하게 되었다 들었사옵니다. 상인이었던 아비 덕에 어려서부터 여러 가지 물건을 접할 수 있었던 듯하온데, 손재주가 좋아 요즘은 기방에서 사용되는 장식품들을 제작하며 지내는 듯하옵니다. 우연히 그녀가 만든 물건들을 보게 되었는데, 진귀한 것들이 많이 있었사옵니다."

한길은 현욱이 이토록 남에 대해서 자세히 알고 있는 게 의아했다.

"여자아이더냐?"

"예, 그러하옵니다."

"사정이 딱한 아이구나. 나도 하나 부탁해도 되겠느냐? 이 정도의 병풍이라면 값을 후하게 쳐주겠다고 전하거라."

한길은 내달에 있을 탐라 향리들의 시회(詩會)에서 이 병풍을 내보이고 싶었다. 하지만 이 일이 만덕에게 어떤 영향을 끼칠지 이때는 아무도 알지 못했다.

늦가을의 탐라엔 스산한 소리가 많이 들린다.

바다에서 불어오는 바람은 그 누구도 봐주는 법이 없다. 이곳저곳을 배회하며 한 번씩 뒤흔들어 놓고, 훼방을 놓아야 직성이 풀리는 무뢰배 같다. 아침부터 불던 바람이 잦아들자, 현욱은 심란했던 마음을 추스르고, 낭랑한 목소리로 서책을 읽기 시작했다.

공자께서 말씀하시길, '날씨가 추워진 뒤에야 소나무와 잣나무가 뒤늦게 시듦을 알 수 있다'라고 하셨다.

같은 구절을 여러 번 반복해 읽는 현욱의 표정이 자못 진지했다.

『논어』의 이 구절은 태평성세에는 충신과 간신이 섞여 분간하기 어렵지만, 난세가 되면 비로소 충신이 드러난다는 의미다. 거친 세파에도 끝까지 푸르른 송백 나무는 의심의 여지 없이 충신을 상징하는 것인데도, 현욱은 이 구절을 읽으면서 자신도 모르게 만덕을 떠올리고 있었다. 뼛속까지 추위가 파고들고, 외로움에 몸서리치면서도 다시 일어섰을 만덕이 송백 나무와 많이 닮아 있었다.

현욱은 급히 종이를 펼치고, 서책의 내용을 언문으로 적기 시작했다. 성현의 말씀이 어찌 과거를 준비하는 양반에게만 필요하겠는가. 쉽게 써 내려간다면, 그 누구든 마음 깊이 이해하고 위로받을 수 있을 거라는 확신이 생겼다. 그 누구보다도 만덕이 이 글을 읽고 힘을 얻었으면 좋겠다는 바람이 싹트고 있었다.

"춘수 밖에 있느냐?"

"예, 도련님."

"기방에 가서 만덕이에게 이 서신을 전하거라."

춘수는 현욱이 내미는 서신을 덥석 받지 못하고 눈치를 살폈다.

춘수는 요즘 자꾸 기방에 관심을 보이는 현욱 때문에 가슴을 태우고 있었다. 어엿한 청년이 예쁜 기녀에게 관심을 보이는 것이라면 기꺼이 이해할 수 있었다. 그런데 자신의 주인이 선머슴 같은 여자에게 친절한 기운을 내뿜는 것은 지나치리만큼 이상한 일이었다.

"도련님, 요즘 기방에 기별을 넣는 일이 너무 잦으신 거 아닙니까? 지난번에 대감마님께서 병풍을 주문하셨는데, 어찌 또 가보라고 하십니까?"

"내가 주색잡기에 빠질까 봐 염려되느냐?"

현욱이 장난스레 웃으며 말했다.

"차라리 예쁜 기녀라면 소인이 걱정도 안 합니다요. 한데 왜 매번 만덕이만 찾으십니까요? 얼굴이 이쁜 것도 아니고, 그렇다고 고분고분하거나 싹싹한 것도 아닌데……."

"하하하. 오늘따라 네가 불만이 많아 보이는구나."

"도련님은 소인이 뵌 분 중에 가장 지혜로우신 분입니다. 그런데 도련님께서 반가의 규수께는 관심을 두지 않으시고, 자꾸 짱구만 찾아대시니……."

"짱구? 하하하!"

탐라에 오기 전, 현욱에게는 꽤 괜찮은 혼처가 들어왔었다.

이한길도 꽤 탐이 나는 집안이었지만, 진욱의 혼사가 거론되기 전이라 정중히 거절했었다. 이때 춘수는 감히 종놈 주제에 서운했었다. 무식한 종놈이 보기에도 진욱에게 괜찮은 혼처가 들어오는 건 불가능해 보였기 때문이다. 그의 괴팍한 성격과 한량 기질이 장안의 호사가들의 입을 즐겁게 해주었을 뿐 아니라, 현욱의 혼삿길까지 막을 판이었다.

어려서부터 모시던 작은도령은 사내가 봐도 멋진 구석이 많았다. 반듯하고, 단정하고, 따듯한 사람이었다. 지난번 진욱의 횡포에서 춘실이를 구해준 것처럼, 현욱은 그들 남매에게는 피난처 같은 존재였다.

그런데 자신이 만난 만덕은 반가의 규수도 아니고, 여인의 자태를 갖춘 것도 아니고, 그저 자유로운 영혼을 소유한, 나쁘게 말하자면 제 맘 내키는 대로 하는, 천방지축인 여자였다.

"만덕이는 내 벗이다."

춘수의 얼굴이 시무룩한 걸 알아차린 현욱이 담담하게 말했다.

"네에? 벗이요? 진짜 미치겠네…… 어찌 그런 천한 아이가 도련님의 벗이 될 수 있습니까요?"

"만덕이는 천한 아이가 아니다. 부모를 일찍 여읜 양인일 뿐이다. 그리고 그 아이가 특별한 건 삶을 사랑할 줄 알기 때문이다. 혼자서도 씩씩하게 잘 살아내고 있지 않느냐? 비록 의지할 곳 없어 기방에 의탁하고 있지만, 그런 사정이 그 아이에게 담긴 빛을 가릴 수는 없을 것이다. 그러니 너도 다른 시각으로 그 아이를 바라보거라."

그렇게 일러두곤 현욱은 석양빛으로 물들어가는 하늘을 보며 바닷가로 향했다.

짭조름한 바다 내음이 바람에 실려 오자, 현욱은 가슴 깊이 그 냄새를 들이마셨다. 멀리까지 나갔던 고깃배들이 하나둘 만선으로 돌아오고, 바다 새들도 끼룩대며 제 둥지를 찾아 날아간다. 낮 동안 서책에 빠져 있던 현욱은 이 시간의 바다를 좋아했다. 붉은 해가 바다 밑으로 툭, 떨어지는 걸 볼 때마다 그 장엄함에 가슴이 벅차오르곤 했다.

"엇!"

천천히 바닷가를 거닐던 현욱은 반가운 뒷모습을 발견했다. 멀리서도 단박에 만덕이란 걸 알 수 있었다. 그녀는 뭐가 그리 바쁜지 부산스럽게 움직이고 있었다.

"무엇이 그리 바쁜 게냐?"

소리 없이 다가간 현욱이 대뜸 물었다.

"아, 깜짝이야! 현욱 도령이 여긴 웬일이야?"

만덕은 지난번 현욱에게 반말을 지껄이다 월향에게 호되게 등짝을 맞은 후, 도령이란 칭호를 붙이긴 했으나, 여전히 반 토막 어투는 변한 게 없었다.

"잠시 거닐고 싶어서 나왔다. 너는 뭘 하는 것이냐?"

주변에 잔뜩 차려놓은 물건들을 보며 현욱이 물었다. 만덕은 모래 위에 모닥불을 피워 놓고, 어디서 구했는지 나뭇가지에 물고기들을 제법 야무지게 꽂은 채, 살살 돌려가며 익히고 있었다. 온 얼굴에 새까만 그을음이 낀 줄도 모르고, 맛난 걸먹을 생각에 마냥 신이 나 있는 것 같았다.

"이런 거 안 먹어봤지? 현욱 도령도 한번 먹어볼래?"

"그럼 어디 한번……."

평소 같으면 어림도 없는 일이었다. 깔끔하기로 유명한 현욱이 철퍼덕 모래바닥에 앉는 것도 놀라운 일이었지만, 출처도 알 수 없는 나뭇가지에 꽂힌 생선을 맛보다니. 만덕이 바랑에서 주섬주섬 감주를 꺼내며 환하게 웃자, 현욱은 할 말을 잃었다.

"무슨 일로 이렇게 거나하게 차려 먹는 것이냐? 아! 알겠다. 지난번 나와 아버님이 주문했던 병풍으로 꽤 짭짤하게 벌었나 보구나."

"아무리 머릿속에 글자만 그득해도 그렇지. 저리 상상력이 부족해서야, 쯧쯧쯧."

"아…… 그럼 오늘이 귀빠진 날인 게냐?"

만덕의 혀 차는 소리에 현욱이 자못 심각하게 물었다.

"아니, 사실 오늘이 울 아방 제삿날이야. 울 아방이 생전에 구운 생선이랑 감주를 아주 좋아했거든."

"미안하구나……."

"아냐. 이젠 괜찮아."

"괜찮……다고?"

부모를 잃은 슬픔이, 그것도 아주 어려서 겪은 참사에 마음이 괜찮아질 수 있을까 싶어 현욱이 중얼거렸다.

"현욱 도령, 있잖아, 슬픔은 돌멩이랑 비슷해."

"돌멩이? 그게 무슨……."

"처음에 슬픔은 주머니 속 깊이 감춰 둔 뾰족한 돌멩이 같거든. 그 날카로운 모서리에 여기저기 찍히면 피가 나기도 하지만, 시간이 지날수록 슬픔이란 건 둥글둥글해져. 오랜 시간 내 손길과 마음에 닿으면서 견딜 수 있게 바뀌어져 있거든. 예전에는 아방을 삼켜버린 이 바다가 저주스럽고 무서웠는데, 이젠 괜찮아. 이 바다에 깃들어 사는 내 삶이 꽤 괜찮아지고 있거든."

'이 아이를 이토록 강하게 만드는 힘은 뭘까?'

현욱은 거대한 슬픔조차 이 아이를 삼킬 수 없었던 이유를 궁금해하며, 새까맣게 타버린 생선을 한입 더 베어 물었다.

"그런데 말이야, 현욱 도령."

"응?"

"한양은 어떤 곳이야? 한양 이야기 좀 들려줘봐. 나는 태어나서 지금껏 탐라 밖으로 나가본 적이 없어서 말이야."

"한양? 글쎄……."

"조선 땅에서 가장 번화하고 구경할 게 많은 곳이 한양 아니야? 그런 곳에 지금껏 살았으면서 할 얘기가 없다고? 이봐, 현욱 도령. 난 이 코딱지만 한 탐라에서도 지금껏 재미나게 살았다고. 나이가 들어서 그런가 이젠 다른 곳도 슬슬 궁금해져서 그렇지. 공짜로 얘기를 들려달라는 건 아니야. 나 장사꾼이잖아. 사례는 톡톡히 할 테니 이야기보따리 좀 시원하게 풀어보셔."

만덕이 눈을 게슴치레 뜨며 졸라댔다.

'이건 또 뭔 소리.'

현욱의 말문이 막힌 이유는 따로 있었다.

한양 땅 한가운데서 태어나 지금까지 버젓이 지내왔건만 뚜렷이 기억에 남는 곳이 떠오르지 않아서였다. 내성적인 성격 탓에 어디를 쏘다녀본 적도 없었다. 그저 학당과 집을 오가며 지나던 종루가 다였다. 별 수 없이 거기부터 이야기를 시작했다.

"한양에서 가장 큰 저잣거리가 있는데, 그곳이 바로 종루야."

"종루? 한양 저잣거리라면 아주 크겠네? 볼 것도, 먹을 것도 엄청 많고?"

볼이 터지게 생선을 씹어 먹으며 만덕이 물었다.

"그래, 맞아. 매일 지나다녀도 늘 생동감 넘치고 왁자지껄한 곳이야. 그런데 요즘 한양 저자에선 기인(奇人)들이 사람들을 웃기려고 크고 작은 재주들을 선보이곤 하지. 요즘 제일 유명한 기인이 있는데, 사람들이 그를 광대 달문이라고 불러."

"광대? 우와! 그 기인은 재주가 뭔데?"

"우선 제일 볼 만한 건 아주 아주 못생긴 얼굴이야."

"현욱 도령, 그렇게 안 봤는데 은근 속물이네. 사람 외모 가지고 막 그러는 거 아니야. 치사하게시리."

평소 짱구 이마 때문에 놀림 받던 만덕이 하마터면 톡 튀어나올 뻔한 욕을 삼키며 말했다.

"그런데 진짜 너무 못생겨서 사람들이 좋아해."

"사람 생긴 게 거기서 거기지. 뭐 그렇게까지 이상하게 생겼을라고?"

만덕이 의심의 눈초리로 물었다.

"광대 달문은 외모 중에 가장 유별난 곳이 큰 입이거든. 입이 정말 믿기지 않을 만큼 커. 얼마나 큰지 두 주먹이 들락날락 할 수 있을 정도야. 툭하면 눈을 부릅뜨고 주먹을 입에 넣어서 사람들을 자지러지게 만들지."

"그래서 사람들이 그 큰 입을 보려고 모인다고?"

"아니, 다른 재주도 많아. 외줄 타기는 기본이고, 세상 동물들의 소리를 정말 똑같이 흉내 내거든."

"와아! 그럼 현욱 도령은 광대 달문을 직접 봤어?"

"응. 학당 다녀오는 길에 저자에서 봤는데, 나는 정말 새가 옆에 있는 줄 알았어. 온갖 종류의 새소리를 입으로 내더라고. 어찌나 신기하던지."

"대단하다! 그럼 저잣거리 말고 유람을 다녀온 곳은 없어?"

현욱은 또다시 말문이 막혔다. 차라리 『논어』나 『맹자』 구절을 물어보면 하루 종일도 쉬지 않고 읊을 수 있지만, 유람은 해본 적이 없었다. 평소 수줍음도 많이 타고, 벗들에게 쉬이 마음을 주는 편이 아니었기 때문이다.

"에이…… 현욱 도령은 사내가 아니야?"

뜬금없는 질문에 현욱은 딸꾹질을 했다.

"내가 사내로 태어났으면 조선 팔도를 미친 듯이 쏘다녔을 거야. 얼마나 재미있을까……."

만덕의 얼굴에 잔망스런 미소가 번졌다.

"그럼 넌 조선 팔도에서 어디가 제일 가보고 싶으냐?"

"당연히 조선에서 가장 아름답다는 금강산이지."

"금강산?"

"죽기 전에 반드시 꼭 가볼 거거든."

현욱은 금강산은 조선의 사대부들조차 쉬이 발걸음하지 못하는 명승지라는 말을 꿀꺽 삼켰다.

"그래. 네 포부라면 충분히 가능할 듯하구나. 누가 널 막을 수 있겠느냐, 하하하!"

현욱은 출륙금지령에 묶여 있으면서도 감히 그런 꿈을 꾸는 만덕이 안쓰러우면서도 대단해 보였다.

"그런데, 아까 이야기 값을 준다고 하지 않았느냐?"

"아, 맞다!"

만덕은 바랑을 뒤져 작고 아담한 물건을 건네주었다.

"이것은 살쩍밀이(선비들의 머리치장 도구)와 갓솔(갓의 먼지를 털어내는 도구)이 아니냐? 그런데 연결해서 하나로 만들었구나. 한양에서 늘 보던 대나무 재질이 아니라 조가비를 사용하고, 심지어 자그만해서 소매 속에 넣고 다니기에도 편하겠어. 참으로 기발한 생각이야!"

"뭐 그렇게까지 감탄을……. 맘에 든다니 다행이야. 다음에도 재미있는 이야기 좀 아낌없이 들려줘. 현욱 도령의 이야기 보따리가 열릴수록, 내 바랑도 자주 열릴 테니."

재잘대던 만덕은 물끄러미 바다를 바라보며 생각에 잠겼다.

아방이 잠들어 있는 바다.

그리움이 차오를 때마다 찾아들던 바다.

불쑥 찾아드는 슬픔을 두고 가던 바다.

오늘따라 바다가 더 처연해 보여, 만덕은 괜시리 눈시울이 붉어졌다.

현욱은 말없이 오래도록 만덕의 곁에 있어 주었다.

해가 진 바다에 별이 쏟아져 내리고 있었다.

바다 이야기 4
진주 조개

상선(商船)이나 조공선(朝貢船)의 뱃길로 바다를 이용하는 사람들에게 난, 그저 자신들의 목적달성을 위해 거센 풍랑만 일으키지 말아 주길 바라는 두렵고 골치 아픈 존재다.

보물을 가득 싣고 오는 배를 호시탐탐 엿보며 기다리는 약탈자들에게 난, 약탈의 장소이자 동시에 무자비한 살육의 유일한 목격자다.

전쟁을 위해 목숨을 걸고 바다를 건너는 자들에게 난, 그간의 후회를 고백하고, 결연한 각오를 다지는 엄숙한 공간이 된다.

더 넓은 땅과 더 많은 재화를 찾아 떠나는 이들에게 난, 이를 악물고 정복해야 할 도전 대상이 된다.

풍랑을 만나 표류하는 이들에게 난, 끝없이 파랗기만 한 절망스러운 존재다.

사랑하는 이들을 먹이기 위해 고군분투하는 이들에게 난, 무궁무진한 식량창고가 된다.

가족을 뭍으로 보내고 가슴 졸이며 기다리는 사람들에게 난, 그들의 무사귀환을 보장해줘야 할 신(神)적인 존재가 된다.

사색을 즐기는 철학자들이나 타고난 이야기꾼들에게 난, 인간의 보잘것없는 유한성과 나약함을 빗대기 위한 멋지고 위대한 존재로 승화된다.

이렇듯 난, 사람들의 필요에 의해 규정되는 존재일 뿐이다.

그들의 필요가 충족되면 외경심을 내비치며 고마워하다가도, 일이 틀어지면 분노하고, 평생 치를 떠는 원망의 대상으로 전락해버린다.

그런데 필요에 의해서가 아니라, 있는 그대로 나를 봐주고, 진심을 다해 찾아와주는 이들이 있다.

바다를 닮은 이들이 있다.

하루도 빠짐없이 나를 찾아와 주는 소녀가 있다.

떠오르는 해를 바라보며 기지개를 켜기도 하고,

출렁이는 파도를 바라보며 우스꽝스러운 춤을 추기도 한다.

비가 오는 날엔 목청을 높여 소리를 지르기도 하고,

바람이 부는 날엔 우두커니 서서 울기도 한다.

따듯한 봄날엔 주섬주섬 음식을 챙겨와서 실컷 먹기도 하고, 무더운 여름엔 얼굴만 쏙 내밀고 자맥질을 하기도 한다.

시원한 가을바람엔 모래밭에 누워 세상 모르게 자기도 하고,

살을 에이는 겨울 추위엔 바위에 걸터앉아 물끄러미 지평선을 바라보기도 한다.

그리곤 매일 어김없이 모래밭에 쭈그리고 앉아 조개껍데기를 줍는다.

소녀는 알까. 조개의 삶을?

그녀가 그토록 열심히 주워가는 껍데기만 남은 조개가 어떤 생(生)을 사는지.

소녀는 텅 빈 껍데기에 생명을 불어넣는 것 같다. 그녀는 예쁜 색을 입혀 장식을 만들면서 마치 조개가 지녔던 처음의 아름다움을 되살려 놓는 듯하다.

아이야, 네가 주워가는 조개껍데기는 사실 힘겨운 삶을 멋지게 살아낸 바다의 '별'같은 존재란다.

인간 세계에서 조개가 품었던 '진주'는 인어의 눈물 또는 달의 눈물이라는 별칭을 지니고 있다지? 왜 사람들은 진주를 눈물에 비유했던 걸까? 그들은 조개가 아픔과 고통을 통해 만들어낸 눈물의 보석이 바로 진주라는 걸 알았던 걸까?

조개는 언뜻 보기에 작고 딱딱한 돌멩이 같이 생겼지만, 실

은 말랑말랑한 살 속에 특이한 입을 두 개나 가지고 있는 생명체란다. 물을 빨아들이는 입수관과 물을 내뿜을 수 있는 출수관이지.

입수관을 통해 물속의 먹이를 쪽쪽 빨아 먹던 조개에게 어느 날 갑자기 불청객이 찾아오기도 한단다. 작은 모래 알갱이 같은 거 말이야. 조개는 컥컥대며 출수관을 통해 이물질을 내보내지.

그런데 거머리처럼 찰싹 붙어서 부드러운 살갗을 찢으며 파고드는 모래알들도 있단다. 그리고 그 모래알이 좀처럼 나갈 기색이 없으면, 조개는 이물질을 감싸기 위해 특이한 물질을 뱉어내지. 조개는 한 겹, 두 겹, 수천 번, 수만 번 이 작업을 반복하며 모래알을 감싼단다. 자신에게 위협이 되지 않는다는 확신이 들 때까지 말이야. 그러는 사이 이 불청객은 점점 영롱한 빛을 띠며 커지게 된단다. 그리고 마침내 진주가 되는 거지.

조개는 그런 존재란다.

불쑥 찾아든 '불청객'을 '진주'로 탈바꿈시키며 자신의 생을 빛나게 만들어내고야 말지.

유난히도 조개를 좋아하는 아이야.

바다를 닮은 네가, 네 삶에 불쑥 끼어든 '불청객'조차 아름다운 '진주'로 만들어갈 수 있길 간절히 빌어본다.

나, 생명을 귀히 여기는 바다의 염원을 담아.

특이한 시회

　새벽부터 관아 종들의 움직임이 부산스러웠다. 오늘 관아에서 있을 큰 연회 때문이었다. 탐라에서 큰 연회는 그리 자주 열리는 편이 아니었다. 새로운 제주 목사가 부임해온 환영 연회와 구(舊) 제주 목사를 보내는 송별연회가 고작이다. 백성들에겐 이 두 연회가 모두 번거롭고 힘든 부역이었다. 특히 구 제주 목사를 보내는 송별연회는 송덕비(頌德碑)까지 세워야 하기 때문에 부담이 이만저만이 아니었다.

　제주 목사를 지낸 관리들은 떠날 때 자신의 덕과 행적이 새겨지는 송덕비에 엄청난 공을 들이곤 했다. 그렇게 피땀을 쥐어짜서 구 관리를 보내놓고 나면, 또 다시 새 제주 목사를 환영하는 연회를 준비해야 하는 게 탐라 백성들의 숙명이었다. 일 년에 얼마 없는 연회라지만 다들 연회라면 지긋지긋하다

못해 속에서 욕이 고이곤 하는 이유였다.

그런데 오늘은 이상하리만큼 연회를 준비하는 종들과 백성들의 얼굴에 웃음꽃이 피고 있었다. 몇십 년 만에 처음으로 관아가 엄청난 연회비용을 부담하고, 백성들을 배부르게 먹이기로 했기 때문이다. 관아가 이토록 기특한 일을 하기로 한 데는 다 이유가 있었다. 조선이 개국한 이래, 한 번도 탐라 출신이 과거 급제를 한 적이 없었는데, 이번에 놀랍게도 월계정사와 김녕정사에서 각 한 명씩, 두 명이나 급제하는 쾌거를 이뤘기 때문이다. 이한길은 이 경사스런 일을 온 탐라가 축하할 수 있도록 기꺼이 사비를 보탰고, 이에 다른 탐라 향리들도 동조하게 되었다.

관아로 곱게 차려입은 기녀들이 속속 도착했고, 탐라 유지들과 향리들도 모여들기 시작했다. 떠들썩하게 연회가 시작되자, 여느 때와 달리 기녀들의 춤사위도 흥이 넘쳤다. 이때 평소 나서기를 좋아하던 김중현이 벌떡 일어나 외쳤다.

"에헴. 소신이 한 말씀 올리겠사옵니다. 먼저 이런 경사스런 연회를 주관해주신 이 목사께 감사의 말씀을 올립니다. 이곳 탐라에서 과거 급제자를 둘씩이나 배출할 수 있었던 것은 모두 학식과 덕망이 높으신 이 목사의 덕이옵니다. 소신이 축배를 권해도 되겠사옵니까?"

김중현의 제안에 모두들 박수를 치며 잔을 치켜들었다.

"모두들 이렇게 자리해 주시니 고맙소이다. 탐라에 이런 경사가 생겼으니, 오늘은 모두 맘껏 연회를 즐겨주시오. 특히 이번 연회는 시회를 겸하기로 하였으니, 멋진 시를 지어서 후학들에게 본을 보여주시고, 탐라의 인재 양성에 더욱 힘써주시기를 부탁드리오."

이한길의 제안에 모두 잔을 비웠다. 연회가 한창 무르익을 무렵 김중현이 물었다.

"시제(詩題)는 무엇으로 하리이까?"

시제를 정하자는 김중현의 제안에, 박찬성의 귀가 번쩍 뜨였다.

"완물(玩物) 대상으로 해보면 어떨는지요? 각자 요즘 즐겨 완상하시는 대상이 있다면 소개도 해주시고, 이를 시제로 삼아 멋진 시를 지어보는 건 어떻겠는지요?"

"좋소이다."

"재미있을 듯하옵니다."

모인 이들의 바람대로 오늘의 시제가 완물 대상으로 결정되자, 이한길이 입을 열었다.

"우리 박 판관께서 먼저 말씀해주시지요."

"소신은 요즘 비둘기에 푹 빠져 있사옵니다. 한양의 사대부들이 즐겨 기른다 하여 암수 한 쌍을 친척에게 얻었사온데, 기르는 재미가 쏠쏠하옵니다. 하하하."

박찬성이 오늘의 시제로 완물 대상을 제안한 이유는 그가 기르는 비둘기를 자랑하고 싶어서였다. 요즘 그는 비둘기를 기르는 시렁을 크고 화려하게 만들어 놓고, 좁쌀을 듬뿍 넣어 주는 재미에 빠져 있었다. 이 촌구석에서라도 한양의 사대부들이 하고 있다는 건 꼭 따라 해야 직성이 풀렸기 때문이다.

박찬성의 자랑이 끝나자, 이에 질세라 곽윤일이 입을 열었다.

"소신은 금어(金魚, 금붕어)를 댓 마리 정도 기르고 있사옵니다."

"금어요? 그리 귀한 것을요?"

"연경에 다녀온 벗에게 부탁하여 사온 것인데, 오색빛깔의 자태가 고와서 자못 볼 만하옵니다."

연경에 다녀온 한양 벗이 있다는 말에 다들 부러운 눈길을 보냈다.

"그럼 금어를 연못에 놓아 기르십니까?"

"아닙니다. 유리로 어항을 만들어 방에 두고 완상하고 있습니다. 조금 더 커지면 그때 놓아 길러야지요."

"유리로 만든 어항도 소장하고 계십니까? 대단하십니다."

모두의 찬사에 곽윤일의 어깨에 힘이 들어갔다.

"소신은 요즘 수석(壽石)을 채집하는 재미에 빠져 있사옵니다. 부끄럽게도 서책이 들어차 있어야 할 방에 수석만 즐비합니다."

평소 조용하던 신중섭이 수줍게 입을 열었다.

"부끄럽다니요? 소신이 듣기에 한양 선비들도 요즘 수석에 열광하고 있다 하더이다. 심지어 이희천이란 선비는 돌 1만 개를 수집하고 진열하기 위해 만석루(萬石樓)라는 정자를 지었다지요?"

"정자까지…… 그게 정말입니까?"

그래도 가장 최근까지 한양 소식에 밝았던 이한길이 자세히 설명해주자, 이곳저곳에서 감탄이 새어 나왔다.

"그런데 이 목사께선 어떤 완상물이 있으십니까?"

사실 오늘 연회에 모인 이들이 가장 궁금했던 건 제주 목사 이한길의 완물 대상이었다. 평소 난을 치며 차 마시는 일만 즐기던 이한길이 요즘 들어 멋스러운 물건들을 소장하게 되었다는 건, 이 좁아터진 섬 구석에서 알 만한 이들은 죄다 아는 소문이었다.

"허허허. 완물이라고 하기엔 미흡하옵니다만, 솜씨 좋은 장인에게 구입한 물건이 몇 가지 있소이다."

"오늘 저희가 구경해 볼 수 있겠습니까?"

그간 이한길은 만덕에게 바다 병풍을 주문한 이후에도 갖가지 진귀한 물건들을 손에 넣었다. 오직 탐라에서만 만들어질 수 있는, 그리고 솜씨 좋은 만덕의 손에서만 만들어질 수 있는 명물들이었다. 임기를 마치고 한양으로 돌아가서도, 오래도록 탐라를 기억할 수 있는 특별한 물건들이기도 했다. 글 읽기 좋아하고, 조용히 난(蘭)이나 치는 것을 소일거리로 삼던 이한길이 갑작스레 탐라에서 완상물이 생긴 것은 자신조차 예상치 못한 일이었다.

그는 어려서부터 완물상지(玩物喪志)라는 말을 귀에 못이 박히도록 들으며 자랐다. 외물(外物)을 즐기다가 소중한 본심(本心)을 잃게 된다는 그 말은 조선의 사대부들에게 쾌락의 향유를 금기시하는 것으로 인식되었다. 행여라도 취미를 마음 놓고 즐기는 것도, 그것을 동조하는 생각을 밖으로 드러내는 것도 망설여지던 시대였다. 그리고 선비들은 무엇보다도 외물에 굴복당해 선비의 본심을 잃었다는 낙인이 찍히는 것을 두려워했다.

그런데 세상이 변하고 있었다. 이제 고아한 예술이나 골동품을 점잖게 즐기고, 다양한 취미생활을 탐닉하는 사대부들이 늘기 시작하면서 벽(癖, 고질병)이나 광(狂, 미치광이), 치(痴, 바보)와 같은 말들도 생겨나기 시작했다. 사대부들은 취미 활동에 빠지는 것을 경계하기는커녕, 오히려 이것이 없으면 부끄러워할 정도로 변해 있었다.

종복들이 들고 온 병풍을 펼치자, 다들 눈이 휘둥그레졌다.

"아니, 이런 병풍은 처음 보옵니다."

"바다가 살아서 움직이는 듯하옵니다."

"수묵화 일색의 병풍을 완전히 뒤바꿔놓은 걸작이옵니다."

여기저기서 탄성이 새어나왔다.

"허허허, 과찬이십니다."

"다음 물건은 무엇이옵니까?"

이번엔 종복이 물건을 상 위에 올려두자, 서로들 다투어 보느라 목을 뺐다.

"이것은 연상(硯箱)이 아닙니까?"

"연상은 주로 오동나무를 사용해서, 그 자연스런 결을 멋으로 삼지 않사옵니까? 하온데 이 연상은 너무도 고급스럽사옵니다."

"소신은 연상도 이렇게 아름다울 수 있는 건지 몰랐습니다."

"그러게 말입니다. 군데군데 장식한 조개가 멋스러움을 한껏 드러냅니다."

"바다 내음이 물씬 풍기는 연상이옵니다. 소신이 본 연상 중에 단연 으뜸이옵니다."

조선의 양반이라면 누구나 가지고 있는 물건이 연상이다. 연상은 벼루를 담아두는 상자인데, 다리가 없이 상자 형태로 만들어진 것은 연갑이라 했고, 다리가 달리고 그 아래 공간을 쓸 수 있도록 만든 것을 연상이라 했다. 사대부들은 작은 서안에 문방 도구를 모두 올려놓는 것이 무리라 대부분 연갑이나 연상을 두고 사용하였다. 늘 곁에 두고 쓰는 물건이라 소박하고 단순한 것이 특징이었다. 그런데 지금 눈앞에 있는 연상은 고급스러우면서도 멋스러워, 보는 이들의 마음을 단박에 사로잡았다.

태어나 세 살이 되면 의례히 천자문을 떼고, 죽을 때까지 주야장천 글을 읽어야 하는 선비들에게 문방사우는 특별한 의미를 지닌 물건이었다. 오죽하면 중국에서는 종이에 호치후 저지백, 붓에는 관성후모원예, 먹은 송자후이현광, 벼루에는 즉묵후석허중이라는 벼슬을 내렸겠으며, 조선에서는 선비들의 곁을 지키는 네 명의 벗으로 비유하여 문방사우(文房四友)라고 했겠는가.

오늘의 시회는 이렇듯 완상물을 자랑하는 모임으로 치닫고 있었고, 종국에 모두의 마음속엔 똑같은 호기심이 자리 잡기 시작했다.

'이걸 만든 장인이 과연 누구일꼬.'

'이런 장인이 탐라에 있었는데, 왜 나는 지금껏 모르고 있었을까?'

'어찌하면 저런 물건을 손에 넣을 수 있을까……'

제각각 입은 병풍과 연상을 칭송하느라 시끄러웠고, 머릿속은 이 물건을 손에 넣을 궁리로 와글댔다.

호사다마(好事多魔)

지난달 있었던 관아 연회 이후로, 요즘 만덕은 눈코 뜰 새 없이 바쁜 하루를 보내고 있었다. 처음엔 그저 기방에 소요되는 물건들과 기녀들의 치장을 돋보이게 할 조두랑 연분을 만들었는데, 지금 그 솜씨가 탐라 양반들에게까지 소문이 퍼져서 구하고자 하는 이들이 급증했기 때문이다. 양반가 아녀자들 역시 기녀들이 사용한다는 물건들을 은근히 써보고 싶어했다. 그녀가 만든 물건을 먼저 얻기 위해 몰래 웃돈까지 얹어주겠다는 양반들도 꽤 생겨났다.

만덕의 재능이 사람들의 입에 오르내리고, 급기야 양반들의 주목까지 받게 되자, 육손이는 불안감을 떨칠 수 없었다.

조선의 양반들이 누구인가.

한 인간의 재능을 아껴주기보다, 그 재능을 실컷 이용하다가 끝내는 헌신짝처럼 버리는 자들이 아닌가. 월향의 재능도, 그녀의 마음도 늘 그렇게 이용당하지 않았던가. 분명 자신들이 탐내는 물건을 끝도 없이 요구하고, 시회랍시고 고상하게 모여 앉아서들 서로 자랑질을 실컷 할 것이다. 그러다가 다른 이가 멋진 물건을 가진 걸 보면 또 그것마저 가져야 직성이 풀리는 자들이 아닌가.

육손이는 만덕의 재능이 그렇게 양반들의 탐욕을 채우는 데 이용당하는 걸 용납할 수 없었다. 다가오는 불길한 일들을 막아야 하는데, 종놈 주제에 어찌 나설 수 있을지 암담했다. 낚시를 하면서도, 밤마다 어교를 만들면서도 육손이의 한숨은 그칠 줄 몰랐다.

한편 만덕은 돈 버는 재미에 푹 빠져서 힘든 줄도 모르고 지냈다. 양반님네들이 물건에 흥미를 보이기 시작했으니, 돈을 버는 건 시간문제였다. 때때로 새로운 물건을 만들어 내보이기만 하면 누런 황금 덩어리가 떼굴떼굴 굴러들어올 판이었다. 그 돈으로 한양 땅도 구경하고, 금강산에도 가볼 생각이었다. 돈이면 안 될 게 없는 조선 땅에서 이왕이면 어마어마한 거부(巨富)가 되어보고 싶었다.

어스름이 깔린 저녁.
"춘수야, 춘수야."

생쥐만 한 목소리로 애타게 종놈을 부르는 건, 진욱이 몰래 출타할 채비를 하라고 보내는 일종의 신호였다.

조금 뒤 사랑채를 빠져나온 진욱이 춘수를 앞세우고 간 곳은 기방이었다.

"오늘은 너도 따라 들어오너라."

"예?"

"방에서 긴히 할 얘기가 있느니라."

어느새 기녀들이 콧소리를 내며 진욱을 맞이했다.

"도련니이임! 왜 이리 오랜만에 오시었어요? 소첩을 잊으신 거예요?"

예향의 간드러지는 목소리에 진욱의 입이 헤벌쩍 벌어졌다.

어정쩡하게 방구석에 서 있던 춘수는 어안이 벙벙했다. 고작 도령 한 명을 대접하는 술자리에 차려진 한상이 종놈들은 평생 구경도 못 해볼 음식들로 빼곡했기 때문이다.

"흠흠, 춘수는 듣거라."

갑자기 목소리를 가다듬은 진욱이 자못 점잖게 말했다.

"이곳 기방에 유명한 장인이 있다고 들었다. 지금 당장 가서 내가 왔다고 알리고, 이것을 전해주어라."

"예에…… 도련님."

춘수는 도통 이해가 되지 않았다. 이런 일이라면 집에서도 실컷 시킬 수 있는데, 왜 굳이 이곳까지 와서 저따위로 폼을 잡는 건지.

진욱에겐 춘수가 모르는 속내가 있었다. 여러 기녀들 앞에서 호기롭고 당당한 모습을 보이고 싶었다. 그러니 물품 목록을 받아든 장인이 쩔쩔매며, 당장 물건들을 만들어 대령하겠다는 답변이 올 것이라 기대했다. 한껏 기분이 좋아진 그는 기녀들과 농을 지껄이며 술판을 즐기기 시작했다.

작은 불빛이 밝혀진 창고에서는 뚝딱거리는 소리가 쉬지 않고 흘러나왔다.

바닥엔 나무 조각이며 연장, 붓들이 제멋대로 나뒹굴고 있고, 만덕은 어교를 붙이느라 숨도 쉬지 않고 있었다.

"저기, 만덕님."

만덕을 부르는 춘수의 호칭이 공손해져 있었다. 작은도령뿐만 아니라, 이제는 대감마님까지도 아끼는 장인에게 함부로 눈을 흘길 수 없었기 때문이다.

"어? 요즘 꽤 자주 보네."

"이 종이를 전하라 하셨습니다요."

"누가?"

종이를 건네받은 만덕의 인상이 험악해졌다.

"이런, 미친! 이거 누가 준 거야? 현욱 도령이 줬을 리는 없고!"

"지, 지, 진욱 도련님이……."

만덕의 입이 거칠어지자, 춘수가 말을 더듬기 시작했다.

"아, 그 큰도령이라는 분이시구만? 욕심 사납기도 하지. 이 물건을 다 갖고 싶대? 가서 전해. 지금 주문이 밀려 있어서 오래 기다리셔야 될 것 같다고. 아주 오래. 그리고 이걸 다 만들 수는 없다고. 이 중에 한 개만 고르시라고."

"예?"

진욱의 성격을 너무나도 잘 아는 춘수의 얼굴에 두려움이 서렸다.

우당탕탕! 짝!

기방 안에서 한바탕 난리가 났다. 만덕의 말을 전한 춘수가 얼굴을 들기도 전에 상이 뒤엎어지고, 얼굴이 시뻘게진 진욱이 춘수의 뺨을 갈겼다.

"이런 시건방진 종놈 새끼를 봤나! 기껏해야 기방에서 물건이나 만드는 놈이 뭣이 어쩌고 어째?"

"당장 가서 그놈을 잡아 와!"

문을 나서는 춘수는 아연실색했다. 만덕이 남자가 아니라 여자인 걸 알면 진욱이 더 난리를 칠 게 뻔했기 때문이다. 문득 작은도령이 그리워졌다. 이때라도 짜잔 나타나서 구해주면 좋겠다는 생각이 스멀스멀 올라왔다.

그러나 작은도령은 나타날 리 없었고, 장인을 데려오는 수

밖에 없었다.

진욱은 앞에 끌려 온 장인 놈을 보자, 기가 찼다.

"하하하, 종놈이 아니라 종년이구나. 그것도 새파랗게 젊은. 감히 내가 보낸 목록을 되돌려 보냈더구나."

"예. 무엇이 잘못되었사옵니까?"

눈을 동그랗게 뜨고 만덕이 되물었다.

"내가, 내가 누구인 줄 알고, 감히 네년 따위가 물건을 만들수 있네 없네, 지껄이는 것이냐?"

"관아 이 목사 댁의 장남이시라 들었습니다."

"잘 알고 있구나."

"그런데요?"

"뭐?"

"그것이 물건을 만드는 것과 무슨 상관이 있습니까?"

당돌한 만덕의 질문에 진욱은 뒷목을 잡았다.

진욱은 지금껏 아비의 권세를 등에 업고서 탐나는 물건들을 마음껏 가질 수 있었고, 이번에도 그럴 거라 여겼다.

"지난번 이 목사께서도 주문 순서를 기다려주셨고, 현욱 도련님과 다른 분들도 그리해 주셨습니다. 그런데 이 목사의 장남께서 못 기다리시는 다른 이유가 있사옵니까?"

땡.

진욱은 망치로 뒤통수를 얻어맞은 듯했다.

"뭬야? 이년이 맞아야 정신을 차리겠구나. 나는, 나는! 그들과 다르단 말이다!"

진욱이 고래고래 소리를 내지르자, 사람들이 웅성웅성 모이기 시작했다.

"무엇이…… 다르옵니까? 소녀의 이해가 짧으니 가르침을 주십시오."

정말 모르겠다는 천진한 얼굴을 하고 만덕이 되물었다.

"으아아아악!"

"형님! 그만하시지요. 춘수야, 형님을 모시거라."

길길이 날뛰며 휘두르는 진욱의 팔을 현욱이 어느샌가 붙잡고 말했다.

춘수가 반색하며 안도의 한숨을 몰아쉬었다. 뒤늦게라도 작은도령이 나타났으니 고비는 넘긴 듯싶었다. 춘수가 득달같이 튀어나가 진욱을 붙잡았다.

"네, 네년을 가만두지 않을 게야!"

춘수의 힘에 떠밀려 따라 나가던 진욱이 발악을 했다.

"다들 실례가 많았소. 춘수를 통해 변상하도록 하겠소."

현욱이 행수기녀 월향에게 미안한 마음을 전했다.

"신경 쓰지 마셔요. 기방에서 이런 일은 흉도 아니옵니다."

월향의 잔잔한 대답에 현욱의 심란함이 조금 수그러들었다. 탐라에서까지 또 시작된 형의 행패를 어찌 감당해야 할지,

돌아가는 내내 답답함이 가슴을 조여 왔다.

　진욱이 떠나고 나서, 월향이 방에 들어왔다.

　"모두들 나가 있어."

　차가운 목소리에 기녀들이 하나둘 빠져나갔다. 기녀들은 한창 신이 나던 차에, 이번에도 어김없이 만덕으로 인해 판이 깨졌다는 생각에 입술을 삐죽였다.

　"저 도령은 성질이 더럽기도 하지. 아니, 왜 먹을 걸 이렇게 패대기쳐? 이 음식이면 기방 사람들이 족히 이틀은 배불리 먹겠구먼."

　방바닥에 널브러진 전을 집어 우적우적 씹으며 만덕이 궁시렁댔다.

　짝!

　"아야, 아야야!"

　월향이 만덕의 등짝을 후려치자, 만덕이 죽는 시늉을 했다.

　"왜 그래요, 아즈망?"

　"으이구, 이 철딱서니 없는 것아. 네가 말한 대로 성질 더러운 저 도령을 건드려 놨으니, 이제 어쩔 거야?"

　"내가? 뭘?"

　"어찌 양반 앞에서 한마디도 안 져?"

　"저런 똥 같은 성질머리가 양반이라, 나도 열이 확 받네요."

상 위에 남아 있던 떡을 집으며 만덕이 중얼거렸다.

"똥은 차는 게 아니야, 피하는 거지."

"왜요?"

"으이구, 똥을 차면 온 세상이 똥 천지가 되니까 그렇지!"

월향이 버럭 소리를 내질렀다.

"아! 그것도 말이 되네. 하하하."

천연덕스럽게 대꾸하는 만덕과 달리, 월향의 얼굴은 불안한 마음에 굳어졌다.

'필시 어떻게든 해코지를 하려 들 텐데…… 어쩌지.'

밖에서 서성이던 육손이도 땅이 꺼져라 한숨을 내쉬었다.

기방을 발칵 뒤집어놓고 나온 진욱은 곧 후회하기 시작했다.

학당에서 공부를 마치고 나면 늘상 향하던 기방에 다시 가자니 사내 자존심이 허락지 않았다. 딱히 하는 일 없이 오후 내내 방에서 뒹구는 일도 점점 무료해지고 있었다.

서책을 읽는 데도, 과거에 급제해 관직에 나가는 데도 별다른 뜻이 없는 진욱은 탐라의 젊은 선비들과 어울려 유람이나 다니고, 그조차도 귀찮아지면 기방에 드나드는 게 유일한 소일거리였다.

처음엔 한양에서 내려온 제주 목사의 아들이라는 데 솔깃해서 모여들었던 선비들도 이제는 진욱의 허세에 진저리를 치며 피하는 기색이 역력했다. 진욱 역시 데면데면해진 그들을 만날 생각이 추호도 없었다.

그런 진욱이 요즘 하는 일이라곤 내아에 틀어박혀 춘수와 춘실이를 들들 볶아대는 것뿐이었다.

"딱 삼 일만 더 버텨야지. 그 정도면 기녀들도 나를 목이 빠지게 기다릴 거야. 암, 그렇고말고."

무슨 중대한 결심이라도 한 듯 진욱이 중얼대며 고개를 주억거렸다.

한동안 발길이 뜸했던 진욱이 다시 나타나자, 예향은 뛸 듯이 기뻤다. 살살 비위를 맞추고, 추켜세워주면 노리개고 비단옷이고 술술 내놓던 진욱이 행여라도 기방에 발길을 끊을까 노심초사했기 때문이다.

"도련니이임! 오랜만에 오시었으니, 오늘은 소첩이 거문고 한 곡조 타 올리겠사옵니다."

"오랜만에 보니 더 예뻐졌구나, 예향아. 거문고 타기 전에 술부터 한잔 따르거라."

진욱의 잔에 매화주가 찰랑거리게 채워졌다.

"쭈우욱 들이키셔요. 시간은 많사오니, 묵은 감정도 좀 푸시고요."

간드러지는 목소리로 예향이 말했다.

쾅!

갑자기 술잔을 내리치는 소리에 예향이 얼어붙었다.

"묵은 감정? 묵은 감정이라 하였느냐? 내가 그따위 종년 때문에 기분이 상해서 그간 발길을 끊었다고 여긴 것이냐? 내가 그리 소인배로 보이느냐?"

지난번 불미스런 추태를 보인 진욱은 제 발이 저려 발끈했다.

"죽, 죽을죄를 지었사옵니다, 도련님. 소첩이 실언을 하였사와요."

"흥! 그깟 재주가 뭐라고. 종년 주제에 머리를 꼿꼿이 쳐든단 말이냐?"

불똥이 만덕에게로 향한 듯보이자 안심한 예향이 슬며시 말했다.

"도련님. 실은 만덕이는 종년이 아니에요."

"응? 그건 또 무슨 소리냐? 기방에 살면서 기생이 아니면, 종년인 게지."

"그것이……."

"냉큼 시원하게 말하지 못하겠느냐?"

진욱의 성급한 다그침에 예향이 입을 열었다.

예향은 어느 날 갑자기 기방에 오게 된 만덕의 사연부터 전했다. 월향이 그토록 귀애하면서도 수양딸로 삼지 않는 것은 만덕이가 양인이기 때문인데, 사실 양인이라는 소문만 들었을 뿐 사실인지는 자기도 잘 모른다는 둥, 월향은 만덕의 솜씨가 좋아 기방과 기녀들의 물건을 제작하도록 허락해주고, 심지어 그 일로 돈도 벌 수 있도록 해줬다는 둥, 그리고 요즘 양반가에서 들어온 주문들로 꽤 짭짤하게 돈도 모았다는 둥. 한번 시작된 예향의 이야기는 끝날 줄 몰랐다.

"그러니까…… 기방에 살긴 하는데, 기녀도 종년도 아니라……. 이거 꽤 재밌겠는데?"

촛불에 비쳐진 진욱의 얼굴에 비열함이 묻어났다.

그날 밤, 예향은 문득 불안감이 밀려들었다. 진욱의 마지막 말이 뇌리에서 떠나질 않았다. 그저 샘이 나고 뿔 딱지가 나서 종알거린 이야기에 진욱의 눈빛이 심상치 않았기 때문이다.

"설마…… 천한 여자애 하나를 뭐 어쩌시겠어? 아, 짜증나! 이건 내 잘못이 아니야, 만덕이 년이 제 무덤 제가 판 거지. 그러게 평소에 나한테 좀 고분고분했어야지."

처음부터 진욱에게 다 말할 생각은 아니었다. 평소 만덕이 자신에게도 늘 꼿꼿해서 배알이 꼬였던 것뿐이었다. 모두들 자신의 미모와 재주에 감탄하고 부러워하는데, 유독 만덕은 무심한 얼굴로 그저 소 닭 보듯 바라보았다. 다른 기생들은 예향이 소리를 한번 내지르면 바짝 머리를 조아리고 설설 기는데, 만덕은 눈 하나 꿈쩍을 하지 않았다. 천한 기생이라고 얕보는 것 같아 속에서 열불이 났다. 기방 사람들을 자신의 손아

귀에 쥐고 흔들 수 있다고 자부하고 있었는데, 만덕은 손가락 사이로 빠져나가는 모래알처럼 잡히지 않았다. 그래서 고까워 죽겠는데, 만덕의 물건은 갖고 싶으니 성질을 죽일 수밖에 없었다. 그리고 결정적으로 그런 만덕을 나무라기는커녕 늘 감싸고도는 월향의 태도가 예향의 심기를 건드렸다.

"끄으응……."

지난번 시회 이후로 박찬성은 요즘 속이 좋지 않았다. 밥을 먹고 소화가 잘 되지 않아 늘 체증을 달고 살았고, 보동보동 살이 오른 비둘기를 들여다봐도 흥이 나질 않았다. 의원에게 보여도 별 이상이 없다는 말만 들었을 뿐, 이렇다 할 원인을 찾지 못하고 있었다. 그저 시도 때도 없이 이한길의 병풍과 연상, 곽윤일의 금어가 눈앞에 아른거릴 뿐이었다.

정성스럽게 챙겨주던 새 모이도 새까맣게 잊은 채 불퉁스러운 얼굴로 시간을 죽이고 있을 때, 종복의 목소리가 들렸다.

"나으리, 이 목사댁 큰도련님 드셨습니다요."

"응? 누구?"

"대감, 잠시 뵙기를 청합니다."

우렁찬 목소리에 깜짝 놀란 박찬성이 버선발로 나갔다.

"아니, 이게 누구신가? 어서 드시게."

그는 진욱의 갑작스런 방문에 어리둥절했다.

"그런데 무슨 일로 여기까지 걸음을 하였는가?"

"긴히 의논드리고자 하는 사안이 있어, 결례인 줄 알면서도 찾아뵈었습니다."

"긴히 의논할 일이라니?"

박찬성은 진욱의 의뭉스런 속내를 알 수 없어 불안해지기 시작했다.

'이 자가 누구인가. 아비의 권세를 등에 업고 패악질을 일삼는 자가 아닌가. 대체 무슨 사고라도 친 건가? 아비에게는 알릴 수 없고, 나한테 해결해 달라고 청탁이라도 넣으려는 것인가? 아, 이를 어쩐다……'

"부정한 일을 보고 들었기에, 이를 고하고자 하옵니다."

"부정한 일이라니?"

"지난번 관아에서 열린 시회에서 모두들 부친께서 이루신 업적을 칭송하셨사옵니다. 부친께서 탐라에 부임하시고, 송사를 처리하심에 한 치의 부정함도 있지 않았사옵고, 배움을 일으키심에 큰 성과가 있어 월계정사와 김녕정사에서 과거급제자를 둘씩이나 배출하셨사옵니다."

"그렇지. 그야 우리 모두가 알고 있는 일이 아닌가?"

"하온데, 부역(賦役)의 부과가 불공정하게 이루어지고 있다는 불미스런 이야기를 들었사옵니다. 이 일로 인하여 부친의 업적에 오명이 남을까 심히 걱정이 되옵니다."

"그게 무슨 소린가? 탐라의 모든 관리들이 자네 부친을 도와 성심으로 일하고 있거늘!"

"대감께서 탐라 관아의 모든 문서를 관리하신다지요?"

"그렇네. 무슨 문제라도 있는가?"

새파랗게 젊은 놈이 찾아와 자꾸 문책을 하는 듯하여 박찬성은 불쾌함을 숨길 수가 없었다.

"문서를 관리하심에 큰 착오가 있으신 듯하옵니다. 하여 저는 부친께 먼저 고할까도 생각해보았지만, 대감께서 곤란해지실 듯하여 이리 먼저 찾아뵈었사옵니다."

박찬성은 속이 뜨끔했다. 관아 기록과 문서를 담당하는 기관(記官)들을 닦달해서 귤이나 전복 등의 진상품 수량을 고쳐 적고, 빼돌린 적이 적잖이 있었기 때문이다.

"정확한 증좌가 있는가? 증좌도 없이 그냥 풍문이나 듣고 와서 지껄이는 말이라면 내 그냥 넘어가지 않겠네."

박찬성이 시치미를 뚝 떼며 사납게 말했다.

"명확한 증좌가 있사옵니다. 관아의 문서 가운데 기생들의 신상을 기록해 놓은 기적에 관한 사안이옵니다."

"기적을 관리하는 데 어떤 문제가 있단 말인가?"

"오랫동안 누락된 자가 있사옵니다."

"뭐라? 그, 그럴 리가 있나?"

진욱의 말이 사실이라면 박찬성은 그야말로 큰 위기에 처한 것이다. 자칫하면 나라의 노비를 제대로 관리하지 않고, 빼돌렸다는 누명을 쓰고 파직을 당할 수도 있는 일이었다.

"자, 자세히 말해보게. 대체 어떤 기녀가 누락되었단 말인가?"

"기방에 의탁해 살면서도 기녀가 아니고, 여종도 아닌 이가 있사옵니다."

"아니, 그게 누군가? 기녀도 아니고, 여종도 아닌데 왜 기방에 산단 말인가?"

"김만덕이라 하는 자입니다."

진욱은 예향에게 들은 모든 이야기를 풀어 놓았다.

"그럼 양인 여자가 기방에 있단 말인가?"

"모르지요. 그녀가 양인인지, 월향이 수양딸처럼 돌봐주고 있으니 월향의 소생인지…… 모를 일이지요."

진욱은 말끝을 흐리며 비열한 웃음을 흘렸다.

"대감, 흥미로운 사실이 한 가지 더 있사옵니다."

'흥미롭긴, 개뿔!'

지금까지의 이야기로도 충분히 놀랜 박찬성은 또 다시 긴장해서 얼굴이 하얘졌다.

"아직 낙심하시기엔 이르옵니다. 그 아이가 지난번 시회 때 보셨던 제 부친의 병풍과 연상을 만든 장인이기도 하니까요."

"그래……? 기녀인지 양인인지 출신이 불명확한 아이가 솜씨 좋은 장인이란 말이지?"

"이 정도면 제가 좋은 소식을 들고 온 것이지요?"

진욱이 느물대며 웃었다.

"그럼 그렇고말고. 자네 덕에 큰 고민을 해결했네. 기적을 바로 잡겠네. 이 나라 조선 땅에 공명정대함을 펼쳐야지."

그날 이들은 밤늦도록 코가 비뚤어지게 술을 마시며 기뻐했다. 박찬성은 솜씨 좋은 장인을 기적에 올려 노비로 삼고, 마음껏 원하는 물건을 만들게 할 생각에 마음이 들떴고, 진욱은 만덕에게 되갚음을 했다는 생각에 통쾌했다.

이른 아침부터 등청한 박찬성이 흡창방 문을 벌컥 열고 들어오자, 사령 김윤필은 화들짝 놀랐다.

"나리, 어쩐 일로 이리 일찍……."

"지금 당장 확인할 것이 있으니, 서고에 가서 기적을 가져오게."

"이 목사께 명 받은 일이 전혀 없사온데, 무슨 일로 그러시는지요?"

김윤필이 의아한 듯 물었다.

"가져오라면 가져올 것이지, 무슨 말이 그리 긴 것인가? 오랫동안 문서 관리의 책임을 맡아온 게 바로 나란 사실을 잊었는가?"

박찬성이 버럭 소리를 질렀다.

예전엔 군말 없이 상명하복하던 사령들이 이한길이 부임한 후로는 걸핏하면 명 받은 일이 없다는 둥, 무슨 일로 그러냐는 둥, 꼬치꼬치 캐묻는 게 그의 비위를 건드렸다.

김윤필이 먼지가 수북이 쌓인 창고에서 기적을 빼오자, 박찬성은 이리저리 들춰보며 확인을 마쳤다는 듯 내뱉었다.

"지금 당장 나장(죄인을 압송하거나 곤장을 치던 말단 향리)들을 보내 행수기녀 월향을 잡아들이도록 하게."

"예에? 나리, 이 목사께서 아직 등청도 하지 않으셨……."

사태가 긴박하게 돌아가자, 김윤필이 다시 고했다.

"더 이상 토 달지 말고 당장 집행하게. 다시 한번 이 목사를 거론할 시엔 관복 벗을 각오를 해야 할 것이야."

박찬성이 으름장을 놓았다.

김윤필은 인정할 수밖에 없었다. 기껏해야 이 년 정도 머물다 가는 제주 목사들보다 탐라 토박이로 관아 일을 맡아보는 박찬성이 탐라의 실세라는 걸.

나장들이 기방에 들이닥쳐 가타부타 말도 없이 월향을 끌고 가자, 육손이와 만덕은 영문도 모른 채 불안해했다.

"무슨 일일까요, 아즈방?"

"그, 글쎄…… 괜찮겠지. 별일 아닐 거야."

육손이는 애써 마음을 추슬러 보았지만 진정이 되질 않았다.

"나으리, 억울하옵니다. 아무리 천한 기생년이오나 끌려온 이유는 알아야 되지 않겠사옵니까?"

마당에 꿇어앉아 있던 월향이 간곡히 말했다.

"닥쳐라, 이년! 감히 천한 기생년 따위가 지금껏 관리들을 속이고도 살아남을 줄 알았더냐?"

박찬성이 눈을 부릅뜨며 윽박질렀다.

"소첩, 그 이유를 정말 모르겠나이다."

"네가 기방에서 돌보는 아이가 누구냐?"

월향은 그 순간 진욱의 얼굴이 떠올랐다.

'이거였구나. 이런 비열한 방식으로……'

"그 아이는 김만덕이라 하옵고, 양인이옵니다. 천한 소첩과는 신분이 다르옵니다."

"양인인 그 아이를 왜 네년이 돌보고 있느냐? 이는 필시네 소생인데, 기생을 만들지 않으려고 몰래 빼돌린 것이 아니냐?"

"아니옵니다. 결단코 그런 일이 없사옵니다. 아이의 부모가 모두 죽고 나자, 뭍에 사는 아이의 삼촌이 아이의 형제들만 데리고 뭍으로 가면서 아이를 제게 부탁했사옵니다. 한 치의 거짓도 없이 모두 사실이옵니다. 지금이라도 당장 뭍에 사는 아이의 삼촌에게 확인해 보시면 아실 수 있나이다."

"그깟 천한 여자아이의 출신을 확인코자 배를 띄울 수는 없다. 오늘부터 김만덕이란 이름은 기적에 오르게 될 것이다. 또한 그간 밀린 기역(妓役, 기녀들에게 부과된 부역)은 돈 삼백 냥으로 갚도록 하라. 그리고 관리들을 속이고 농락한 저 괘씸한 기녀에게 곤장 육십 대를 쳐라."

"아니 되옵니다! 곤장은 얼마든지 맞겠사옵니다, 나으리. 하오나 양인인 아이를 기녀로 만들 수는 없나이다."

월향이 악을 쓰며 울어댔다.

"그 입 닥치지 못할까? 당장 저년을 매우 쳐라!"

엉성하기 짝이 없는 판결이었다. 제주 목사 이한길이 몸살로 입청하지 못한 날을 노려 박찬성이 갑자기 월향을 끌고와 처리한 사안이었다. 후에 관아 문서에 관한 일이라 자신이 처리했다고 보고하면 될 일이었다. 증좌도 필요 없고, 있어서도 안 되는 일이었다. 그렇기에 이 자리에 응당 나와서 자신의 출신을 입증해야 할 만덕을 일부러 부르지 않았던 것이다. 그저 눈 한번 부릅뜬 채, 행수기녀 월향을 겁박하고, 판결을 내리면 그만인 사안이었다. 그렇게 마구 짓밟아도 어찌할 수 없는 게 그들이 처한 신분의 굴레였으니까.

온몸이 피투성이가 된 채 풀려난 월향을 육손이가 받아 안고 부축했다. 말없이 걷는 두 남매를 달빛이 처연히 비추었다.

관아에 가 본다며 나갔던 육손이마저 돌아오지 않자, 만덕은 안절부절못하며 기방 밖에서 서성이고 있었다.

월향이 잡혀간 게 자신 때문일지도 모른다는 생각이 뇌리에서 떠나질 않았다. 지난번 제주 목사의 장남이 기방을 떠나면서 내질렀던 소리가 귓가에서 맴돌았다.

'이대로 넘어가지 않을 것이다! 반드시 네년의 콧대를 꺾어놓고 말 것이다. 내 앞에 무릎을 꿇고 싹싹 빌게 만들 것이다. 두고 보아라!'

육손이 등에 업혀 돌아온 월향을 보고 만덕은 피가 거꾸로 섰다.

"아즈망! 대체 이게 무슨 일이에요? 누가 아즈망을 이렇게 한 거예요? 대체 왜! 왜!"

만덕이 당장에 관아로 달려갈 기세로 벌떡 일어나자 육손이가 막아섰다.

"만덕아 안 돼. 가면 안 된다. 제발 부탁이다."

육손이가 흐느꼈다.

"사람을 이 지경으로 만들었으면 이유라도 속 시원히 알아야 될 거 아니에요?"

만덕이 울먹였다.

"미안하구나, 만덕아. 지켜주지 못해서 미안해."

월향이 입술을 달싹이며 겨우 말을 이었다.

"그, 그게 지금 무슨 말씀이세요? 그럼 설마 저 때문에 이 험한 꼴을 당하셨다고요?"

만덕이 울부짖었다.

또다시 뛰쳐나가려는 만덕을 만류하며, 육손이가 착잡한 심정으로 말을 이었다.

"관리들이 그렇게 작심한 일이라면 별다른 수가 없지 않겠니……. 막무가내로 덤빌 수 있는 일이 아니다. 그랬다간 네가 위험해질 수도 있어. 네가 더 이상 위험해져서는 안 된다."

"오라방! 그게 무슨 말이에요? 우리처럼 천한 이들이야 밟혀도 어쩔 수 없지만, 만덕이는 양인이잖아요. 무슨 방도라도 찾아야죠."

월향이 피멍이 든 가슴을 치며 울먹였다.

"그 일은 차차 제가 해결할게요. 제가 삼촌을 찾아 증명해 내면 되는 일이잖아요. 그러니 아즈망, 아무 염려 마시고 빨리 낫기만 하세요."

만덕이 월향을 끌어안으며 다짐했다.

억울하고 분한 마음에 뛰쳐나간 만덕은 어느새 칠흑 같은 바다에 닿아 있었다.

"흐흐흑, 아아아악!"

철썩이는 파도를 향해 소리를 내지른 만덕은 철퍼덕 주저앉아 울기 시작했다.

이깟 성질머리를 조금만 죽일걸.

조금만 더 참을걸.

그냥 시키는 대로 고분고분할걸.

그저 머리를 조아리며 죽는 시늉이라도 했으면 됐을걸.

되먹지 못한 양반놈한테 빳빳이 머리를 치켜든 댓가가 자신뿐 아니라 월향까지 위태롭게 했다는 생각에 만덕은 억장이 무너졌다.

울다 지쳐 모래 위에 잠든 만덕을 어느샌가 다가온 육손이가 가만히 업고 기방으로 향했다.

바다 이야기 5
연어

봄이 늘 풍성하고 기쁘기만 한 계절은 아니다.

축제 같은 봄에도 떠나보내야 할 생명체들이 있다.

몇 년 동안 오직 내 안에서 안온한 삶을 누리던 연어들은 그들 몸에 새겨진 본능의 표식에 따라 본래 태어난 곳으로 돌아가야 한다.

산란을 위해서다.

나 역시 아쉬움을 뒤로한 채, 그들을 보낼 준비를 시작한다.

강 상류에 이르기까지 살아남으라는 염원을 담아, 있는 힘껏 그들을 밀어준다.

힘차게 출발한 녀석들은 먼 길을 따라 강기슭에 이르기까지 오직 한 가지 일에 집중한다. 바로 그간 몸에 배어 있던 바다의 짠물을 모두 빼내고, 담박한 강물을 온몸으로 받아들이는 것이다. 강을 거슬러 올라가면서 이들은 처절하게 몸부림치며 이 일을 해내고야 만다.

겨우 거슬러 올라온 강에서 한숨 돌릴 겨를도 없이, 이들은 온 힘을 다해 마지막 관문을 통과해야 한다. 폭포 위로 도약해야 하는 것이다. 폭포에서 비상하지 못한 채 죽는 연어들도 많다. 설령 힘차게 날아올랐다가도 예기치 않은 맹수의 손아귀에 꼼짝없이 잡혀 그들의 먹을거리로 생을 마감하는 연어들도 부지기수다.

왜 굳이 안온한 바다를 떠나서 고달픈 여정을 감행하는 것일까. 이해하기까지 꽤 오랜 시간이 걸렸다.

강은…… 알이 천적으로부터 위협받지 않고, 새끼로 부화할 수 있는 최적의 장소이기 때문이다. 부모가 될 연어들은 이 점을 결코 놓치지 않는다. 자신의 편안함을 과감히 내던지고, 새끼들을 위해 낯선 곳으로 떠나는 것이다. 그리고 새끼들의 몸에 다시 각인시켜 놓는다. 깨어나면 반드시 바다로 돌아가되, 결코 안주하지 말고 새로운 세대를 위해 다시 이곳으로 되돌아와야 한다고. 어떤 위험을 감수하고라도 말이다.

연어는 바다와 강에서의 전혀 다른 삶을 완벽하게 살아내는 존재들이다.

이들은 철없이 안온한 바다의 삶에 젖어 있다가도, 생명을 잉태할 시점이 되면 어김없이 목숨을 건 여정을 감행하는 강인한 존재들이다.

연어는 자신의 온 생을 걸고 바다와 강의 경계를 넘나드는 존재들이다.

이제 내가 해야 할 일은 부모의 희생으로 마침내 깨어난 어린 연어들을 있는 힘껏 맞이해서 길러내는 일이다.

양인과 천인의 경계

사령 김윤필은 밤늦도록 잠을 이루지 못한 채, 깊은 고민에
빠져 있었다.

박찬성의 으름장 때문에 집행하긴 했어도 모든 절차를 무시
한 채, 월향을 겁박한 그의 처사가 아무래도 석연치 않았다. 그
리고 그와 호형호제하며 지내던 별감 김기주가 아침나절 내
뱉은 말이 마음에 걸렸다. 요즘 이 목사의 장남이 박찬성의 집
에 자주 들락거린다는 것이다.

"박찬성과 이진욱이라…… 전혀 어울리지 않는 조합인데,
도대체 무슨 꿍꿍이가 있는 걸까?"

김윤필은 관자놀이를 지그시 누르며 한숨을 내쉬었다. 찻
물이 식어가는데도 입에 댈 기분이 나질 않았다. 그는 박찬성
의 눈 밖에 나지 않으면서 이 목사에게 알릴 방법을 찾느라 머

리가 지끈거렸다.

이윽고 그는 김기주에게 이 일을 털어놓기로 마음먹었다. 이 목사가 등청하면 모든 사안을 세세하게 보고해야 하는 게 그의 임무니, 괜한 의심을 사지 않을 터였다.

쫘아악!

"헉!"

분노한 이한길이 진욱의 뺨을 사정없이 갈겼다.

갑작스런 부친의 행동에 진욱의 눈앞에 번쩍, 불꽃이 일었다.

"아버님, 소자가 무엇을 잘못하였기에……."

"그 입 닥쳐라! 아직도 부끄러운 줄 모르느냐. 네가 그토록 엄청난 일을 저지르고도 무사할 줄 알았더냐? 어찌…… 어찌 양인을 천인으로……."

진욱의 항변이 끝나기도 전에 이한길이 차갑게 내뱉었다.

진욱은 이제야 자신이 다짜고짜 뺨을 맞은 이유를 알 수 있었다. 비릿한 피가 입술 사이로 스며들자, 진욱이 비꼬며 뇌까렸다.

"아버님께서는 그 천한 아이가 소자보다 귀하십니까? 그 아이가 만드는 물건이 그리도 탐이 나셨습니까? 기껏해야 천한 계집일 뿐인데, 어찌 그리 역정을 내십니까? 소자는 신분이 모호한 아이에게 신분을 되찾아준 것뿐입니다."

이한길은 아둔한 아들의 대답에 맥이 빠졌다.

"제대로! 제대로 했어야 했다. 아이의 신분을 밝힐 수 있는 절차를 제대로 밟아야 했느니라."

"그깟 천한 계집의 신분을 누가 신경이나 쓴다고, 그리 마음을 쓰십니까?"

"양인의 신분을 증좌 없이 천인으로 강등한 것이 밝혀지면, 너는 곤장 백 대에 달하는 형을 받게 될 뿐 아니라, 앞으로 관직에 나가는 길이 막히게 되는 걸 정녕 몰랐느냐? 너의 얄팍하고 치졸한 마음이 가문을 위태롭게 했다는 것을 모르겠느냐?"

몰랐다. 그는 정말 모르고 있었다. 곤장 백 대면 거의 죽기 직전까지 맞아야 되는 형벌이었다. 과거시험이야 큰 관심이 없으니, 지금 당장 진욱을 두렵게 하는 건 관직에 나갈 수 없는 것 따위가 아니었다. 자신의 엉덩이가 짓무르고, 숨을 쉴 수 없을 때까지 곤장을 맞아야 하는 것이었다.

"소자…… 정녕 몰랐사옵니다. 이제 어찌하면 좋사옵니까, 아버님?"

진욱의 눈에서 굵은 눈물이 뚝뚝 떨어졌다.

"이 일에서는 나로서도 너를 보호할 도리가 없구나. 자숙하고, 당분간 바깥출입을 삼가라."

자신이 아픈 틈을 타서 진욱과 박찬성이 저지른 일을 수습하느라 이한길은 머리가 지끈거렸다. 한번 기적에 올라버린 이름과 신분을 번복하는 일은 까다로웠다. 그렇다고 해서 양인일 수도 있는 아이를 천인으로 살게 할 수는 없었다. 아들을 지키기 위해 그렇게까지 양심을 팔 수는 없었다. 오랜 시간의 숙고 끝에 그는 파격적인 방안을 떠올렸다.

"무슨 일이래?"

"몰라. 이른 아침부터 모이라는 말만 듣고 바로 왔으니까."

"제길, 나는 아침도 못 먹고 달려왔어."

아침부터 관아로 모여든 사람들이 수군대기 시작했다. 자신들이 왜 이곳에 왔는지조차 모른 채, 그저 제주 목사와 관리들이 등청하기만을 기다렸다.

만덕과 월향이 마당 한가운데 꿇어앉아 있었다. 월향은 이번엔 나장에 의해 끌려온 게 아니라, 스스로 걸어온 것이니 좋은 일일 거라며 애써 마음을 다독였다.

이한길이 등장하자, 다들 머리를 숙여 예를 표했다.

"오늘 이렇게 다들 모이라고 한 이유는, 잘못된 일을 바로잡고, 주상전하의 어지신 뜻을 펼치고자 함이다."

박찬성은 무슨 서설이 이리도 긴가 싶어 올라오는 하품을 참으며 물었다.

"이 목사께서 부임하신 이래로 송사에 치우치심이 없으셨기에 백성 모두가 편안하옵니다. 무슨 일이 잘못되었다는 말씀이시옵니까?"

"그렇소. 내가 백성들을 다스리는 데 가장 마음을 쓰는 것 중 하나가 바로 공정한 송사요. 그런데 박 판관은 어찌 그렇게 일을 처리하여 제주 관아를 위기에 빠뜨리셨소?"

박찬성은 자신의 두 귀를 의심했다. 제주 목사는 지금 자신의 잘못을 지적하고 있었다.

"섭섭하옵니다. 제가 마음을 다해 나랏일에 힘쓰고 있음을 여기 있는 모든 이가 알고 있사온데⋯⋯."

'터진 입이라고 막 씨부리기는⋯⋯ 퉤.'

'저 주둥이에 똥을 처박아도 모자랄 판에⋯⋯.'

'드디어 박 판관의 실체가 드러나는 건가? 역시 이 목사께서 명관(名官)이신가 보네.'

평소 박찬성의 횡포에 질린 백성들은 머리를 숙인 채 입을 삐죽였다.

"그럼 어찌하여 명확한 증좌도 없이 양인을 천인으로 만드신 게요? 그날 기녀 월향에게 곤장까지 치셨다고요?"

"그, 그, 그건 신분이 불명확한 계집이 기방에 거한다고 하기에⋯⋯. 원래 기방에 살 수 있는 건 기녀나 여종 아니옵니까, 대감. 뭘 그리 심각하게 받아들이십니까? 소문에 듣자 하니 그 아이는 행수기녀 월향의 수양딸인 듯했고, 사실 또 진짜 딸인지도 모르옵고……. 그래서 제가 그동안 관리들을 속여온 월향에게 따끔하게 벌을 내리고, 기적을 말끔하게 정리한 것이옵니다."

쾅!

"그럼 지금 한낱 소문을 듣고 그 엄청난 일을 저질렀단 말이오?"

소문이라는 말에 분노한 이한길이 눈을 부라리며 소리쳤다.

"대감! 고정하시옵소서. 천한 계집의 신분에 누가 신경을 쓴다고 아침부터 이리 사람들을 죄다 모아 놓으시고……."

"닥치시오!"

이한길의 말이 점점 거칠어지고 있었다.

"양인을 명확한 증좌 없이 천인으로 만든 죄, 곤장 백 대에 처해질 뿐 아니라 삭탈관직을 당할 수 있다는 걸 모르셨소? 박 판관은 지금 그 중죄를 지은 것이오."

"대, 대감! 그것이 정녕 사실이옵니까? 저는 다만 이진욱 도령 말만 듣고……."

박찬성은 그제야 안절부절못하며 연신 머리를 조아렸다.

"행수기녀 월향과 김만덕은 듣거라. 증좌 없이 김만덕의 이름이 기적에 오른 것은 관아의 불찰이다. 그 자리에 나와서 마땅히 자신의 신분을 밝혔어야 할 김만덕의 부재가 첫째 불찰이요, 그녀의 신분을 밝혀줄 친척에게 기별조차 하지 않은 것이 둘째 불찰이다. 이미 기적에 오른 이상 이 일을 번복하는 절차가 아주 복잡하나, 관리로서 마땅히 바로 잡아야 할 일이다. 지금은 풍랑이 심해 육지로 배를 띄울 수 없는 상황이니, 때를 보아 나주에 사는 친척이 네 신분을 입증할 수 있다면 그때 양인으로 되돌아갈 수 있을 것이다. 그러니 그때까지는 김만덕! 너는 천인과 양인 두 개의 삶을 모두 살아내야 한다. 낮에는 관아에 배속되어 일을 하되, 밤에는 양인으로서의 네 삶을 살라!"

"나으리! 고맙습니다, 이 은혜 결코 잊지 않겠사옵니다!"

월향이 벌떡 일어나 연거푸 절을 하며 울었다.

"고맙습니다. 소녀, 제 신분을 증명하기 위해 더 열심히 살 것이옵니다."

만덕의 가슴 한켠에 드리워졌던 먹구름이 조금씩 개기 시작했다.

지켜보던 백성들 역시 공정한 이한길의 처결에 고개를 주억거렸다.

"그리고!"

이어지는 이한길의 우렁찬 외침에 다들 꼼짝없이 얼어붙었다.

"김만덕의 신분이 양인으로 밝혀지는 날, 판관 박찬성은 삭탈관직 될 것이며, 곤장 백 대에 처할 것이다. 또한 이진욱 역시 관직에 나아갈 수 없으며, 역시 곤장 백 대를 면치 못할 것이다."

파랗게 질린 박찬성은 급기야 주저앉았다. 이제 박찬성과 이진욱의 목줄을 쥐고 있는 건 만덕이었다. 그녀가 빨리 신분을 되찾을수록 이들의 목숨 줄이 빨리 끊어질 것이었다. 만덕이 낮 동안 천인의 삶을 살더라도 함부로 부릴 이는 더 이상 없을 것이다. 이를 위해 이한길은 백성들을 아침부터 모두 불러, 이 처결의 증인으로 삼았던 것이다. 제주 목사 이한길은 자신이 할 수 있는 최대한의 처결로 만덕을 보호했다.

사람들 뒤에 서서 이 광경을 지켜보던 육손이는 흐르는 눈물을 닦기 위해 황급히 관아를 빠져나갔다.

그리고 백성들은 낯선 감정에 사로잡혔다. 그들의 가슴에 두근두근 방망이질이 시작된 것이다. 박찬성의 횡포뿐만 아니라, 아들마저도 법 앞에 세워 공정하게 처결한 이 목사의 치세가 너무 감격스러워서다.

바다 이야기 6
해팔어(해파리)

깊은 바다는 오랜 밤이 영원히 이어지는 곳과 같다.

햇빛이 닿지 않는 깊숙한 곳에는 빛과 어둠이 교차하는 일이 결코 일어나지 않는다. 오직 '어둠'만 이어지는 곳이다. 그래서 사람들은 흔히 깊은 바다에서는 아무것도 살 수 없다고 단정 짓는다.

칠흑 같은 어둠.

몸을 찌그러뜨릴 듯한 수압.

얼음장 같은 추위만 존재하는 곳.

깊은 바다는 생명체가 삶을 헤쳐나가기에 더없이 불리해 보인다.

이곳에서 살아남으려면 생명체는 자신의 모든 이점을 활용하면서, 상황에 따라 스스로를 끊임없이 변화시켜 나가야 한다.

생존을 위해 '유연성'을 발휘해야 하는 것이다.

해팔어는 놀랍게도 심해의 악조건 속에서도 아무 탈 없이 살아가는 생명체다.

해팔어는 영원한 어둠 속에 갇히지 않기 위해, 몸을 빛내는 발광체를 지니게 되었다.

해팔어는 몸이 찌그러질 듯한 수압을 견디기 위해, 말랑말랑한 몸체를 지니게 되었다.

해팔어는 칠흑 같은 어둠 속에서 눈의 기능을 상실했다. 먹이를 찾을 수 없는 악조건 속에서 해팔어는 경이로울 정도로 촉수를 발달시켜 사냥에 사용하게 되었다.

영원해 보이는 심해의 어둠 속에서 해팔어는 죽기는커녕, 오히려 자신의 존재를 놀랍게 탈바꿈시킨 것이다.

말캉거리는 몸체와 달리, 결코 심해의 수압에 압사당하지 않겠다는 강인한 의지를 불태우는 해팔어는…… 외유내강(外柔內剛)의 생명체다.

웅크린 고양이

"아즈방! 아즈망!"

"들어오너라."

아침나절부터 만덕이 두 사람에게 할 말이 있으니, 꼼짝 말고 방에서 기다리라고 신신당부했다.

며칠 새 천국과 지옥을 오르내렸던 월향의 얼굴이 핼쑥해져 있었다. 자신이 만덕을 천인으로 만들었다는 죄책감에 그늘졌던 얼굴에 이제 조금 안도감이 스쳤다.

"아즈망! 죄송해요. 저 때문에 곤장까지 맞으시고……."

만덕이 말을 잇지 못하고 울먹였다.

"됐다. 이제 잘 해결되었으니 신경 쓰지 말거라."

"우리는 네 신분이 회복될 길이 열려서 그저 기쁠 뿐이다."

조용히 차를 마시던 육손이가 만덕의 등을 토닥였다.

"그러니까 제발 만덕아! 앞으로 열 일을 제치고 꼭 면천부터 해야 한다. 알겠니?"

월향이 간곡한 어조로 말했다.

"네, 꼭 그럴게요. 그런데 오늘 제가 두 분께 꼭 드리고 싶은 말은……."

"아! 그래그래. 어서 해봐."

"제가 낮에는 관아에 소속되어 있지만, 오후부터는 제 마음껏 살아도 되잖아요. 그래서 그 시간에 양반들이 목이 빠져라 기다리는 고가품(高價品)을 만들어 팔아보려고요. 그렇게 돈을 모아서 면천하면 객주를 차려볼까 해요."

"뭐라고?"

"객주?"

"예에……."

두 사람의 반응이 너무 다르자, 만덕이 기어들어가는 소리로 답했다.

"이, 이게! 아직도 정신을 못 차렸네. 돈 모아서 면천하고 혼인할 생각을 해야지, 객주를 차려서 뭐하게?"

"객주를 차려야 할 이유라도 있는 거니?"

월향이 펄쩍 뛰자, 육손이가 조용히 물었다.

"저는 상인의 딸이에요. 무엇을 팔아야 돈이 될지 눈에 훤히 보여요. 저번에도 말씀드렸지만, 혼인은 너무 시시해요. 평생 밥하고 빨래하고……. 정말 재미가 하나도 없을 것 같아요. 저는 혼자서도 잘 살 수 있어요. 그러려면 돈이 필요하고요."

"시끄럿! 조용히 입 다물고 혼인해. 반드시 그래야 해."

월향이 더 듣고 싶지 않다는 듯 손사래를 쳤다.

"아즈망! 제 얘기를 더 들어 보세요."

"너 계속 쓸데없는 소리 지껄이려면 당장 나가! 조선이 어떤 나라인 줄은 알고 말하는 거야? 여자가 지아비도 자식도 없으면, 종국에 남는 건 늙어버린 몸뚱어리뿐이야. 그저 남들처럼 혼인해서 알콩달콩 자식 낳고 사는 게 좋은 거야. 시시해 보여도 그게 좋은 거라고!"

그토록 원했지만 자신의 삶에는 없었던 지아비와 자식. 그래서 월향은 만덕이 평범한 아낙으로 살아가길 더더욱 바랐다.

"그래도…… 만덕이 얘기를 한번 들어보지 그러니?"

"오라방! 으이구, 누가 한패 아니랄까 봐. 나만 나쁜 년이지, 나쁜 년이야."

육손이가 넌지시 던진 말에, 월향이 날카롭게 쏘아붙였다.

"아즈방! 아즈망! 저는 마음을 이미 정했어요. 딱 오 년 안에 돈을 많이 모아서 아즈망 먼저 노제(老除)시키고, 객주를 차릴 거예요. 그리고 또 돈을 모아서 아즈방도 노제시켜 드릴 거예요. 그리고 우리 셋이 더 큰 객주를 운영해서 거부가 될 거예요. 그러니 더 이상 다른 말씀 마세요."

156

노제라는 말에 두 사람은 당황했다.

노제.

『경국대전』에 '한양의 기녀가 오십 세가 되면 악적에서 빼고 공역을 면제한다'는 내용이 있다. 지방 관아 소속 기녀 역시 이에 따라 오십 세에 면역할 수 있었다. 즉 늙은 기녀에게 부역을 면제시켜 주는 것이다. 관기가 공식적으로 노제 받을 수 있는 나이는 오십 세였지만, 다른 기녀를 대신 관아에 들이거나, 물품을 공납하면 사십 세에도 노제 면역이 가능했다. 그러나 관아의 남종은 이들의 노동력이 중요했기 때문에 기녀나 여종보다 노제가 늦었다. 이들은 육십 세가 되어야 노제 될 수 있었다.

만덕은 지금 열심히 돈을 모아 이 두 남매를 노제시키겠다는 계획을 말하고 있는 것이다. 자신과는 피 한 방울 섞이지 않은 천한 신분의 남매를 위해 돈을 벌겠다는 거였다.

"흐흐흑……."

갑자기 월향이 흐느끼기 시작했다.

"아즈망, 갑자기 왜 우세요?"

"네가 왜 우리 남매를 노제시켜? 왜 등이 휘게 일해서 번 돈으로 고작 우리를 살리겠다는 거냐고?"

"그야 아즈방이랑 아즈망이 제 가족이니까요. 가족도 날 버리고 떠났을 때, 그래도 날 받아주고 지켜주신 분들이니까요.

사랑과 관심을 넘치도록 받으면서 이곳에 살고 있으니까요. 물건 만들 때마다 행여라도 등잔 기름 떨어질까 봐 몰래 채워 주시는 아즈방이랑, 부르튼 손에 바르라고 슬쩍 약을 가져다 놓으시는 아즈망이 진짜 제 가족이니까요. 그 보살핌 덕에 제 삶이 따끈따끈해 졌어요. 그러니 다른 생각 마시고, 객주 차릴 준비나 도와주세요. 저는 탐라에서 가장 멋들어진 객주를 차 릴 거니까요. 고양이가 담벼락을 뛰어넘으려면 잔뜩 웅크리고 있잖아요? 저는 오늘부터 웅크린 고양이가 될 거예요. 잘 준 비해서 이때다, 싶으면 도약할 거예요. 아주 아주 높이요! 그 러니 두 분은 딱 저만 믿으시고 건강하셔야 돼요. 제가 꼭 호 강시켜 드릴게요."

"으이구, 저 허풍! 으이구, 저 사고뭉치!"

월향이 빨개진 코를 팽, 풀며 눈물을 닦아냈다.

"그리 마음을 써주니…… 고맙구나. 우리가 노제되지 못해 도 괜찮으니, 너무 몸을 혹사 시키지는 말고."

노제.

한 번도 생각해보지 못했던 말이었다.

말이 쉽지, 기녀가 오십 세까지 건강히 사는 것도, 관노가 육십 세까지 멀쩡히 살아있는 것도 드문 일이었다. 평생을 신 분에 묶여 아등바등 일을 해도 조선 땅에서 '천한 것'들은 받 아들여지지 않는 이방인이었다. 귀한 잔치에 고기가 아무리 필요해도 결코 백정이 사람이 아닌 것과 마찬가지로.

그런데 작고 똘망똘망하던 아이가 어느새 자라 자신들을 돌보겠다고 했다. 평생 상처받았던 마음들을 다독이고 있었다. 육손이는 이제 노제 따위가 아니라, 그런 만덕의 꿈을 지켜주기로 했다. 평생 하고 싶은 일을 하면서, 머리를 꼿꼿이 들고 살 수 있도록 그 꿈을 지켜주고 싶었다. 아이를 밝히는 불씨가 사그라들지 않고, 큰 불이 될 수 있도록 자신이 장작이 되어주기로 했다.

2부

내 안에 깃든 생명 가운데 무용한 존재는 단 하나도 없다.

무용과 유용의 잣대는 오직 인간 세계에서나 있는 기준이요, 척도다.

사시사철 바다는 사람들에게 그야말로 풍족한 먹거리를 제공하는 고마운 존재다. 그물이라는 꽤나 유용한 도구를 만들어낸 사람들은 부지런히 바다에서 먹을 것들을 낚아 올린다.

바지런히 손을 놀리면 배를 곯지 않는 삶.

그것을 보장하는 드넓은 바다가 늘 곁에 있기에 가능한 일이다.

그런데 그들이 품은 고마운 마음을 싹 잊게 하는 짜증스런 존재가 있다. 사람들은 툭하면 그물에 걸려서 성가시게 하고, 배에 걸려 잦은 고장을 일으키는 골칫덩어리를 '토의채'

라고 부른다.

토의채는 암초나 바위 턱에 붙어사는 갈조류다.

사람들은 지저분하고 비릿한 냄새를 풍기는 토의채를 보면 눈살을 찌푸린다.

예쁜 구석이라고는 눈 씻고 찾으려야 찾을 수 없는 존재.

다가가서 만져보고 싶은 마음은 추호도 들지 않는 더러운 풀.

그저 하찮고 귀찮은 존재가 바로 토의채다.

하지만 사람들의 생각과 달리, 토의채는 놀랍도록 '나'를 빼닮은 생명체다.

토의채는 작고 연약한 존재들을 따듯하게 품을 줄 아는 생명체다. 작은 물고기와 새우, 게, 셀 수 없이 다양한 바다 유생(幼生)들이 거리낌 없이 토의채에 의지해 사는 건 바로 이 때문이다. 못생긴 외양 속에 감춰진 따스함.

모든 생명체에게 예외란 없듯, 토의채에게도 시련은 닥쳐온다.

예기치 못한 큰 풍랑이 일면, 아늑한 삶에 젖어 있던 토의채는 기약 없는 방랑길에 올라야 한다. 휘몰아치는 폭풍우에 갈기갈기 찢긴 채, 바다 위를 둥둥 떠다녀야 하기도 한다. 안전이라고는 눈곱만치도 찾아볼 수 없는 절체절명의 위기 앞에서 토의채는 혼자 살겠다고 어린 유생들을 가혹하게 내치지 않는다. 지금껏 그래왔듯이 그들을 고스란히 품은 채 방랑

길에 오른다.

별안간 닥친 위기에 까무러칠 듯 놀란 유생들은 토의채에 애처롭게 의지한다. 이제 어린 유생들이 할 수 있는 일이라곤⋯⋯ 거친 물살에 휩쓸려가지 않도록 토의채에 찰싹 붙어 있는 것뿐이다.

어린 유생들을 살뜰히 챙긴 토의채는 이제 그들이 바다로 떨어지지 않게 지탱해주는 뗏목 노릇을 시작한다. 그리고 유생들과 아직 깨어나지 못한 무수한 알들이 생명을 이어갈 수 있도록 부지런히 둥지 역할을 하며 부착기관을 발달시킨다. 어느 때든 온몸으로 붙을 수 있는 바위를 만나게 되면, 주저 없이 다시 안착을 시도하기 위해서다. 유생들이 성체가 되고, 잠들어 있는 알들이 모두 깨어날 때까지 묵묵히 이들의 생명을 지켜준다.

천덕꾸러기 토의채는⋯⋯ 그렇게 자신의 찢겨진 몸을 통해서 생(生)의 소명을 완수해낸다.

봄볕 같은 두 사내, 양춘이

여름이 성큼 눈앞에 다가오고 있었다.

나뭇잎 사이로 비쳐드는 햇살에 눈이 부신 맑은 오후였다.

창고 문으로 머리를 쏙 내민 만덕이 두리번거리며 마당을 살피고 있었다. 오늘 아주 특별한 방문을 계획하고 있기 때문이다. 다만 월향의 눈에 띄어서는 안 되는 일이기에 만덕은 눈알을 사방으로 굴리며 주변을 살피고 있었다. 아무도 없는 걸 확인한 만덕은 냅다 뒤뜰로 뛰었다.

기방 뒷켠에 있는 작은 방은 주인을 닮아 쇠락해가는 분위기를 물씬 풍기고 있었다.

"주련 성!"

"앗, 깜짝이야. 딸꾹."

갑자기 열어젖힌 문소리에 주련이 화들짝 놀라 딸꾹질을

166

해댔다.

"왜 그리 놀래요?"

"으이구, 망할 년!"

월향이가 들이닥친 줄 알고 지레 놀란 주련이 눈을 흘겼다.

"술이 그리 맛나요?"

방안 가득 풍기는 술 냄새에 만덕이 코를 쥐고 물었다.

"젊어 예쁠 때야 사내가 좋았지만, 쭈그렁 노인이 되고 나니 술이 최고더라."

대낮부터 들이킨 술 때문에 코끝이 빨개진 주련이 중얼거렸다.

주련은 기방에서 가장 나이가 많은 노기(老妓)다. 월향이 행수기녀가 된 후, 그녀가 행수가 될 가능성은 전혀 없었다. 더 이상 사내들이 찾지도 않았고, 연회에 불려 나가 창(唱)을 할 수 없는데도 그녀가 늘 당당한 이유는 따로 있었다. 그녀는 타고난 술맛 감정가였다. 기방에서는 어여쁜 기녀들을 선보이고, 주련이 추천하는 술을 내놓아 잔치의 흥을 돋우었다. 그리고 그 모든 칭송은 행수기녀의 능력으로 인정되었다.

이렇다 보니 주련은 좋아하는 술을 마음껏 맛볼 수 있게 되었고, 본래 옥같이 어여쁜 주련(珠蓮)이는 술독에 빠진 주련(酒蓮)이로 변해가고 있었다. 그녀의 애주가 점점 심해지자, 월향은 예고도 없이 들이닥쳐 술병을 빼앗곤 했다. 어려서부터 함께 자란 주련이 뒷방 늙은이처럼 방에 처박혀 온종일 술에 절어 있는 꼴을 참을 수가 없었기 때문이다.

"우리 만덕이, 너도 어서 한잔해라."

"그래요! 까짓것. 나도 맛 좀 한번 봅시다."

혀 꼬인 소리로 주련이 잔을 내밀자 만덕이 덥석 받아 쥐었다.

"제법인데? 월향이가 알면 아주 날 죽이려들 게야. 그러니 딱 한 잔만 해라. 그런데 네가 갑자기 웬일이냐?"

"흐흠, 그야 주련 성이 보고 싶어서 왔죠. 전해 줄 조두도 있고요."

만덕이 소매에서 조두를 꺼내며 얼버무렸다. 그러나 만덕이 오늘 불쑥 주련의 방을 찾은 이유는 따로 있었다.

육손이와 월향에게 객주를 차릴 거라고 떵떵거린 후, 만덕은 객주 운영에서 가장 중요한 것이 '술'이라는 사실을 불현듯 깨달았다. 아무리 자신이 멋진 물건을 만들고, 맛있는 음식을 팔더라도 사람들의 발길을 붙잡아 붙잡아두는 데는 '술'만 한 게 없었다. 그래서 탐라 최고의 객주를 만들겠다는 포부대로, 자신이 직접 술 빚는 법을 배워야겠다고 결심했다. 그때 번쩍 떠오른 얼굴이 빨간 코 주련이었다. 늘 취해서 혀 꼬인 소리를 하면서도 술맛을 볼 때만큼은 예리한 미각을 발휘하는 주련에게 묻고 싶은 게 많았다.

"주련 성! 이 조두는 다른 성들한테는 안 준 거예요. 주련 성만 쓰라고 내가 특별히 만든 거예요."

"호호호. 그래? 뭔 특별한 독약이라도 넣었나? 얼굴이 콱 썩어버린다든지, 아님 부스럼이 잔뜩 나게 해서 나 술 못 먹게 하려고? 혹시 너 월향이 사주 받은 거 아니야?"

"에이, 무슨 그런 끔찍한 말을 해요? 주련 성이 늘 술을 많이 마시니까 해독작용에 도움 되게 녹두를 갈아서 만든 조두예요. 성도 알다시피 탁주 마실 때 녹두전이랑 같이 먹잖아요. 요거 쓰면 푸석푸석한 얼굴이 매꼬롬해 진다니까요."

만덕이 능청스럽게 얘기하며, 난생처음 술을 들이켰다.

"크아아! 좋다."

"어쭈! 너 술 처음 먹는 거 맞아? 어떻게 단번에 내뱉는 말이 그리 걸쭉하냐?"

서로 대작을 하며 주련이 거나하게 취하자, 만덕이 눈빛을 빛내며 물었다.

"근데, 주련 성! 이렇게 맛있는 술은 대체 누가 만들어요? 달콤하면서도 부드럽고, 향이 좋아요."

"제법이네. 술맛을 제대로 아네, 알아. 이게 아무나 만든다고 이 맛이 되는 게 아니야."

간만에 술친구를 만나 신이 난 주련이 떠들어댔다.

"저기, 저어기…… 산자락 아래에 사는 박양춘. 그이가 술을 기가 막히게 빚어."

"박양춘이요?"

"떽! 어린년이 하르방(할아버지의 제주 방언) 이름을, 그것도 술을 기막히게 만드는 분의 이름을 그리 함부로 부르냐?"

"앗, 죄송해요. 박양춘 하르방께서 이 맛 좋은 술을 빚으시는구나. 그런데 그분이 산속에 사시나 봐요? 여기서 먼가?"

"쉿! 큰일 날 소리. 찾아갈 생각은 애초에 하지도 마라."

"왜요?"

"그이가 성질이 아주 더러워. 길을 잘못 든 낯선 이들이 술독 주변을 어슬렁거리다가 몽둥이로 흠씬 두들겨 맞는 일이 많았어. 게다가 어찌나 괴팍스러운지 술독 주변에 기어 다니는 뱀이랑 쥐를 잡겠다고 집 주변에 무시무시한 덫들을 만들어서 숨겨 놨거든. 실수로 발 한번 잘못 디디면, 발목이 두 동강이 난대. 으으으…… 그 사람 얘기하니까 술이 확 깨네."

"정말요?"

풀 죽은 목소리로 만덕이 답했다.

"응, 그리고 술맛이 변할까 봐 사람들하고 일절 말을 섞지도 않아. 완전 미친 거지. 술 미치광이."

"아니, 그렇게 성질이 더러운 양반이 어쩨 우리 기방엔 꼬박꼬박 술을 대 준대요?"

만덕의 말에 심술이 들어차고 있었다.

"그거야 육손이 오라방 때문이지."

"육손이 아즈방이요?"

그것도 몰랐냐는 듯 심드렁하게 대답하는 주련의 말에 만덕의 눈이 커졌다.

"그이가 성질이 지랄 맞아도 육손이 오라방한테는 각별하거든. 독기를 품고 사람들을 경계하다가도 육손이 오라방이 가면 허허실실 웃기까지 해. 하기야…… 그 두 사람 지금 보면 참 속을 모르겠어. 그런 점에서 묘하게 닮긴 했지."

박양춘.

탐라 제일의 술 주조자.

혼인도 하지 않은 채, 평생 오로지 술만 빚으며 사는 사내.

새벽부터 밤까지 술독 주변을 떠나지 못하고, 잠들 때조차 주변을 배회하는 사특한 것들을 잡기 위해 몽둥이를 껴안고 자는 그는 세상과 철저히 단절된 삶을 살고 있었다.

세상을 향한 그의 유일한 창(窓)은 바로 육손이였다. 하루 종일 불 앞을 지키며 밥 먹는 것도 자주 잊는 그에게 그날 잡은 물고기며 비린 것들을 슬며시 놓고 가는 이가 육손이였다. 말 없이 두고 간 세월이 어느새 삼십 년을 훌쩍 넘어서고 있었다.

처음부터 그가 술에 미쳐 세상을 버린 건 아니었다. 한때는 마음에 연심을 품었던 이도 있었고, 그녀를 위해 상품(上品)의

조선의 왈가닥 비바리 171

술을 만들려고 밤을 지새우던 날들도 많았다. 그는 육손이와 월향의 어미를 연모했다.

뭍에서 귀양살이 온 선비 곁에서 육손이와 월향을 낳아 기르던 여인. 그녀는 남매의 아비가 좋아하는 술을 만들어달라고 했다. 그렇게 주조한 술을 양춘에게서 건네받는 날이면, 그녀의 얼굴에 복사꽃같이 환한 미소가 번지곤 했다. 그렇게라도 그녀의 미소를 보는 게 삶의 유일한 낙이었다.

남매의 어미가 바다에 빠져 죽은 후, 그는 다시는 바닷가에 나가지 않고 산속에, 그리고 술 속에 자신을 가두었다. 그리고 한참이 지난 후 알게 되었다. 그녀가 낳은 아들의 이름이 자신과 똑같다는 것을. 아이의 아비가 봄볕처럼 따뜻한 아이로 자라라고 지어준 양춘(陽春)이란 이름이 병신 육손이란 이름 속에 묻혀버리자 속이 쓰렸다.

남매의 어미가 죽고, 미치광이처럼 세상을 저주했던 사내 곁에 봄볕처럼 따스한 아이가 묵묵함과 사려 깊은 보살핌으로 맴돌았다. 마치 자신의 마음을 안다는 듯이.

"주련 성! 나 이제 가볼게요. 그 조두로 꼭 얼굴 씻어요."

"으이구, 나쁜 년. 한 잔만 마시랬다고 진짜 한 잔만 하고 가네."

부리나케 방을 박차고 나간 만덕은 육손이에게 달려가기

172

시작했다.

"아즈바아아앙!"

숨이 넘어가도록 뛰어오는 만덕의 얼굴이 벌겋게 달아올라 있었다.

더운 날씨 탓이려니 생각했던 육손이는 만덕이 풍기는 술 냄새에 순간 당황했다.

헉헉.

잠시 숨을 고른 후 폭풍처럼 쏟아내는 만덕의 이야기에 육손이는 눈만 끔뻑거렸다. 만덕의 말을 최대한 이해해 보려는 그의 몸부림이 안쓰러울 지경이었다. 한참의 고민 끝에, 만덕이 대답을 기다리다 숨이 넘어가기 직전에 육손이가 겨우 입을 뗐다.

"만덕아……."

"예, 아즈방!"

"양춘이 아즈방은 특별한 사람이다. 집에서 술을 빚는 아낙들과는 많이 달라. 그분의 술에는 혼이 담겨 있지. 그래서 술에 있어서만큼은 탐라 제일의 장인이야."

"알고 있어요. 그러니 그 하르방께 배우고 싶다는 거예요."

"그렇다면 네가 한 가지 기억해야 할 게 있어. 그분은 사람을 많이 가려. 산속에, 술 속에서 지낸 세월이 길다 보니 사람을 대하는 법이 많이 서투신 게지. 그러니 네가 그분이 내지르는 소리에, 내뱉는 말에 놀라는 일이 많을 게야. 특히 여인들이 술 주변에 있는 꼴을 못 봐. 술맛이 나빠진다고 다들 생각하니까. 그러니 그분이 시키는 대로 하면서 힘껏 버텨보거라."

"와! 아즈방. 그럼 저를 데려가 주실 거예요?"

만덕의 말이 끝나기도 전에 육손이는 벌써 나갈 채비를 하고 있었다.

열여섯을 훌쩍 넘기고도 멋진 사내나 혼인에는 관심을 보이지 않던 만덕이 득달같이 달려와서는 당장 술을 배워야겠다고 선언하자, 육손이는 언제나 그렇듯 만덕의 편에 서고 말았다. 객주와 술의 관계를 떠들어대는 만덕의 주장에 틀린 구석이 하나도 없었기 때문이다. 땍땍거리는 월향의 잔소리는 나중에 묵묵히 견디면 될 일이었다.

초가가 가까워질수록 만덕은 긴장이 되었다. 갑자기 도깨비 같은 사람이 튀어나와 소리를 내지르지는 않을까, 수풀 속에 숨겨둔 덫에 걸리지는 않을까, 오만가지 상상으로 머리가 와글거릴 즈음, 스산한 웃음소리가 들려왔다.

"이 사특한 것들! 드디어 떼로 걸려들었구나."

구부정한 노인이 덫에 걸려든 뱀과 쥐를 도끼로 토막 내고 있었다.

사람의 인기척이 나자, 뒤를 돌아본 노인은 육손이를 보고 빙그레 웃었다. 그런데 잠시 후 육손이 뒤에 숨어있던 만덕이

모습을 드러내자 눈이 튀어나올 듯 쏘아더니 사방을 두리번
거렸다. 혼쭐을 내줄 몽둥이를 찾는 눈치였다.

"아즈방, 요기는 하셨어요?"

"……."

소리 지를 때를 놓친 노인은 육손이의 인사에 눈으로 묻고
있었다.

'이 개뼉다귀 같은 상황이 도대체 뭐냐고. 저 작은 계집아이
는 왜 여기에 데리고 온 거냐고. 제 정신인 거냐고.'

육손이 역시 내심 놀라고 있었다. 당장이라도 뛰쳐나가 몽
둥이를 찾아 들고 올 줄 알았던 노인이 너무 놀라 멀뚱히 서
있었기 때문이다.

"아즈방도 많이 늙으셨네요. 기력도 쇠하시고요."

"오늘은 어째 혼자가 아니냐?"

육손이가 넌지시 놀리자, 노인이 발끈했다. 행여라도 입에
서 '계집아이'라는 말이 튀어나와 술맛이 변할까 봐 벌벌 떨
며 간신히 물었다.

육손이는 구부정한 노인의 팔을 슬며시 잡고, 방으로 향했다.

만덕이 밖에서 숨죽이고 있는 사이, 육손이는 방에서 노인
과 두런두런 이야기를 마쳤다. 평생 이 두 사람이 말을 이렇
게 많이 한 건 이때가 처음인 거 같았다. 그렇게 지리한 대화
가 끝나자, 육손이는 만덕을 남겨두고 혼자 산을 내려갔다.

양춘이는 이 상황이 너무 당황스러워 눈빛이 흔들리고, 숨이 차기 시작했다.

"야, 너 짱구!"

"예."

짱구란 말에 발끈하면서도 최대한 성질을 죽이고 만덕이 대답했다.

"여기는 너 같은 애가 들어오면 안 되는 곳이다. 그러니 방 안에 가서 육손이가 놔두고 간 옷으로 갈아입고 나와."

실수로라도 '계집애'라는 말이 튀어나올까 조심스럽게 말을 하며 양춘이가 지팡이로 방을 가리켰다.

방 안에는 사내아이의 옷이 곱게 개켜져 있었다. 육손이는 이곳에서 만덕이 여자아이로 지낼 수 없다는 걸 알고 슬며시 옷을 챙겼었다. 옷을 갈아입으며 만덕은 한숨을 푹 쉬었다.

'이곳에선 계속 짱구로 불리겠구나'라고 생각하며.

사내아이 복장으로 나온 만덕은 큰 눈에 톡 튀어나온 이마가 자못 사내다워 보였다. 양춘이는 입에 손가락을 댄 채 지팡이를 땅에 탁탁 치며 따라오라는 시늉을 했다. 평소 재잘거리던 만덕은 입을 다물고 있는 게 너무 힘들어 현기증이 날 것 같았다.

앞서 걸어가던 양춘이는 지팡이로 이곳저곳을 탁탁 두드리며 눈으로 잘 봐두라는 시늉을 했다. 그제서야 만덕은 이런 곳들에 덫이 놓여 있다는 걸 알게 되었다. 초가에서 한참을 내려가자, 별안간 노인이 소리를 꽥 질렀다.

"삼십 년 밥 차려주더니만 이런 짱구를 데려다 놓다니! 육손이 이 나쁜 자식! 버릇없는 자식! 술독에 콱 처박아도 시원찮을 자식!"

양춘이가 버럭버럭 화를 내는 동안, 만덕은 슬쩍 웃음이 삐져나왔다. 투덜거리는 모습 속에 육손이에 대한 깊은 정을 느낄 수 있었기 때문이다.

"제 이름은 만덕이……."

"시끄럿! 네 이름 따윈 알 거 없고, 넌 여기서 그냥 짱구! 그리고 얘기하려면 여기까지 나와서 해. 술독 주변에서 말을 했다가는 그냥 콱!"

노인이 지팡이를 치켜들자, 눈이 휘둥그레진 만덕이 고개를 크게 끄덕였다.

"그리고 훤한 낮에 이곳에 드나들면 의심을 살 테니, 해 질녘 이곳에 오고. 반드시 사내 복장 잊지 말고! 계집애처럼 쫑알거리거나 징징대지 말고."

"예!"

자신이 내지르는 소리에 눈물을 흘릴 법도 한데, 만덕이 주먹을 꽉 쥐고 씩씩하게 대답하자 노인은 화가 좀 수그러들었다. 미안한 마음까지 스멀스멀 오르려던 참이었다. 이런 감정에 익숙하지 않은 양춘은 또다시 화가 치밀어 소리를 질렀다.

"그만 가!"

노인의 퉁명스런 인사에 만덕이 꾸벅 인사를 하고 내달렸다.

가을의 나뭇잎이 요술을 부린 듯 온산을 붉게 물들이고, 청명한 하늘 위로 목화솜 같은 구름이 퐁퐁 떠 있던 오후, 가파른 산을 잽싸게 뛰어오르는 그림자가 있었다.

"으아아아! 오늘도 난 잘해낼 거다. 오늘도 군말 없이 하르방이 시키는 거 무조건 다 할 거야. 그래야 세상에서 가장 맛있는 술을 만들 수 있으니까! 너무 열 받거나 주눅 들지 말자! 두고 봐. 나는 꼭 해내고 말 테니까."

숨이 차도록 산 중턱까지 뛰어오른 만덕이 갑자기 혼자 허공에 대고 소리를 지르기 시작했다.

지나가는 이들이 봤다면 미친년 취급을 했을 테지만, 이건 요즘 만덕이 스스로 터득해낸 생존법이다. 초가에 당도하기 전에 미리 마음속에 품었던 말들을 모조리 쏟아내는 것이다. 늦은 밤까지 한마디도 못 하는 만덕은 이렇게라도 해야 견딜 수 있었다. 그렇게 그녀는 하루의 반 이상을 묵언 수행하는 심정으로 견디고 있었다.

만덕은 뉘엿뉘엿 지는 해를 등지고 성큼성큼 걷기 시작했다. 어둑해지는 깊은 산 속이 무서울 법도 한데 군소리 없이 씩씩하게 잘 다니고 있었다. 도깨비나 귀신 따위는 이제 무섭지도 않았다. 늘상 보는 하르방이 그것보다 더 기함할 존재니까.

오두막에 도착하면 어김없이 마당 한쪽에 널브러져 있는 뱀과 쥐들의 토막 난 시체를 치우는 게 만덕이 제일 먼저 해야 할 일이다. 기방에서 이불청을 자박자박 밟아 빨아 널던 일 따위와는 차원이 달랐다.

그리고 나서는 마당 평상 위에 펼쳐진 각종 약초나 열매들을 냇가에 가져가서 정확하게 백 번씩 씻어야 한다. 아주아주 정성을 다해서 말이다. 행여라도 불퉁거리는 심사가 튀어나올 듯하면 어김없이 하르방의 지팡이가 정수리를 강타했다.

바위 위에 앉아 있는 노인네는 만덕이의 행동거지를 감시하느라 눈알이 빠질 지경이었고, 그 틈을 엿봐 실컷 속으로 욕이라도 해야 하는 만덕은 입을 삐죽이거나 땅이 구멍 날 듯 노려보느라 눈알이 빠질 듯했다. 아무리 등을 돌리고 약초를 씻더라도 만덕의 일그러지는 표정을 귀신같이 알아차린 노인은 시도 때도 없이 지팡이를 휘둘러댔다. 이제 만덕은 어지간히 맷집이 단단해져 끄떡없는 상태가 되었다.

경건한 마음으로 재료들을 씻으면 그다음엔 그것을 평상 위에 널어놓고 말리는 일이 만덕을 기다리고 있었다. 행여라도 날아든 새가 열매를 쪼아 먹을까 봐 요즘 만덕은 긴 장대를 꼬나 쥐고 일을 했다.

"쉭, 쉭, 쉬이익!"

만덕이 날아드는 참새 떼를 쫓느라 허공에 장대를 휘둘러대고 있었다. 엉거주춤 엉덩이를 뒤로 빼고, 제 키보다 큰 막대기를 들고 낑낑대는 모습에 노인은 웃음이 삐져나왔다.

노인은 손도 야무지고, 썩썩 일도 잘 해내는 만덕에게 조금씩 마음을 열기 시작했다. 그렇다고 뭐 대단한 일을 시작한 건 아니다. 그저 짜증스럽던 눈빛에 조금 웃음기가 스며들고, 신경질적으로 두드려대던 지팡이에도 경쾌한 소리가 담기기 시작했다는 것 정도.

탁! 타아악!

노인의 지팡이 소리에 만덕이 말없이 뒤따랐다.

주섬주섬 보자기를 푼 노인은 만덕 앞에 술잔을 놓았다. 느닷없는 노인의 행동에 만덕이 멀뚱히 있자, 그가 버럭 소리를 질렀다.

"예끼! 너 마시라고 따라놓은 술 아니냐."

"아, 예……."

얼떨결에 술을 입에 털어 넣은 만덕은 눈이 휘둥그레졌다.

"그동안 네가 길어온 맑은 샘물과 정성스레 씻은 열매들로 빚은 가향주다. 맛이 어떠냐?"

'혼이 담긴 술은 이런 맛이구나…….'

감히 내뱉을 수 없는 말이 입속에 고였다.

"꽃향기와 과실향을 안고 있으면서 봄에는 따스함을 전해 주고, 여름엔 더위와 갈증을 잊게 해주지. 어디 그뿐이겠느냐. 가을엔 싱그러움과 풍요로움을 만끽하게 해 주고, 겨울의 첫 눈처럼 기다림을 주는 것. 그것이 바로, 술이다."

노인이 덤덤하게 말을 이어가고 있었다.

"술은 하늘이 내려준 복록(福祿)이야. 술이 될 때 그 맛의 아름답고 사나움으로 주인의 길흉을 알 수가 있지. 그러기에 술은 순일한 마음으로 정성껏 빚어야 하는 것이다."

"하늘이 내려준 복록이요?"

만덕의 질문에 노인이 가만히 고개를 끄덕였다.

술로 주인의 길흉을 알 수 있다는 생각은 예부터 사람들의 삶 속에 뿌리 깊게 자리 잡았다. 사람들은 이를 과거 잘못에 대한 징벌이나 다가올 미래에 대한 조짐으로 받아들였다. 조상 제사에 쓸 술이 잘못되면 조상에 대한 불경(不敬)과 불손(不遜)의 응징으로 여겼고, 자식의 혼례에 쓸 술이 잘못되면 자식의 장래가 불행해질 것으로 여겨 술 빚는 일에 정성을 다했던 것이다. 어디 그뿐인가. 술이 시어지면 집안에 근심이 생긴다고 여겨, 아낙들은 아무도 모르게 속성주(술을 빨리 마련해야 할 때 빚는 술)를 빚어 대체하거나, 고을에서 가장 잘 익은 좋은 술을 얻어다 붓곤 했다.

만덕은 노인의 깊은 말에 자신이 부끄러워졌다. 하늘이 내려준 복록을 빚어내는 노인의 마음과 달리, 자신은 기껏해야 탐라 제일의 객주를 운영해보겠다는 얄팍한 심사로 이 엄청난 일에 임하고 있었기 때문이다. 그런 만덕의 심란함을 안다는 듯, 노인이 지팡이로 등 뒤를 툭툭 치며 중얼거렸다.

"짱구야. 하늘이 답이다. 오직 하늘만이 답이야. 그 마음만 잃지 않으면 된다."

'그렇구나. 하르방은 세상 사람들이 뭐라고 수군대든 처음부터 상관이 없었구나. 마음이 늘 하늘에 닿아 있었던 거구나.'

만덕이 뒤돌아 노인을 향해 환하게 웃었다.

만덕의 웃음에 슬쩍 미소 짓던 노인은 제 행동에 화들짝 놀라 괜시리 소리를 질렀다.

"오늘은 그만 내려가!"

"으하하하! 인생사 새옹지마(塞翁之馬)라더니, 옛말에 틀린 게 하나도 없구나."

지난번 제주 목사 이한길의 처결 이후, 숨도 못 쉬고 지내던 박찬성에게 희소식이 날아들었다. 이한길이 갑작스런 부친상을 당해 한양으로 귀환하게 되었고, 새로운 제주 목사의 부임이 확정되었다는 소식이었다. 밤마다 삭탈관직을 당한 채, 곤장을 맞는 악몽을 꾸던 그는 자리를 박차고 일어났다. 회생할 수 있는 유일한 기회를 놓칠 수 없었다.

이한길이 만덕의 두 신분을 문서로 남겨 놓고, 백성들을 증인으로 삼았기 때문에 함부로 그녀를 천인으로 강등시킬 수는 없었지만, 면천하려는 그녀의 노력을 자근자근 밟아주며 방해할 수는 있었다. 만덕을 계속 천인으로 살게 하는 것, 그것만이 자신이 살길이었다.

"돈이지, 돈이야!"

새로 부임한 제주 목사를 재물로 구워삶으면 그만이다. 그의 유일한 희망은 이한길같이 꼿꼿한 관리가 아니라, 자신이 떡 주무르듯 다룰 수 있는 보통의 관리가 부임하는 것뿐이었다. 이제 이한길이 떠날 때까지 단 며칠만 쥐죽은 듯 버티면 된다는 생각에 그는 날아갈 듯 기뻤다. 박찬성은 아주 오랜만에 자리를 떨치고, 비둘기에게 모이를 주었다.

한편 이 소식은 월향과 육손이를 또다시 절망에 빠뜨렸다.

늦은 밤 초가에서 내려온 만덕은 방안에 들어서자마자 화들짝 놀랐다.

"아즈망! 여기서 뭐 하세요?"

깜깜한 방에서 월향이 미동도 없이 오도카니 앉아 있었다. 등잔 기름에 불을 붙인 만덕은 월향의 모습을 보고 가슴이 덜컹 내려앉았다.

"아즈망! 괜찮으세요?"

넋이 반쯤 나간 월향을 흔들어대며 만덕이 물었다.

"만덕이 왔구나. 어떡하면 좋으냐, 이를 어쩌면 좋으냐⋯⋯."

월향은 무거운 마음으로 소식을 전했다.

청천벽력 같은 소식을 듣고도 만덕은 평정심을 잃지 않았다. 오히려 차분한 목소리로 월향에게 말했다.

"아즈망! 저는 이제 세상 사람들이 규정해 놓은 신분의 틀 속에 더 이상 갇히지 않을 거예요. 재수가 더럽게 없어서 천인으로 강등된다고 하더라도, 저는 당당하게 살아 낼 거예요. 그러니 이제 제 면천은 잊으세요. 양춘이 하르방이 하늘이 답이래요. 제 마음이 하늘에 닿아 있으면 그걸로 된 거래요. 세상이 뭐라 하든 저는 이제 상관하지 않을 거예요. 그러니 어서 기운을 차리세요. 저 이제 술 빚는 것도 많이 배웠단 말이에요. 다음엔 또 뭐가 있을지 궁금하지 않으세요?"

"뭐가 또 있는 거니? 또 무슨 일을 꾸미려고?"

도리어 만덕의 위로를 받은 월향이 눈을 끔뻑이며 물었다.

제주 목사의 갑작스런 귀환 소식을 들은 만덕은 면천을 걱정하던 월향과 달리, 현욱이 떠올랐다.

가끔씩 물건을 주문하거나, 우연히 바닷가에서 마주칠 때면 참 따뜻하게 자신을 이해해주던 현욱 도령.

무슨 이야기든 잘 들어주고, 무슨 말을 해도 잘 웃어주던 현욱은 만덕에게 바다가 보내준 선물 같은 존재였다. 바다 덕분에 머나먼 한양 땅 도령을 만나 많은 위로를 받았다는 생각이 들자, 아쉬움이 물밀 듯 밀려왔다.

특별한 선물을 전하고 싶었던 만덕은 처음으로 손수 빚은 술을 담아 내아를 찾아갔다. 만덕의 방문에 놀란 현욱이 씁쓸한 미소를 지었다.

"어이, 현욱 도령. 오랜만이야."

"그동안 많이 바빴느냐? 지난번 춘수를 통해 기별을 넣었는데도 소식이 없기에……. 얼굴도 못 보고 떠나는 줄 알았다."

떠난다는 말에 두 사람의 표정에 서운함이 설핏 묻어났다.

"내가 요즘 하는 일이 많아서 말이지. 자, 이거."

만덕이 술병을 내밀자 현욱이 의아한 표정을 지었다. 평소 솜씨 좋게 만든 물건만 선물하던 만덕이 생뚱맞게 술을 건넸기 때문이다.

"기방에 맛 좋은 술이 들어온 게냐?"

"역시 우리 현욱 도령. 앞뒤가 꽉 막혔어. 이거 내가 처음으로 빚은 술이야."

"술을 직접 빚었다고?"

"응. 왜? 맛없을까 봐?"

"아니다. 너무 뜬금없어서 그렇지."

"등에 굳은살이 박히고, 정수리에 불이 나도록 맞으면서 배웠지."

"옷은 또 왜⋯⋯."

현욱이 만덕의 차림새에 머리를 갸우뚱했다.

"스승님이 여자가 술독 주변에 얼쩡거리는 꼴을 못 보시는 분이라, 내가 남장을 한 거야. 심지어 내 이름도 안 부르셔. 그냥 짱구로 통하지. 하루 종일 짱구 소리가 귀에 맴돌아서 죽을 맛이야."

"하하하!"

"현욱 도령이 술 안 좋아하니까, 달달하면서도 향그러운 감주로 담았어. 한양에 돌아가서 맛봐. 내 생각을 떠올려달라고 하면 너무 어처구니없으려나?"

만덕이 놀려대자, 불편하고 미안했던 현욱의 마음이 조금 푸근해졌다.

"미안하구나, 만덕아. 형님의 경솔함으로 네가 천인이 될 뻔했는데, 그 문제가 완전히 해결되는 걸 보지도 못하고 떠나게 돼서⋯⋯."

현욱이 말을 잇지 못하자, 만덕이 갑자기 현욱의 등짝을 후려쳤다.

"잊어! 사내가 뭘 그깟 것을 맘에 담아두고 그래. 싹 잊어버려!"

"그 엄청난 일을 잊으라고?"

"나도 잊고 살 거야, 내 면천. 이젠 더 이상 세상이 만들어 놓은 틀 속에 갇히지 않을 거니까. 새장에 갇힌 새처럼, 그렇게 두려워 떨면서 살지 않을 거야. 내가 하고 싶은 거 하면서 훨훨 날아다니며 살 테니, 현욱 도령도 너무 걱정하지 마. 나, 그래도 반쪽은 양인이잖아."

분명 다른 반쪽은 천인인데도, 밝은 쪽을 애써 보려는 그녀를 보고 현욱은 용기를 냈다.

"벗으로서 손 한번 잡아 봐도 되겠느냐?"

"내 손을?"

의아해하면서도 만덕이 손을 내밀자, 현욱은 부드럽게 손등을 토닥여주었다.

"탐라에서 많은 걸 배워간다. 특히 여기서 널 만난 건 내게 큰 행운이었다."

"그리 생각해줘서 고마워, 현욱 도령. 한양에 가서도 어깨 좀 쫙 펴고, 자주 웃으면서 살아. 현욱 도령은 너무 심각하단 말이야. 삶이 죄다 우중충해 보여. 주변에 있는 소소한 즐거움들을 만끽하면서 가볍게 살아, 알았지?"

"뜻이 있다면, 죽기 전에 다시 한번 볼 수 있겠지?"

"염려 마셔. 내가 돈 많이 벌어서 한양가면 제일 먼저 현욱 도령부터 찾아갈 테니. 하하하!"

늦은 밤까지 손을 놓지 못하는 두 사람 위를 달빛이 은은히 비추었다.

"아니, 이게 요즘 귓구멍이 막혔나, 아님 간이 배 밖으로 튀어나온 건가? 왜 내 말을 안 듣지? 아니, 왜 나를 안 무서워하지? 돌아오기만 해 봐라."

양춘이 집 주변을 서성이며 한껏 성질을 부리고 있었다. 늦은 밤이 되도록 돌아오지 않고 있는 만덕 때문이었다.

만덕은 요즘 마음이 많이 급해졌다. 자신의 면천은 잊었지만, 객주를 운영하기 전에 월향의 노제를 서두르고 싶었기 때문이다. 그러려면 제법 많은 돈이 필요했다. 그래서 그녀는 탐라 양반가의 부녀자들이 즐겨 찾는 고가(高價)의 장식품과 화장수, 조두 등을 만드느라 눈코 뜰 새 없이 바빴다.

그러나 짧은 시일 안에 많은 돈을 벌 수 있는 건 뭐니 뭐니 해도 양반들의 입맛을 사로잡을 수 있는 '술'이었다. 양반들의 취향에 딱 맞는 술을 관아 기방에 납품하면, 빠른 시간 내에 돈을 제법 모을 수 있을 것 같았다.

장정보다 잠녀들의 수가 더 많은 섬 탐라.

그리고 탐라에서 잠녀들만큼이나 많은 건 바로 사당이었다. 춘하추동 가릴 것 없이 뱃사람들의 무사귀환을 비는 게 삶이 되어 버린 백성들. 이들이 정성스럽게 빚어 사당에 올리는 술은 다름 아닌 오메기 술과 고소리 술이었다.

육지에서는 쌀로 빚은 청주가 양반들의 입맛을 사로잡았지만, 탐라에서는 상상도 할 수 없는 일이었다. 토양이 척박해서 거친 밭에서도 잘 자라는 조나 보리, 밭벼, 기장, 피, 메밀, 수수를 주로 경작하는 탐라에서는 쌀 대신 좁쌀을 사용해서 술을 빚었다.

그마저도 문제가 많았다. 좁쌀의 종피가 두꺼워 누룩을 넣어도 발효가 잘되지 않았기 때문이다. 아낙들은 오랜 실패를 거듭하면서 마침내 좁쌀을 가루로 내서 구멍 떡인 오메기떡을 만들고, 이것을 누룩과 함께 넣어 술을 빚었다. 술이 농익으면 윗 국과 아랫국으로 분리되는데, 암갈색의 청주인 윗국은 제례나 귀한 손님 대접에 쓰이고, 탁주인 아랫국은 백성들이 일용주로 마셨다.

그러나 아무리 귀한 청주라 해도 쌀이 아닌, 좁쌀로 만들어진 탐라의 청주는 양반들의 기대에 미치지 못했다. 설상가상으로 육지에서 들여오는 청주는 그야말로 금값이라, 탐라 양반들도 매번 구해 마실 수는 없었다. 만덕은 이 점을 놓치지 않았다.

그리고 어느 날 바닷가를 거닐 때, 해풍을 맞으며 서 있는 소나무가 만덕의 시야에 잡혔다.

조선의 사대부들에게 소나무는 자다가도 벌떡 일어나 그 덕을 칭송할 정도로 소중한 나무다. 심지어 탐라의 소나무가 더 특별한 이유는 해풍을 맞으며 고고한 자태로 절벽 위에서 자란다는 것이다.

'해풍을 맞은 솔잎으로 향그러운 송엽주를 빚을 수만 있다면……'

초가로 향하는 만덕의 발걸음이 빨라졌다.

그리고 그날 저녁, 만덕은 노인에게 고급스런 송엽주를 알려달라고 떼를 썼다. 노인이 귓등으로도 듣지 않자, 급기야 솔잎을 줍겠다고 나간 것이다. 보다 못한 그가 늦은 밤이라 실족하면 위험하니, 내일 가라고 만류해도 듣지 않았다. 그리고 지금껏 감감무소식이었다.

"짱구야! 짱구야아아!"

노인은 한 손엔 등불을 들고, 다른 손으로는 만덕이 멀리서도 들을 수 있도록 지팡이를 두드리며 애타게 불렀다.

아무리 불러도 답이 없자, 노인은 거의 울상이 되었다.

'독사에 물려서 어디 쓰러져 있는 건 아니겠지? 무사해야 할 텐데……'

불길한 생각이 자꾸 그의 뇌리를 스쳤다.

그의 걱정이 아주 황당한 건 아니었다. 한양에서 유배당한 왕족이나 사대부들이 가장 두려워하는 게 바로 뱀이었을 정도로, 탐라엔 뱀이 득실거렸기 때문이다.

한참을 헤매다 노인은 멀리서 희미한 불빛을 발견했다. 숨을 헉헉대며 달려가 보니, 웬 작은 토굴 같은 데서 새어 나오는 불빛이었다.

"짱구야! 거기 짱구냐?"

"하르방이세요?"

토굴 구멍에서 만덕이 머리를 쏙 내밀고 웃었다.

노인은 서둘러 토굴 안으로 들어가 만덕의 몸을 구석구석 살폈다. 아직 웃고 있는 걸 보니, 독사에 물린 것 같지는 않았다. 만덕의 해맑은 미소가 노인의 분노를 자극했다. 곧이어 그는 죽일 듯이 지팡이를 휘둘러댔다.

"이런 미친! 이게 겁도 없이! 내가, 내가 날 밝으면……."

고래고래 소리를 내지르던 노인은 급기야 풀썩 주저앉아 버렸다.

"죄송해요, 하르방. 솔잎을 줍다가 미끄러져서 발목을 조금 접질렸어요. 추워져서 불 피우고 몸 좀 녹이고 내려가려던 참이었어요."

만덕은 그제서야 노인이 자신을 찾아 산속을 헤매느라 온몸이 땀으로 젖었다는 걸 알아차렸다. 만덕은 작은 풀더미로 피워놓은 불 옆에 앉아 노인이 안정을 찾을 때까지 잠자코 기다렸다.

"하르방! 그런데 이 토굴요. 조금 신기하지 않아요? 동굴 같지는 않고, 사람들이 일부러 돌을 쌓아 만들어 놓은 것 같은데…… 움막 같은 건가?"

노인의 정신이 조금씩 돌아오자, 궁금함을 참지 못한 만덕이 대뜸 물었다.

탁!

"아얏!"

"토굴이 아니라 한증소다."

정수리를 강타당한 만덕이 머리를 감싸 쥐자, 노인이 심드렁하게 답했다.

만덕을 들쳐업고 내려온 노인은 오만가지 알 수 없는 욕들을 내뱉으며 그녀를 기방에 던져놓고 휑하니 가버렸다.

"아, 아니. 만덕아! 이건 또 무슨 일이냐?"

구부정한 노인 등에 업혀서도 미안한 기색은커녕 마냥 신이 난 만덕을 보고 월향의 한숨이 깊어졌다.

"으이구! 하루가 멀다 하고 사고를 쳐대야 직성이 풀리지. 암! 그렇고말고. 멀쩡히 나가서 왜 또 이렇게 된 거야?"

월향이 뜨거운 물에 천을 적시며 잔소리를 늘어놓기 시작했다.

"어두워서 발이 미끄러졌어요."

"쳇! 그 소릴 지금 나더러 믿으라고? 똑같은 시간에 매일 오르던 그 산길을? 갑자기? 왜?"

월향의 입에서 가시돋친 말들이 폭풍처럼 쏟아져 나오자 만덕이 이실직고를 했다.

"솔잎을 따러 절벽에 올라갔다고? 이게, 이게 하다 하다 별짓을!"

"아즈망, 잠, 잠시만 고정하시고 제 말을……."

"이제는 심마니까지 하려고? 왜? 아예 돈을 많이 쳐주는 산삼을 캐지 그랬니?"

"아, 그런 방법도 있구나……."

짝!

"아야얏!"

만덕의 진심어린 대답에 월향이 매섭게 등짝을 후려쳤다.

"오늘 제가 발목이 삐긴 했지만, 아주 중요한 걸 발견했다구요. 이깟 발목 통증은 닷새면 낫지만, 그 물건은 이런 기회가 아니면 영영 못 발견했을 거예요."

"도대체 언제 정숙한 여자가 될래? 아니, 그 시늉이라도 내 볼래? 지금처럼 지내다간 역마살이 끼든지, 종국엔 객사하고 말 거야. 으이구, 내 팔자야."

발목에 뜨거운 천을 올려주던 월향의 손에 점점 감정이 실리기 시작했다.

"이거 언제 즈음 끝나요?"

"……"

"육손이 아즈방께 여쭤볼 게 있는데……"

월향의 침묵에 만덕이 눈치를 살피며 물었다.

드르륵.

"으이구, 양반되기는 글렀어. 누가 벌써 입을 나불댄 거야?"

만덕이 다쳤다는 소식에 육손이가 광에 있던 우슬초를 금세 달여 막 방에 들어서던 참이었다.

"괜찮은 거냐?"

"예, 아즈방."

"이거 한 모금 마셔봐라."

"이게 뭐예요?"

"우슬초 달인 물이야."

"우슬초요?"

"소 무릎을 닮았다고 해서 우슬초(牛膝草)라고 불리는 약초가 있는데, 이걸 달여 먹으면 붓기가 빨리 빠져."

"이걸 언제……"

육손이는 그런 이였다. 말보다는 손발이 먼저 움직여 적절하게 남을 돕는 그런 사람. 만덕을 아끼는 방식이 월향과는 사뭇 달랐다.

"쳇! 누가 만덕이 바라기 아니랄까 봐. 이럴 땐 몸이 그냥 홍길동이지, 홍길동이야."

월향이 눈을 흘겼다.

"허허허. 만덕이 바라기?"

육손이가 실없이 웃었다.

"그런데요, 아즈방. 제가 산속에서 토굴 같은 거, 아니 정확히는 석굴이라고 해야 하나? 뭐 그런 비슷한 걸 발견했거든요. 사람들이 일부러 산속에 왜 그런 걸 만들었는지는 잘 모르겠지만, 하르방은 그게 한증소(汗蒸所)라고 하시더라고요. 그게 뭐예요?"

"한증소?"

"예. 하르방이 그런 건 아즈방만 대답해주실 수 있다고 하셨어요."

"음……."

육손이가 생각을 가다듬고 있었다.

만덕은 발딱 일어나서 듣고 싶었지만, 월향이 그녀의 몸을 지긋이 누르고 있었다. 일어나면 가만두지 않겠다는 무언의 협박을 담아서.

"그게……."

"아, 답답해. 대답을 좀 냉큼 할 수 없어요, 오라방? 기다리다가 숨이 넘어갈 거 같아."

"아즈망은 여태 같이 사시면서 그것도 못 기다리세요? 아즈방이 '음'을 길게 한다는 건 말이 꽤 길다는 거예요. 머릿속으로 생각을 정리하시는 거죠."

만덕이 손가락으로 제 머리를 가리키며 육손이 편을 들었다.

"얼렐레? 이 웬수들. 내가 오라방 때문에 답답해서 죽을 거고, 만덕이 때문에 열 받아 죽을 거야. 내가 일찍 죽으면 다 두 사람……."

월향의 말이 끝나기도 전에 육손이의 말이 시작되었다. 의도한 건 아니었지만, 생각이 정리된 시점이 하필 월향의 말을 잘라먹게 되었다.

"한증소는 땀[汗]과 증기[烝]라는 뜻이니까, 증기로 땀을 내는 곳이야."

"왜 증기로 땀을 내요?"

"일종의 치료법이지. 한증소 내부에도 들어가 봤어?"

"네. 그 안에서 불 피우고, 몸 녹이고 있는데 하르방이 저를 찾아내신 거예요."

"크기가 장정 대여섯 명 들어갈 정도였지?"

"우와! 그걸 어떻게 아세요?"

"원래 옛날에는 사람들이 뜨겁게 달궈진 돌 위에 물을 끼얹어서 증기를 내는 증기욕을 많이 했어. 그런데 조선이 들어서고부터 한증소를 짓고, 그 안에서 불을 때 땀을 내는 한증을 즐기게 된 거지. 신경통과 풍증에 좋은 소나무를 때서 내부를 데우고, 솔잎을 깔고 그 위에 누워서 땀을 내면 병이 나아."

196

"그럼 의원에게 가지 않고, 한증소에 누워만 있어도 병이 싹 낫겠네요."

"으이구, 딱 지 같은 생각만 해요. 아무리 그래도 의원이 먼저지."

월향이 끼어들어 면박을 주었다.

"사람의 몸은 각자 체질이 달라서 어떤 이에게는 땀을 내게 하는 게 치료가 될 수 있지만, 다른 이에게는 극약처방이 될 수도 있어. 그래서 나라에서 한증소에 들어가기 전에 먼저 의원에게 몸을 보이게 했지."

"아, 그렇구나. 그럼 그렇게 좋은 한증소가 왜 산속에 저렇게 처박혀 있어요? 오래도록 사람들이 드나든 흔적이 없어 보이던데……."

"한증소를 지으려면 돈이 많이 들어. 돌로 쌓아 올리고, 황토도 발라야 되고, 백성을 살필 의원도 필요하고, 환자들이 오면 쌀죽도 쑤어 먹여야 하고."

"임금님은 부자 아니에요? 돌덩이 몇 개 쌓고, 죽 쑤어 먹이는 정도는 가뿐히 하실 수 있지 않나? 아니면 한양에는 많은데 탐라라서 별로 없는 건가요?"

"원래 한증소는 나라에서 지어주거나, 사찰에서 보(寶)로 지어서 관리했어. 그런데 백성들을 치료할 수 있는 동서활인원이 생기면서 없어지게 된 거야."

잠자코 이야기를 듣던 월향의 턱이 쑥 빠지기 직전이었다. 자신의 오라비가 저렇게 많은 걸 어찌 알고 있나 싶으면서도, 저 정성이면 진즉에 장가나 갈 일이지 싶어 슬슬 열이 오르고 있었다.

"그럼, 아즈방. 이제 더 이상 나라에서 짓거나 관리하지 않는다는 얘기죠? 그래서 저렇게 버려져 있다는 거죠?"

"응, 그렇지."

"으하하하! 역시 하늘이 날 돕네."

뜬금없이 웃어대는 만덕의 속내를 알 수 없어 월향과 육손이는 멀뚱하니 서로 바라만 보았다.

'또 무슨 생각인 건지…….'

만덕의 웃음소리가 높아질수록 월향은 조금씩 불안해졌다.

일곱 번의 따뜻한 봄이 탐라 바다를 찾아드는 동안, 만덕은 양반들이 선호하는 물건을 팔아 이문을 남기면서 꽤 많은 돈을 모았다. 그리고 마침내 월향을 노제시키는 데 성공했고, 객주를 차릴 만큼의 충분한 돈까지 마련했다. 자신의 면천을 위한 노력은 제주 목사와 박찬성의 방해로 번번이 실패했지만, 돈 꾸러미를 들고 가서 월향의 노제를 성사시켜달라는 간청은 쉽게 받아들여졌다.

자신의 면천만큼이나 뛸 듯이 기뻐하던 만덕은 월향이를 위해 특별한 일을 해주고 싶었다. 평생을 관아 기방에 묶여 마음 편히 쉬지 못했을 그녀를 위해 만덕은 이런저런 궁리를 했다.

그러나 그런 만덕의 기대와 달리 월향은 며칠째 방 안에 누워 죽은 듯이 잠만 잤다. 밥도 먹지 않은 채 잠 속에 빠져들었다. 어미의 태(胎) 중에 있을 적에나 편히 쉴 수 있는 팔자가 기생년 팔자라고 입버릇처럼 말하던 월향이 움직일 기미가 없자, 만덕은 불안했다.

"아즈망, 아즈마아앙! 좀 일어나 보세요. 날씨가 화창하니 오늘은 저랑 놀러 나가요, 네?"

"으으응, 조금만 더 자고."

"어디가 편찮으세요?"

"아니, 너무 마음이 편해서 그런가 자꾸 잠이 쏟아지네. 아니지, 이제 늙어버려서 그런가?"

"저 아즈망이랑 가보고 싶은 데가 있단 말이에요."

"어디?"

"바닷가에 같이 가요. 제가 육손이 아즈방이 낚아 올린 고기로 꼬치구이 해드릴게요. 감주도 이미 챙겨났어요. 제발요!"

월향은 어미가 바다에 빠져 죽은 뒤로 바다에 나간 적이 없었다. 매일 바다에 나가 고기를 낚아 올리는 육손이와 달리, 그녀는 어미를 삼켜버린 바다를 더 이상 거닐 수 없었다. 그래서 만덕은 그녀가 과거의 잔상에서 벗어나 이제 좀 편안한 마음으로 살았으면 좋겠다는 생각에 바다에 데려가고 싶었던 것이다.

"싫어, 난 바다가 지긋지긋해."

"그럼, 가고 싶은 데 없어요?"

만덕의 간곡한 물음에 월향이 몸을 일으켜 세웠다.

"만덕아, 네 면천을 제치고 내가 노제가 되었는데, 무슨 면목으로…… 여기서 더 바라면 죄악이지, 죄악이야. 날 위해 뭔가를 더 하려고 애쓰지 마라."

"그러니까 아즈망이 이제 저를 위해서 큰일을 해 주셔야지요."

"으응?"

뜬금없는 만덕의 제안에 월향이 눈을 동그랗게 떴다.

"나갑시다, 아즈망. 객주를 차릴 집터도 찾아야 하고, 할 일이 넘친다고요."

객주라는 말에 월향의 눈빛에 자신감이 배어나왔다.

"그런 일이라면 밤에 해 지고 가자."

"예? 해 지고 가면 제대로 볼 수가 없잖아요."

"호호호. 별 걱정을 다 하는구나. 나, 월향이다."

콧소리를 내며 웃는 월향을 보며 만덕은 안도했다.

"아즈망, 조심하세요. 길이 어두워요."

밤마다 기방에서 술손님을 상대하던 월향이 밤 외출에 혹여 발이라도 헛디딜까 싶어 만덕은 월향의 발 아래 초롱을 고정시키고 종종걸음으로 걸었다.

"휴, 여기다."

"우와아아!"

월향의 발밑만 신경 쓰던 만덕이 눈을 들자, 너무도 아름다운 광경이 눈앞에 펼쳐져 있었다. 물 위에 떠 있는 둥그런 달이 사방을 비추고 있고, 물가 주변에는 오래된 팽나무와 소나무가 휘늘어져 절경을 이루고 있었다.

"여기가 바로 월대천(月臺川)이야."

"월대천이요?"

허름한 누각 위로 오르면서 월향이 말을 이어갔다.

"탐라의 하천은 비가 올 때만 흐르는 건천(乾川)이 대부분이지. 그런데 이곳은 사시사철 맑고 시원한 물이 흘러."

"여기만 그래요?"

"응. 여긴 바다도 아니고, 하천도 아니거든. 두 물이 만나는 곳이지. 낮에는 그저 하천으로만 보이지만, 이곳의 절경은 밤에 펼쳐지지."

"네, 알 것 같아요. 달빛 때문이죠?"

"조선의 양반들은 말이다, 이토록 아름다운 달빛을 여인처럼 연모한단다. 달이 뜨면 하나둘 이곳으로 모여들어 맑은 물에 비친 달을 소재로 시를 지으며 풍류를 즐기지. 그들은 배를 곯으며 살 수는 있어도, 시와 풍류 없이는 살 수 없는 존재들이거든. 만덕아! 이왕지사 객주를 차리기로 했으니, 이 주변의 터가 어떻겠니? 이곳이라면 뜨내기 상인들뿐만 아니라 탐라 양반들의 돈까지 거머쥘 수 있을 거야."

월향에게는 양반들의 취향을 읽어내는 세련되면서도 뛰어난 안목이 있었다.

"이 터에 상인과 양반 모두를 상대로 장사를 할 수 있는 객주를 짓는다⋯⋯. 와! 정말 근사한 생각이에요, 아즈망."

만덕은 오늘 월향이 왜 늦은 밤을 고집했는지를 이제야 알 수 있었다. 양반들을 위한 공간으로 이만한 곳이 탐라에 또 있을까 생각하며 만덕은 서둘러 하르방에게로 올라갔다.

대목장, 방만

드센 바닷바람에 한껏 웅크린 사내가 배에서 내리자마자 저벅저벅 걷기 시작했다. 덥수룩한 수염에 땟국물이 흐르는 넝마를 걸친 사내는 세상 시름을 다 잊은 듯 노래까지 흥얼대고 있었다.

어기정정 아랫마을 대장장이
매일같이 두드리던 쇠붙이에
돈방석에 앉았는데,

어기정정 윗마을 목수
죽은 나무만 깎아 대다
쪽박만 차는구나.

오랜만에 돌아온 집.

사내는 육지에서 공역(工役, 토목공사)이 있을 때마다 불려 가는 대목장(우두머리 목수) 방만이었다. 그는 탐라뿐만 아니라, 타관에서도 알아주는 실력의 대목장이었다. 짧게는 몇 달, 길게는 일 년이 넘도록 그는 고향 집을 비워둔 채 객지에서 떠돌았다. 그리고 얼마 전 한양에서 있었던 큰 공역을 성공리에 끝마치고 면천이 되어 돌아오는 길이었다.

그는 진중하면서도 우직한 목수로서의 기량을 갖추고 있으면서도, 깐깐하고 까다롭기로 유명한 사람이었다. 그는 나라의 공역이나 사대부들의 집을 고래 등같이 지어주면서도, 정작 자신은 구름처럼 떠돌아다니며 게딱지 같은 좁은 집에서 살았다. 돌봐야 할 처자도, 재물에 대한 욕심도, 삶에 대한 집착도 없이 그저 집 한 채를 뚝딱 지어주고 나면 연장을 챙겨서 담담하게 떠나는 삶이었다.

그런 그가 목을 매고 푹 빠져 있는 것이 있었으니, 바로 양춘이가 빚은 술이었다. 떠돌아다니면서도 어김없이 집으로 꾸역꾸역 돌아오는 건 부친의 제사와 양춘이의 술 때문이었다.

추운 날씨에 흘러내리는 콧물을 들이마시며, 그의 발걸음이 빨라진다.

"아즈방, 저 왔어요."

"젊은 놈이 어째 행색이 거지꼴이냐?"

돌아올 줄 알았다는 듯 양춘이가 대꾸했다.

"하하하. 오십 줄이 넘어 젊다는 소릴 들으니, 헛배가 부르네요."

연장 망태기를 풀어두고, 쏜살같이 냇가로 향한 방만은 얼음장처럼 차가운 물에 얼굴과 몸을 씻었다.

양춘이는 방만이가 눈치채기 전에 얼른 만덕을 내려보내며, 월향이를 불러오라고 전했다.

"이제 완전히 일을 끝마친 게냐?"

"그렇죠. 공역 끝내고 벼슬을 줄까, 면천을 시켜줄까 묻대요? 바로 면천해달라 청했죠."

"그럼 이제 맘 붙이고 제대로 살아야지."

"제가 언제는 제대로 안 살았나요, 뭐?"

탁!

양춘의 지팡이가 방만의 등을 내리쳤다.

"장돌뱅이 짓 그만하고 뿌리 내리란 얘기잖아."

"아이고, 아파라. 어째 나이가 들어도 힘은 여전하신지."

어디 가서 나이로도, 실력으로도 밀리지 않아 늘 큰소리치던 방만은 양춘 앞에서는 늘 철없는 사내아이가 되곤 했다.

"그런데 오늘은 어쩐 일로……."

상 위에 맛보지 못했던 각종 술이 줄줄이 놓여 있었다. 이곳에 올 때마다 양춘이 선뜻 내준 술로 목을 축이긴 했지만, 오늘처럼 대접받는 느낌은 아니었다. 뭔가 의도적으로 준비된 느낌에 방만의 눈에 의구심이 싹트고 있었다.

때마침 밖에서 인기척이 들려왔다.

"오랜만에 오셨네요, 오라방."

월향이 문을 밀고 방에 들어섰다.

"어! 워, 월향아. 오랜만이구나."

화려한 비단옷에 짙은 화장만 하던 월향이 오늘은 소소한 차림에 맑은 얼굴로 웃자, 방만은 말을 더듬기 시작했다.

"제 술 한잔 받으셔요."

쿵.

방만의 가슴이 철렁 내려앉았다.

"아즈방! 이제 속내를 펼쳐 보시죠. 이게 뭔 일이에요?"

월향이 기울여준 술을 들이키고 나서 방만이 심드렁하게 물었다.

"집에 돌아온 놈한테 술 내줬더니, 별 지랄 맞은 소리를 다 듣겠네."

당황한 양춘이 눈을 굴리며 씨부렸다.

"실은 제가 오라방한테 부탁이 있어요."

월향이 차분히 이야기를 꺼냈다.

"부탁?"

방만은 먼 곳에서 월향의 노제 소식을 들었던 터라, 안 그래

도 이번에 돌아오면 괜찮은 선물이라도 해야겠다고 생각해왔
었다. 그만큼 천인들에게 노제는 흔한 일이 아니었다.

"오라방, 우리 어렸을 때 소꿉놀이하면 늘 나한테 예쁜 거
만들어주곤 했잖아요. 그리고 그때 약조한 거 기억나세요?"

"내, 내가? 약조를 했다고?"

"크면 나한테 멋진 집 지어준다면서요? 설마 잊으신 건 아
니죠?"

물론 기억하고 있었다.

하얗고 뽀얀 어린 계집아이가 자신이 만들어준 목각인형을
들고 웃을 때마다 방만은 가슴이 뛰었었다. 다음엔 더 크고 예
쁜 집을 만들어주겠다고 큰소리치던 사내아이는 코밑수염이
거뭇해질 즈음, 아비의 손에 끌려가 목수가 되었다. 그리고 가
끔 고향에 올 때 먼발치서 바라본 월향은 기생이 되어 있었다.

"그, 그럼. 기억하지."

양춘이는 이 두 년놈들이 왜 늙은이 앞에서 귀가 빨개졌다
가, 낄낄거리며 웃다가, 곰살맞은 짓을 하는지 도통 이해할 수
없다는 표정으로 앉아 있었다.

"제가 터는 이미 마련해 놨어요. 언제 집 지어줄 수 있어요?"

대애애앵.

한 잔 술에 취한 것도 아닌데, 방만의 머릿속이 어질어질
했다.

"진짜 집을 지어달라고?"

월향은 조곤조곤 그간의 일을 설명했다.

"돈은 걱정 마시고, 솜씨나 멋지게 부려주세요."

"허…… 참!"

술 한잔 얻어먹으러 들어왔다가 이게 웬 날벼락인가 싶어 그는 '허…… 참!' '내…… 참!'만 연발 내뱉고 있었다.

예전에 육손이에게 당한 적이 있었던 양춘이는 방만의 등을 토닥거리며 말했다.

"저 남매 아주 사람 코를 다 베간다. 나도 창졸간에 짱구를 맡았거든."

"짱구요?"

"응, 월향이 노제시킨 아이."

"이름이 짱구예요?"

"아니, 그냥 딱 짱구처럼 생겼어. 너도 곧 보게 될 거야, 그 사고뭉치. 아마 지금쯤 여기 일이 궁금해서 좀이 쑤실 거다."

"예에? 그건 또 무슨 소리예요?"

"오후 내내 여기 있다가, 아까 월향이 부르러 내려보냈거든."

"갈수록 태산이네……."

세 사람은 옛이야기에 푹 빠져 있다가, 한 해에 노제와 면천의 경사가 겹친 일을 축하하자며, 날이 새도록 술을 마셨다.

육손이 덕분에 양춘을 얻고, 월향이 덕분에 대목장 방만을 얻게 된 만덕은 세상 부러울 게 없는 심정으로 나름 평탄한 날들을 보내고 있었다.

그 와중에 방만의 등장은 꽤나 시끌벅적했다. 대목장으로서의 위세가 대단해 보였다고나 할까.

그는 많은 목수들을 대동하고 나타났다. 지붕의 기울기나 기둥, 보의 크기와 간격을 담당하는 정현편수, 칠보. 서까래 거는 일을 맡은 연목편수, 용춘. 톱장이 기거편수, 만석. 석수장이 석수편수, 경수. 대장장이 야장편수, 태만. 그리고 잔심부름을 도맡아 하고 끌질, 대패질, 자귀질을 하는 수련생 네 명.

이른 아침부터 들이닥친 이들은 월대천 터를 이리저리 살피며 구도를 잡고 이야기를 나누고 있었다.

"저, 저기……."

"뭐야?"

집 짓는 터에 웬 여자가 나타나자, 부정탄다는 듯 방만의 목소리가 날카로워졌다.

"따끈하게 요기하시라고 아즈망이 보내셨어요."

월향이 보낸 국밥에 방만의 표정이 누그러졌다.

"잘 먹겠다고 전하거라."

다들 땅바닥에 주저앉아 국밥을 후루룩 먹는데, 그녀가 다시 말을 걸어왔다.

"저기요, 고맙습니다."

"뭐가?"

"대목장님 솜씨는 익히 들었습니다. 객주를 지어주셔서 고 맙다고요."

"네가, 그 짱구?"

짱구라는 말에 만덕의 눈에서 불꽃이 일었지만, 목수들은 먹던 밥알이 넘어가 켁켁대며 웃어댔다.

"혹시 그 종이에 그려진 거 저도 볼 수 있을까요?"

그저 기방이나 관아에서 일하던 여종이라고 여겨 소리를 내 질렀던 방만은, 그녀가 명실공히 이 객주의 주인이라 안 보여 줄 수도 없었다.

"옛다."

종이를 받아든 만덕의 표정에 실망감이 묻어났다.

"대목장님…… 저는 제 객주를 이렇게 짓고 싶지 않은데요."

만덕의 뜬금없는 말에 다들 머리를 처박고 먹던 국밥에서 눈 을 들었다. 감히 누구한테 그런 말을 막 하냐는 표정들이었다.

"뭐, 뭐라고? 네가 집 짓는 게 뭔지 알기나 하냐?"

"저는 제가 생각한 대로 지어주시면 좋겠는데요."

아직 방만의 성격을 다 파악하지 못해, 눈치를 살피던 만덕 이 조심스럽게 말을 꺼냈다.

"어이, 비바리(시집 안 간 처녀의 제주 방언). 그럼 요기 땅바닥에 그려 봐봐. 어떻게 지어줄까나?"

목수들이 어이없어 하며 껄껄 웃었다.

자못 야무진 폼새로 만덕이 소맷자락에서 종이 한 장을 내밀었다. 뭐 이런 게 다 있나 싶어 화가 치솟던 방만은 종이를 펼쳐 보더니 더 넋이 나가버린 듯했다.

"형님, 왜 그러세요? 종이 위에 임금님이 사시는 궁궐이라도 있……."

석수편수 경수가 다가와 보더니 말을 삼켰다.

종이 위에는 세상 처음 보는 객주가 덩그러니 그려져 있었다.

"다들…… 연장 챙겨."

방만이 무거운 목소리로 말했다.

상황이 심상치 않다는 걸 느낀 목수들은 슬금슬금 눈치를 보며 아쉬워했다. 간만에 맛보는 따끈한 국밥을 다 먹지도 못한 채 짐을 싸야 했기 때문이다.

"저, 저기…… 기분을 상하게 해드렸다면 죄송……."

만덕이 눈치를 살피며 입을 열었다.

"됐고. 더는 볼 일이 없을 테니 가 봐."

단칼에 만덕의 말을 자른 방만도 연장을 챙겨넣기 시작했다.

"이유라도 좀……. 제가 그린 객주가 그리도 이상한가요?"

만덕의 질문은 아랑곳하지 않은 채 방만이 목수들을 데리고 쌩하니 가버렸다.

돌아가는 내내 방만은 머릿속이 어지러웠다. 꽤 독특한 아이라고 듣기는 했지만, 어떻게 그런 발상을 할 수 있는지 도통 이해가 되지 않았다.

지금껏 객주는 그저 비좁고 냄새나는 공간에 열 명 남짓한 객들이 머리만 맞대고 자는 형편없는 곳이었다. 그렇게 천한 이들이 여장을 풀고, 탁주에 국밥 한 그릇을 말아먹으면 감지덕지한 곳이었다. 그러기에 객주를 짓는 자나 객주에 머무르는 자 모두 객주에 대한 큰 기대감이 애초부터 없었다.

그런데 만덕은 전혀 다른 객주를 구상하고 있었다. 만덕은 객주를 두 채 별동으로 짓되, 안거리(안채)와 밖거리(바깥채) 모두에 각각 방 여섯 개씩을 만들고 싶었다. 그녀는 한 방에 최대 네 명의 객들만 머무를 수 있도록 하고, 이들이 편안하게 쉴 수 있도록 이부자리까지 제공하고 싶었다. 탐라로 들어온 객들은 모두 긴 뱃길 여정을 마치고 온 육지 사람들일 것이다. 이들에게 깔끔하고 편안한 잠자리와 탐라 특유의 음식들을 제공하고 싶었다. 지금껏 어느 객주에서도 이부자리를 제공한 적이 없었기 때문에, 이 역시 파격적인 생각이었다.

또한 다른 객주들은 방에 반상의 구분을 두지 않았다. 그래서 어쩌다 양반이라도 머물게 되면 상인들은 응당 자리를 내줘야 했고, 버티는 이가 있으면 양반들이 억지로 내쫓는 일이 비일비재했다. 천한 이들과 같은 공간에 있을 수 없는 게 당연했으니까. 만덕이 방을 여러 개 만드는 이유도 이 때문이었다. 안거리의 방 두 개는 혹시 있을지도 모를 양반 객들을 위한 것이고, 다른 방 열 개는 상인들의 쉼터가 되도록 계획했다.

또한 객주 뒤쪽 숲과 시내로 이어지는 곳에 길을 내어 두 개의 공간을 만들고 싶었다. 하나는 상인들을 위한 소박한 한증소였고, 다른 하나는 양반들을 위한 멋스러운 정자였다. 한증소는 객들이 먼 뱃길 여정에 지친 여독을 풀기에 안성맞춤일 테고, 월대천을 마주 보도록 짓는 정자는 양반들이 달빛을 즐기며 운치 있게 시를 짓기에 딱 좋은 곳이었다. 적어도 만덕은 그렇게 생각했다. 상인들뿐만 아니라, 양반들까지 모두 아우를 수 있는 탐라 최초의 객주가 될 터였다.

그런데 이러한 구상은 만덕만 즐거웠을 뿐, 실제 객주를 지어줘야 할 방만을 기함하게 만들고 말았다.

코가 넉 자로 빠져 돌아온 만덕을 보고 퇴짜를 맞을 줄 알았다는 듯이, 그녀의 충실한 조력자들이 양춘의 집에 모여들기 시작했다. 어차피 방만이 심란한 마음을 다스리려 그의 술을 찾을 게 뻔했기 때문이다.

"어!"

늦은 밤, 문을 벌컥 열고 들어오던 방만은 둥그렇게 모여 앉아 있는 세 사람 때문에 또 한번 놀라고 말았다.

"오라방! 어서 앉으세요."

월향이 사발에 술을 부으며 나긋나긋한 목소리로 반겼다.

"그냥 지어줘."

잠자코 앉아 술을 들이키던 방만에게 양춘이 툭 내뱉었다.

"아즈방! 그 짱구가 어떤 객주를 지어달라고 했는지 아시면 그런 말 못 하실 겁니다."

"우리도 다 알아. 종이에 끄적거려 놓은 거 봤거든."

"예? 그걸 보시고도 다들 이렇게 태연하신 겁니까?"

방만은 어처구니가 없었다. 그게 얼마나 얼토당토않은 일인지 이들이 알기나 할까 싶어 한숨이 새어나왔다.

"그래도 지어줘. 안 지어줄 거면 이제부터 내 술 얻어먹을 생각은 일절 하지도 말고."

양춘의 말에 말없이 앉아 있던 육손이는 내심 놀랐다. 양춘이가 그토록 열심히 만덕을 도와줄 거란 생각을 전혀 못 했기 때문이다. 이젠 자기 차례였다. 월향이 빨리 뭐라도 해보라고 찡긋찡긋 눈으로 신호를 주고 있었다.

"자네가…… 조선 최고의 목수니 못 지을 것도 없지 않을까?"

육손이가 낮에 잡아 올린 민어회를 방만 앞에 한 점 놓아주며 슬쩍 말을 꺼냈다.

"하하핫! 이거 육손이까지 단단히 엮였군. 그 아이는 재주가 참 좋긴 하네. 육손이까지 구워삶은 걸 보면."

평소 쉽게 입을 열지 않던 육손이가 그를 탐라 최고도 아닌, 조선 최고의 대목장이라고 치켜세우자, 방만은 두 손 두 발 다 들고 말았다.

"오라방! 번듯하게 지어주려고 석수까지 대동하고 온 거 아니에요? 잘 부탁해요."

딸꾹! 딸꾹!

월향이 눈웃음을 짓자, 방만이 딸꾹질을 시작했다.

맞다. 노제된 월향이에게 축하도 할 겸, 어렸을 적 약속도 지킬 겸 방만은 석수까지 대동한 거였다.

"여기 나 빼고 모두 탐라 최고들만 모였으니, 못 할 건 없을 거 같아."

마지막으로 육손이가 부드럽지만 쐐기를 박듯 말했다.

"알았어, 알았다고! 지으면 되잖아! 여기서 지금 나 못 짓겠다고 하면 완전 역적 되는 거지? 나 원 참, 이제 면천하고 좀 쉬어볼까 했더니만, 웬 도깨비집 같은 걸 또 맡아 가지고는…… 세상에 이런 객주는 본 적도 없고, 지어 준 적도 없다고. 으이구 내 팔자야."

"허허허."

"호호호."

심란한 방만을 제외하고 나머지 세 사람의 웃음소리가 높아졌다.

참견쟁이

사실 방만이 다시 객주를 짓겠다고 결심한 것은 세 사람의 눈물겨운 청도 있었지만, 만덕 때문이었다. 어린 나이에 험한 일을 겪고도 열심히 사는 게 기특하기도 했고, 자신을 돌본 남매를 저버리지 않았다는 게 결정적으로 마음을 움직였다. 머리 검은 짐승 거둬봐야 아무 소용없다던 옛말을 무색하게 만든 아이였다.

만덕의 끈질긴 생명력이 구름처럼, 봄풀의 씨앗처럼 평생을 떠돌았던 자신의 삶을 부끄러워지게 만들었다. 또한 철저히 소외된 채 오랜 세월을 지낸 양춘이마저 그 아이를 돕고 있는 것도 놀라웠다.

'대체 어떤 아이일까······.'

처음엔 호기심이었다.

아뿔싸.

알고 보니 젠장, 기 세고, 고집불통에 말 따박따박 받아치는 꼴통이었다. 그 꼴통이 요즘 매일같이 방만의 공사현장에 나타나고 있었다. 월향이 아무리 막아도 소용없는 일이었다.

"아즈방, 멋진 아침이지요?"

만덕이 객주 터에 함박웃음을 지은 채 손을 흔들며 나타났다.

"개뿔! 멋진 아침이라니. 아침은 그저 아침인 거지."

방만이 입을 삐죽이며 인사를 받는 둥 마는 둥 했다.

"아이 참, 아즈방도! 매일 맞이하는 아침이 얼마나 대단하고 멋진데요! 날마다 새롭잖아요. 와! 그런데 왜 이 나무들은 모두 물속에 넣어두셨어요? 물속에 오래 두면 나무가 막 물러지는 거 아니에요? 그러면 곤란한데…… 튼튼하게 지어져야 될 객주가 막 무너지고 그런 거 아닐까요? 술을 담글 때는 그렇거든요. 재료를 흐르는 물에 씻는 게 제일 중요해요. 물속에 오래 담가두면 큰일 나요. 그랬다가 양춘이 하르방한테 막대기로 어찌나 맞았던지…… 지금도 그때 생긴 혹이 아직 남아 있다니까요!"

한 번 터진 만덕의 수다가 폭풍처럼 이어지고 있었다. 이젠 이곳에서 일하는 목수들도 만덕의 수다를 은근히 즐거워하고 있었다.

"어이, 비바리! 그게 우리 대목장님의 비법이야."

석수편수 경수가 웃으며 답해주었다.

"비법이요? 그럼 함부로 알려주지 않으실 건가요?"

만덕이 시무룩해져서 물었다.

"맨입으로 되겠어? 중요한 비법인데?"

기거편수(톱장이) 만석이 놀려대며 말했다.

"아, 그렇네요! 방만 아즈방, 점심에 뭐 잡숫고 싶으세요?"

만덕의 너스레에 방만이 머리를 절레절레 흔들며 다가왔다.

"대답해줄 테니, 듣고 나면 바로 가겠다고 약속부터 해라. 도대체 정신 사나워서 일을 할 수가 없어."

"읍, 네네. 그렇게 할게요."

만덕이 쫑알대던 입을 틀어막고 고개를 주억거렸다.

"베어낸 나무는 먼저 물에 담가서 물을 먹인 다음 다시 말려야 된다. 이 나무들은 여기에 한 달 정도 담가 둘 거야."

"그러니까, 왜요? 저는 그게 궁금한 건데요."

"자꾸 말 잘라먹을래? 지금 말하려고 하잖아."

"아, 네……. 죄송해요."

"살아있는 나무엔 진액이 들어 있어. 이 상태로 말리면 나무가 잘 마르지도 않고, 나중엔 끈적거리는 진액 때문에 오히려 문제가 생기지. 나무를 이렇게 물에 담가서 서서히 진액을 빼는 거야, 알간? 자, 이제 당장 가봐."

숨도 안 쉬고 말을 내뱉은 방만은 귀찮아 죽겠다는 표정으로 가버렸다.

"아, 처음 아는 사실이에요. 재미있네요. 목수 일도 참 멋지다!"

돌아갈 거라는 약속을 까맣게 잊은 만덕은 목재를 쌓아둔 곳에 털썩 걸터앉아 생각에 잠겼다.

그녀는 시집갈 나이를 훌쩍 넘기고도 여전히 사내엔 관심조차 없고, 세상 잡사를 궁금해하며 기웃거리는 일이 마냥 즐거웠다. 이 때문에 월향이 그토록 통박을 주는데도, 별 소용이 없었다. 만덕은 제 나름의 확고한 신념이 있었다.

만덕에게 삶은 거창한 그 무언가가 아니었다.

즐겁고 기쁜 일이라곤 가뭄에 콩나듯 하는 삶에서 그녀는 크고 대단한 것을 과감히 잊고, 작고 소소한 것들에 눈을 돌렸다. 곶감 빼먹듯 야금야금 즐거움을 누릴 방법을 찾곤 했다. 그러면서 늘 큰소리쳤다.

까짓것, 인생 별거 있냐고.

한 톨의 씨앗이 숲의 시작이 될 수도 있고,

한 마리의 개구리가 봄을 알릴 수도 있고,

한 개의 반짝이는 별이 길 잃은 배를 이끌 수도 있고,

한 자루의 촛불이 짙은 어둠을 몰아낼 수 있듯이,

한 번의 웃음이 자신의 삶을 즐겁게 하면 그걸로 된 거라고.

만덕의 말을 들으며, 월향은 뭔 뚱딴지 같은 소리인가 싶어

눈을 동그랗게 뜨곤 했다.

"어이, 비바리! 대목장한테 또 한 소리 듣지 말고 얼른 가봐. 우리 배도 고프단 말이야."

연목편수(서까래 거는 일을 맡은 목수) 용춘이 소리쳤다.

공상에 빠져들었던 만덕은 화들짝 놀랐다.

"아이쿠, 벌써 밥때가 되었네요. 냉큼 가서 새참을 마련해 오겠습니다요."

남의 시선은 안중에도 없는 만덕은 콧노래까지 불러가며 통통 뛰어갔다.

"허허허."

"하하하, 참 별난 비바리다."

"그러게요. 하루 종일 재잘거려도 지치지도 않나 봐요."

목수들이 나누는 대화에 귀를 기울이던 방만도 내심 인정할 수밖에 없었다. 귀찮지만, 자꾸 기다려지는 만덕의 존재를.

콧노래를 부르며 돌아온 만덕은 월향이 낯선 이와 심각하게 이야기를 나누고 있는 것을 보았다. 평소 콧대 높기로 유명한 월향이 절하다시피 꾸벅거리며 인사를 하고 있었다.

"아즈망! 목수 아즈방들 배고프시대요."

정낭(대문)을 들어서며 만덕이 외쳤다.

"응, 그래. 벌써 밥때가 되었네."

월향이 곧 끝나간다는 눈짓을 했다.

매부리코에 단정하게 쪽진머리를 한 할망은 만덕의 곁을 지나가면서 살피는 눈치였다.

"아즈망, 저 할망 누구예요? 왜 저를 뚫어져라 쳐다보고 가죠?"

만덕이 의아해했다.

"으응, 아무것도 아니야. 신경 쓰지 마."

뜨끔해진 월향이 얼버무렸다.

아침부터 월향을 찾아온 할망은 매파(媒婆)였다.

그녀는 격군인 청년과 만덕을 엮어보면 어떻겠냐고, 은근히 떠보기 위해 찾아온 거였다.

청년의 어미는 풍랑에 지아비를 잃고, 억척스럽게 아들을 키워 온 잠녀였다. 그녀는 요즘 만덕에게 눈독을 들이고 있었다. 다른 잠녀들 사이에서 만덕의 이름이 거론될 때마다 호기심이 싹텄다. 늙은 잠녀들이 신분이 모호하고 기방에서 자라긴 했어도, 월향이를 노제시킬 정도로 돈을 잘버는 데다, 생활력이 강한 처자니 생각해 볼 만 하다는 등, 신분만 명확하면 더할 나위 없을 거라는 등, 이야기할 때마다 귀를 쫑긋 세우고 들었었다. 더구나 지금 한창 공사 중인 객주의 주인이 만덕이란 사실을 알게 되자, 이 혼처가 더 탐이 나기 시작했다.

객주가 완공되면 자신이 자리를 꿰차고 주인 노릇을 해볼 수도 있을 듯했다. 아들 역시 격군이 아닌, 명실공히 진짜 객주의 주인이 될 수 있을 거라고 생각하니 마음이 조급해졌다. 천한 신분쯤이야 전혀 문제 될 게 없었다. 그래서 급히 매파를 수소문해 만덕을 살펴보게 한 것이다.

월향은 갑작스런 매파의 방문에 놀라긴 했지만, 내심 너무 기뻤다.

그래도 조선 땅에서 여인이 평범하게 살려면 혼인을 해야 한다는 생각에 변함이 없었다. 하지만 기방에 얹혀살다가 신분까지 모호해진 만덕에게 혼처가 들어올 리 만무했다. 이제 어느 정도는 체념하고 있던 터에 매파가 찾아왔으니 넙죽 절이라도 하고 싶은 심정이었다.

더구나 월향은 본격적으로 객주를 열기 전에 만덕이 혼인할 수만 있다면 더 안정적인 출발이 될 거라 확신하고 있었다. 자신에게 결코 허락되지 않았던 그 혼인의 기회가 만덕에게 찾아오자, 월향은 혼인을 준비할 생각에 걱정이 앞서면서도 설레기 시작했다.

창고를 깨끗하게 정리하고, 방으로 향하던 만덕에게 월향이 이것저것 묻기 시작했다. 아방이랑 어망은 어디 출신이냐, 너는 모일(某日) 모시(某時)에 태어났냐, 오라방과 아시 이름은 뭐냐 등등. 그제서야 만덕은 오전에 만난 할망이 매파임을 알아차렸다.

"아즈망, 저는 혼인 따윈 결코 하지 않을 거예요."

만덕이 쐐기를 박듯 말했다.

"너랑 혼인을 하고 싶다는 사람이 나타났잖아. 도대체 왜 안해? 지금 너는 그냥 무조건 고맙습니다, 하고 해야 하는 상황인 거 몰라? 이건 횡재야, 횡재! 네가 나이가 적길 하니, 신분이 안정적이길 하니? 그도 아니면 부모가 있길 하니?"

마지막 말을 내뱉은 월향은 후회하는 기색이 역력했다.

"저는 지금 이대로가 좋아요. 객주 열고 아즈방이랑 아즈망이랑 죽을 때까지 같이 살고 싶어요!"

만덕이 고집을 부렸다.

"네 부모가 살아있었다면, 네 혼인부터 서둘렀을 거야. 어떤 부모가 과년한 딸을 그냥 두겠니? 너, 우리가 피붙이가 아니라서 부모 뜻처럼 안 따르는 거야? 지금쯤이면 어릴 적 네 동무들은 애가 주렁주렁 딸린 어미로 살고 있을 거야. 제발 철 좀 들어!"

월향은 말을 쏟아내고 부서질 듯 문을 닫고 나가버렸다.

월향은 자신 때문에 많은 걸 희생한 만덕을 보며 늘 죄스러웠다. 그래서 이 혼인만이라도 꼭 어미의 심정으로 성사시켜주고 싶었다.

짹짹, 짹짹짹.

아침부터 지저귀는 새소리에도 방만은 예전처럼 즐겁지가

않았다. 오히려 기분이 잔뜩 언짢아졌다. 지금쯤이면 만덕이 들이닥쳐 밤새 잘 잤냐, 좋은 아침이다, 이건 또 뭐냐, 재잘거리며 정신을 쏙 빼놓을 시간인데도 삼 일째 그녀의 모습이 보이지 않았기 때문이다.

만덕은 지금 밥을 굶으며, 월향과 팽팽한 대립을 하는 중이었다. 두 여자의 기 싸움에 세 남자들은 갈 길을 잃은 사람처럼 우왕좌왕했다.

그동안 방만은 언제나 그렇듯 월향의 편을 들었다. 다들 혼인하고 사니, 나쁘지 않은 제안이라고 여겼다. 그리고 육손이는 언제나 그렇듯 만덕의 편에 섰다. 만덕이 저토록 싫어하면 굳이 강요하지 말자는 것이다. 모두의 시선이 양춘이에게 몰리자, 당황한 그는 줄행랑을 친 후 지금껏 코빼기도 보이지 않았다.

삼 일 동안 방 안에서 꿈적도 하지 않고 누워 있던 만덕은 이런저런 생각에 잠겼다.

월향의 말대로 부모가 살아있었다면, 자신은 부모의 뜻에 따라 진즉에 혼인을 했을 것이다. 어렸을 적 빨강 댕기를 사다주면서 어여삐 여기던 아방도, 곱게 머리를 땋아주던 어망도 분명 원하는 혼인일 것이다. 지금쯤이면 어릴 적 동무 개둥이도 틀림없이 어미로 살아가고 있을 것이다. 네 부모가 아니라 따르지 않는 거냐는 월향의 말이 가슴에 박혔다. 월향이 저토록 걱정하는 속내를 모르지 않았다. 그래도 마음이 내키질 않았다.

개둥이…… 개둥이…….

참 오랜만에 떠올리는 이름이었다.

'그나저나 개둥이는 어떻게 살고 있으려나?'

개둥이와 얕은 바당에서 물질하던 일이 떠오르자 한쪽 가슴이 저렸다.

'그렇게 놀던 시절이 있었지……. 아무 근심 없이 마냥 신나게…….'

조금씩 흐르던 눈물이 베갯잇을 적셨다.

나흘째 되던 날.

짹짹이는 새소리에 일을 시작하던 방만이 갑자기 연장을 내팽개치고 월향의 집으로 향했다. 오늘은 기필코 이 지리한 전쟁을 끝내고 말겠다는 결연한 각오로.

"어머, 오라방! 이 시간에 웬일이에요?"

월향이 반기며 물었다.

"월향아! 우리, 쟤 그냥 참견쟁이로 살게 놔두자. 저렇게 싫다잖아."

늘 자신 편을 들어주던 방만이 다짜고짜 찾아와 말을 쏟아내자, 월향은 당황했다.

월향이 반박을 하려던 찰나, 어느새 왔는지 양춘이 끼어들었다.

"우선 밥부터 먹이자."

양춘이 딱 세 마디로 상황을 종결시키자, 정지에서 쭈뼛쭈뼛 상을 들고나온 육손이가 만덕의 방으로 쏜살같이 향했다.

"얼씨구! 이게 다들 뭐 하는 짓들이에요?"

월향이 소리를 꽥 질렀다.

세 사내는 자신들의 소임을 다했다는 듯 각자 뿔뿔이 흩어져 버렸다.

만덕은 육손이가 들여온 밥상에 자신의 승리를 확신했다. 그리고는 말끔히 밥그릇을 비우고, 득달같이 객주 터로 향했다.

별난 객주

한양이라면 모를까, 탐라 객주는 모두 비슷하다.

써금써금해서 곧 내려앉을 듯한 초가 두어 칸.

보관하는 물건보다 쥐들이 더 우글거리는 창고.

여기저기 주저앉아 국밥을 먹는 지저분한 마당.

상인들이 들고 나는 시간에는 언제나 먼지가 폴폴 날리고 어수선한 곳, 그게 딱 객주였다.

그러나 일 년이 넘는 공사 끝에 완공된 만덕의 객주는 사람들의 시선을 끌기에 충분히 특이했다.

안거리와 밖거리를 꽉 메운 즐비한 방들.

방안을 가지런히 채운 깨끗한 이부자리와 정갈한 소품들.

큼지막한 평상을 곳곳에 두어 사람들이 편안하게 먹고 쉴 수 있도록 한 마당.

상인들의 물건을 보관하는 넓고 깨끗한 창고들.

뿐만 아니라 창고 뒤쪽으로는 궁금증을 일게 하는 두 개의 오솔길이 나 있었다.

한쪽 오솔길을 따라가다 보면 숲속에 흙을 발라서 지은 소박한 한증소가 있었고, 다른 오솔길 끝에는 아담한 정자가 월대천 위에 사뿐히 내려앉은 듯 자리 잡고 있었다. 이처럼 만덕의 객주는 그 외양이 다른 객주들과 확연히 달랐다. 그리고 객주를 더 돋보이게 하는 건 객주를 지키는 이들이었다.

스물셋이 넘도록 시집 안 간 비바리 만덕이 주인인 것도 놀라운데, 탐라 최고의 기녀였던 월향이 명주 수건을 뒤집어쓰고 국밥을 끓였고, 평생 가도록 말 한번 시원스레 하지 않던 육손이는 겨울 식량을 나르는 개미처럼 낚아 올린 물고기를 나르느라 제법 바빴다.

어디 그뿐인가. 사람 곁에 얼씬도 하지 않았던 양춘이 객주 평상에 앉아 술을 마시며 사람들과 이야기를 하기도 했고, 탐라 최고 대목장 방만이조차 떠돌이 생활을 끝내고 진득하게 머물고 있었다. 요즘 탐라 사람들은 완전히 달라진 이들의 모습을 떠들어대느라 침을 튀기고 있었다.

늘 재잘대던 만덕은 며칠 전부터 말수가 줄고, 불안한 기색이 역력했다. 며칠 후면 객주 문을 열기 때문이다. 사실 얼마 전 객주를 열긴 했지만, 객주의 진짜 시작은 뭍에서 상인들이 들어오는 날이 될 것이다.

만덕은 상인들이 탐라 땅에 발을 딛자마자, 다른 객주로 몰려 가 버릴까 봐 걱정스러웠다. 잘할 수 있다고 떵떵거려놨는데, 빈 손가락을 빨게 될까 봐 걱정이 이만저만이 아니었다. 그래서 요 며칠 새 자다가도 벌떡 일어나고, 멍하니 앉아 있다가 땅이 꺼져라 한숨을 쉬기도 하고, 불안증이 밀려들면 손톱까지 자근자근 물어뜯고 있었다.

오늘 아침엔 정신을 쏙 뺄 듯이 마당을 서성이다가 급기야 빗자루를 들고 마당의 흙을 미친 듯이 밖으로 쓸어내고 있었다.

참다 못한 월향이 달려와서 소리를 내질렀다.

"야! 지금 뭐 하는 거야? 이게 보자 보자 하니까!"

"예?"

"으이구, 마당 흙을 밖으로 쓸어내면 어떡해? 장사 시작도 전에 아주 복을 싹싹 쓸어낼래?"

월향이 씩씩대며 쏘아붙였다.

"아, 제가……."

그제서야 정신을 차린 만덕이 울상을 지었다.

"정신 안 차릴래? 어제는 한밤중에 미친년처럼 빨래를 하더니만, 으이구."

월향이 가슴팍을 치며 한숨을 쉬었다.

월향이 성질을 내는 것도 이상한 일은 아니었다. 밤에 빨래를 하는 것도, 마당의 흙을 밖으로 쓸어내는 것도, 모두 주막이나 객주에서는 재수 없다고 금기시하는 일들이었기 때문이다.

"만덕아, 네가 서툴고 부족해도 너무 염려하지 말아라. 네 곁에 조선 최고들이 버티고 있으니까."

만덕의 속을 훤히 안다는 듯 육손이가 나지막이 말했다.

"쳇! 이 쥐똥만 한 객주 연다고 저리 호들갑을 떨어서야 원. 그렇게 물러터져서 어떻게 큰 장사 할래? 설마 너…… 불안해서 그러는 거야? 어머! 그건 너랑 너무 안 어울리는 거 알지?"

월향이 어이없다는 듯이 말했다.

평소 독설과 잔소리에 능한 월향이 속 시원히 말해주자, 만덕은 오히려 가슴이 후련했다.

"그러게요. 제가 왜 안 어울리는 짓을 하고 있을까요? 흐흐흐."

민망해진 만덕이 말끝을 흐리며 배시시 웃었다.

첫 시작을 축복이라도 하는 듯, 날씨는 쾌청했다. 청명한 하늘엔 솜털 같은 구름이 두둥실 떠 있었다. 해뜨기 전부터 일어나 마당을 서성이던 만덕에게 육손이가 따뜻한 두부 한 접시를 내밀었다.

"이따 객들이 몰려들면 요기할 시간도 없을 거야. 미리 조금 맛이라도 봐."

"아즈방! 정말 객들이 와 줄까요?"

"그럼, 당연하지. 탐라에서 이렇게 멋진 객주가 어디 있다고?"

"와! 그렇게만 된다면 너무 좋을 것 같아요. 생각만 해도 가
슴이 콩닥콩닥 뛰어요."

"늘 그래왔듯, 넌 잘할 거야."

육손이가 만덕에게 한 점 먹어보라는 시늉을 하며 등을 토
닥여주었다.

어둑어둑해질 무렵, 배에서 상인들이 주섬주섬 짐을 챙겨
들고 내리기 시작했다. 매번 오는 길이지만 진저리쳐지게 싫
은 탐라 뱃길. 이들의 얼굴은 하나같이 먹구름이 낀 듯 침울
해져 있었다. 온몸이 쑤셔서 그렇기도 했지만, 해가 모습을 감
추자 뼛속까지 파고드는 바닷바람이 사람들을 더 짜증스럽게
만들었다. 어서 팔아치우고 돌아가고 싶은 마음이 간절했다.

"진짜 언제까지 이러고 살아야 되나? 이느무 뱃길 이제 너
무 지긋지긋하다."

얇은 옷 때문에 이를 딱딱거리며 떨던 상인이 말했다.

"목숨 붙어 있을 때까지? 난 이제 얼마 안 남았겠지만, 흐흐.
그나저나 오늘은 어느 객주에서 목을 축일까?"

기진맥진한 채 걷던 이들 앞에 검은 그림자가 떡 버티고 서

있었다.

"잘 있었나, 용배. 요즘 장사는 할 만하고?"

"어, 대목장! 오랜만이네. 요즘 뭍에서 안 보이길래 궁금하던 차였어."

"이제 뭍에 잘 안 나가. 그나저나 머물 객주는 정했나?"

"아니, 이제 찾아봐야지. 탐라 객주 다 거기서 거기니까 가까운 데 짐을 푸는 게 낫지."

"무슨 소리야? 월대천 옆에 새로 연 객주가 술도 기가 막히고, 국밥에 상다리 휘어지게 차려낸다는 소문 못 들었어? 뭍에서 못 본 기이한 물건들도 꽤나 될걸?"

방만이 만덕의 객주를 소개하느라 나름대로 열변을 토하고 있었다.

어제부터 객주 마당을 서성이며 불안해하던 만덕을 보다 못해 바다로 나온 것이다. 사람 더럽게 신경 쓰이게 하는 귀찮은 비바리라고 불퉁대면서 그렇게 한참 동안 배를 기다리고 있었다. 그리고 배에서 내리는 상인들 틈에서 아는 얼굴을 발견하자, 대번에 낚아챈 것이다.

"그럼 그리로 가세. 며칠 머물러야 되니, 조금 멀어도 등 따시고 배부르게 해주는 데가 낫지."

늙은 상인이 히죽거리며 반색을 하자, 방만이 길잡이를 시작했다.

옆에서 이들의 대화를 주워듣던 다른 상인들도 앞서가는 방만을 따르기 시작했다. 방만은 그렇게 굴비 엮듯 줄줄이 상인들을 모아서 만덕의 객주로 향하기 시작했다.

상인들을 객주로 밀어 넣은 방만은 소리도 없이 사라졌다. 자신이 앞장서서 이들을 데려왔네 떠벌리는 일이 도통 체질에 맞지 않아서다.

"어, 어서오세요!"

갑작스런 상인들의 등장에 만덕의 눈이 휘둥그레졌다.

정지에 있던 월향도, 헛간에 있던 육손이도, 평상에 죽치고 있던 양춘이도 모두 놀라 벌떡 일어섰다.

"여, 여기가 새로 연 객주 맞는지……."

객을 대하는 사람들의 멀뚱한 태도에 상인이 말끝을 흐렸다.

"그, 그럼요. 이쪽에 앉으세요."

만덕이 객들을 안내하자, 모두들 제정신을 차리고 다시 분주해졌다.

"새로 지었다더니 크고 깨끗하네요. 며칠 신세 지겠습니다."

젊은 상인이 객주를 둘러보며 흡족해했다.

"그런데 어떻게 저희 객주가 새로 연 걸 아셨어요?"

만덕이 궁금해하며 물었다.

"그야, 대목장 방만이가 대뜸 나타나서는 바닷가에서부터 우리를 데려왔으니까요. 어! 그새 어디로 내뺐지?"

늙은 상인이 주위를 두리번거리며 방만을 찾았다.

"여기가 술맛도 좋고, 상다리 휘어지게 밥도 차려준다고 어찌나 자랑을 하시던지, 저희가 안 오고 배길 수가 있어야지요."

옆에서 주워듣고 뒤따라왔던 상인이 말했다.

상인들이 여장을 먼저 풀 수 있도록 만덕이 방으로 안내하자, 그들이 우르르 한 방에 몰려들었다.

"아, 저희 객주에선 한 방에 네 분까지만 쉬실 수 있어요."

"정말 그래도 됩니까? 간만에 다리 쭉 펴고 잘 수 있겠네."

"먼 길 오시느라 고생하셨을 텐데 편하게 쉬셔야죠. 그리고 바닷바람에 추우실 수 있으니 이부자리를 모두 준비해 놓았어요. 새벽녘까지 봉덕에 불도 때 드릴 테니 따듯하게 쉬시면 돼요."

"와! 이부자리를 주는 객주는 처음이네요. 이것 참, 방만이 말 듣기를 잘했네."

모두들 만덕의 객주에 놀라느라 혀를 내둘렀다.

"모두 여장 푸시고 나오셔서 따끈한 국밥 드세요."

만덕이 제법 그럴듯하게 여주인 행세를 하고 있었다.

정지에선 하루 종일 뭉근하게 끓인 국밥이 구수한 냄새를 풍기고 있었다.

월향이 국밥과 수육을 상에 차려내고, 만덕이 양춘의 술과 육손이가 잡아 올린 생선구이에 어포들까지 올려놓자, 상인들의 놀란 입이 다물어질 줄 몰랐다.

"세상에…… 여기가 객주가 맞소? 용궁에 와 있는 거 같네."

뭍에서는 자주 맛볼 수 없던 어포를 질겅질겅 씹어대던 상인이 말했다.

"그렇게 말만 늘어놓지 말고, 이 술 좀 마셔봐. 이 세상 맛이 아니야."

늙은 상인이 감탄하며 말했다.

"에이, 형님도 참. 너무 과장이 심한 거 아니요? 객주 술맛이 다 거기서 거기지."

미심쩍어하며 술을 들이킨 상인의 얼굴이 굳어버렸다.

"내가 뭐랬어?"

다들 궁금함을 못 참고 다투어 술을 맛보았다. 그동안의 고생을 싹 잊게 해주는 맛이었다.

이들의 반응이 별스런 것도 아니었다. 원래 객주나 주막에서 파는 술은 그야말로 찌꺼기에 불과했기 때문이다. 천한 이들이 드나드는 이곳에서 새벽녘 주모가 모주(母酒)와 비지찌개를 파는 게 일반적이었다. 모주는 술을 걸러낸 찌꺼기에 다시 물을 붓고 우려낸 술로, 주도도 낮고 맛이 형편없었다. 그리고 모주의 안주로 곁들여지는 비지찌개는 그야말로 멀건 국물이 대부분이었다.

평생 이런 술을 맛보지 못했던 이들은 앞으로 뭍에서 과연 탁주를 마실 수나 있을까 슬슬 걱정이 될 지경이었다. 이들의 걱정은 까맣게 모르고, 양춘이는 만덕의 객주에 처음 찾아와 준 이들에게 상품(上品)의 가향주까지 듬뿍 내주고 있었다.

배부르게 먹고, 거나하게 취한 이들의 눈이 슬슬 감기기 시작했다.

"나는 나이가 들어 그런가, 이제 말술은 못 마시겠어. 먼저 들어가 잘 테니, 실컷 마시게들."

늙은 상인이 비틀거리며 일어섰다.

"잘 먹은 건 맞는데…… 끝까지 잘 쉴 수 있으려나, 쩝."

이렇게 좋은 일이 우리 같은 천것들한테 가당키나 하냐는 듯 젊은 상인이 주절댔다.

"맞아 맞아. 등 따시게 자다가 별안간 내쫓길 수도 있지."

"오늘 밤만이라도 제발 양반님네들 안 나타나면 좋겠다."

술을 양껏 퍼주던 양춘이 이들의 대화를 듣자, 웃으며 말했다.

"그런 걱정들일랑 말어. 여기 객주에서는 그런 일 안 일어날 테니."

"어르신이 어찌 양반들이 안 올 거라 확신한대요?"

"옛끼! 젊은 놈이 그리 의심이 많아서야, 원. 여기엔 양반들 쉬는 방이 따로 있어. 그러니 염려 말고 들어가서 처자라고!"

이들이 잘 처먹고 의심이나 해댄다고 여긴 양춘이 씩씩대며 말했다.

"정말요?"

푸념을 늘어놓던 이들에게 뭐니 뭐니 해도 제일 좋은 건, 바로 양반 객들이 들이닥쳐도 방에서 내쫓길 일이 없다는 거였다.

"나 왠지 이 객주에 정이 들어버린 거 같아."

얼굴이 불콰해진 상인이 실실대며 말했다.

"내일 아침엔 더 놀랄 일이 많을 테니, 어서 들어가서 쉬게들."

양춘이는 이들이 한증소와 만덕이 만든 물건들에 또 한 번 놀랄 걸 생각하니 웃음이 삐질삐질 나왔다.

상인들을 스스럼없이 대하는 양춘의 모습에 정작 놀란 건 정지에서 몰래 지켜보던 월향과 만덕이었다.

"만덕아, 원래 양춘 아즈방이 저렇게 잘 웃었니?"

"그럴 리가요. 말보다 몽둥이가 먼저죠."

"세상에, 그간 어찌 혼자 지냈을까? 눈으로 보고도 믿기지가 않네."

"아즈망, 저는 오늘 방만이 아즈방한테도 놀란 걸요."

"으응? 왜?"

"방만이 아즈방은 늘 제가 귀찮아서 죽겠다는 표정이셨거든요. 제가 뭐만 물어볼라치면 내빼시느라 진땀을 빼셨거든요."

"에이, 아니야. 방만 오라방이 얼마나 자상하다고. 사람도 잘챙기고."

"설마요. 아즈망한테만 그런 거예요. 아직 모르시나 본데, 방만 아즈방이 아즈망이랑 있을 때만 나긋나긋 하시다니까요. 왜 그럴까?"

만덕이 느물대며 놀리자, 월향이 도끼눈을 뜨고 쏴붙였다.

"떽! 이게 이젠 늙은이를 놀리네. 그만 들어가 잠이나 자!"

그렇게 만덕은 부산스럽고도 감격스런 객주의 첫 하루를 잘 치러냈다.

객주 방의 불들이 모두 꺼지자, 기다렸다는 듯 만덕은 바다로 향했다. 길고 고된 하루였다.

쏴아, 쏴아아!

파도 소리에 편안해진 만덕은 바위에 걸터앉아 지친 몸을 쉬며, 이야기를 쏟아내기 시작했다.

"아방! 나 드디어 오늘 객주 문을 열었어. 어땠냐고? 믿을 수 없겠지만 상인들이 진짜 많이 찾아왔어. 물론 방만 아즈방 공이 컸지. 어제까지만 해도 나 진짜 떨렸거든. 상인들이 하나도 안 오면 어쩌나 걱정하느라 잠도 못 자고, 입맛이 하나도 없었어. 바닷가에 나가서 미친년처럼 춤이라도 춰서 사람들 이목을 끌어야 되나 고민했었다니까. 농이 아니라 참말이야!"

만덕은 꿈을 꾸는 듯한 표정으로 하늘을 바라보며 말했다.

"우와! 오늘 밤엔 별들이 쏟아질 것 같다. 소원 빌어야지!"

만덕은 꽤 오랜 시간 두 손을 모으고 별에게 빌었다.

자신의 객주에서만큼은 상인들이 편안하게 쉬면서 기분 좋게 거래할 수 있도록 해 달라고.

저주스러운 땅 탐라가 자신의 객주 때문에 찾아오고 싶은 땅이 되게 해 달라고.

잇속에만 밝은 상인이 되지 않고, 아방처럼 상인들 사이에 신망이 두터운 멋진 객주 주인이 되게 해 달라고.

자신의 이름 석 자만 듣고도 온 세상이 알 수 있는 그런 멋진 객주를 꾸려가게 해달라고.

일월성신께 중얼거리며 빌다가 깜박 잠이 든 만덕은 뼛속을 파고드는 바닷바람에 화들짝 놀라서 깼다. 몸을 덜덜 떨며 객주로 향하던 만덕은 마을 어귀에서 등불을 들고 기다리는 육손이를 보자, 함박웃음을 지으며 달려갔다.

이제 탐라에 찾아드는 상인들은 만덕의 객주로 모여들기 시작했다. 만덕의 예상은 적중했다. 뭍의 곡식을 팔아 돈을 거머쥔 상인들은 만덕의 객주에서 주머니를 쉽게 열었다. 객주의 술과 음식뿐만 아니라, 만덕이 만들어내는 물건들도 육지에서 꽤나 인기가 있었다. 특히 그녀의 조두와 화장수는 여심을 사로잡기에 충분했고, 만덕의 물건은 언제나 물량이 모자라다고 상인들의 아우성이 끊이질 않았다.

어디 그뿐인가. 상인들은 땀을 비 오듯 흘리고 나서 몸이 개운해지자, 한증소를 찾는 일이 더 잦아졌고, 한증소에 들어가기 전 의원이 진맥도 봐주니 일석이조였다. 그러다 보니 애초 이틀 정도만 머물 생각이었던 상인들이 일주일 넘게 머무는 일이 많아졌고, 다음 탐라 방문에도 응당 만덕의 객주를 고집하곤 했다. 월향의 말대로 객이 안 올까 봐 불안했던 감정 따위는 만덕에게 어울리지 않는 것이었다.

탐라 양반들도 객주의 소문을 듣고, 호기심에 조금씩 기웃거리기 시작했다. 땀을 빼고 피로를 풀 수 있는 한증소를 가장 많이 찾는 상인들과 달리 양반들에게는 달 밝은 밤에 운치 있게 시를 짓는 월대천 정자가 최고 인기였다. 그리고 만덕의 객주에서 내온 송엽주는 단연 으뜸이었다. 향기롭기도 했지만, 속세의 때를 말끔히 씻어주는 깊은 맛이 있었다.

그렇게 하나둘 모여든 양반들은 이토록 아름다운 모임에 뭔가 중요한 게 빠졌다고 느꼈다. 그리고 오래 고심할 필요도 없이 대번에 그 정체를 알아차렸다. 바로 탐라 최고 기녀 월향의 거문고 뜯는 소리였다.

노제된 후 월향은 그저 만덕을 도우며 정지에서 국밥을 끓이고, 객주의 일을 통솔하는 일을 도맡았다. 평생 그녀를 옭죄이던 화려한 비단옷도, 짙은 화장도 더 이상 그녀의 발목을 잡지 않았다. 그녀는 평범한 아낙으로 사는 평생의 꿈을 이루며 하루하루 살아가고 있었다. 그토록 바라던 일이었건만, 때때로 월향은 무료하거나, 마음이 심란할 땐 어김없이 거문고를 떠올렸다. 그녀의 깊은 무의식 속엔 음률을 향한 열정이 아직 식지 않고 있었다.

깊은 밤, 객주 한켠에서 월향의 거문고 소리가 잔잔하게 퍼져나갔다. 천한 이들마저도 그 소리에 방문을 슬쩍 열어두고 나그네 시름을 잊고 있었고, 은은하게 울려 퍼지는 거문고 소리는 월대천 정자에까지 가 닿았다. 희미한 소리였지만, 아름다운 밤의 운치를 더해주는 데 손색이 없었다. 정자에 둘러앉아 있던 양반들은 고민하기 시작했다. 어떻게 하면 월향의 거문고 소리를 들으며 시를 지을 수 있을지……. 기녀였다면 오라 하면 응당 올 것이었으나, 이제 노제된 이상 함부로 연주를 하라고 명할 수도 없는 노릇이었다.

그리고 그들은 송엽주를 내오던 만덕에게 조심스럽게 자신들의 속내를 내비쳤다.

늦은 밤 돌풍이 휘몰아치고 있었다. 만덕의 심란한 마음을 안다는 듯 짚줄로 묶어둔 지붕이 들썩이고, 풍채(바람이나 햇볕을 막는 차양시설)마저 덜컹거리고 있었다.

방에서 발 뻗고 쉴 시간인데도 만덕은 낭간(툇마루)에 앉아 기둥에 머리를 콩콩 찧고 있었다.

"말할까? 아냐 아냐. 절대 안 돼. 그래도 조심스럽게 말이라도 꺼내 볼까? 아니지, 그런 생각을 하다니! 김만덕, 너는 나쁜 년이야."

소피가 마려워 나온 양춘은 혼자 궁시렁대는 만덕을 발견했다.

"그렇게 박아서 머리가 깨지겠냐? 머리통을 박살 내고 싶은 거라면 내가 도와줄 수 있다만."

양춘이 다가오며 말했다.

"하르방, 왜 아직 안 주무셨어요?"

만덕이 코가 넉 자로 빠져서 물었다.

"너도 늙어봐. 오줌통이 자꾸 잠을 깨워서 죽을 맛이지. 넌 여기서 네 이름을 불러가며, 욕하며, 뭐 하는 짓이냐?"

양춘이 낭간에 걸터앉으며 물었다.

"하르방, 제가 요즘 돈맛을 보더니 점점 미쳐가나 봐요. 해서는 안 될 짓을 생각하고 있어요."

"해서는 안 될 짓? 그게 뭔데?"

양춘의 물음에 만덕은 그간 있었던 양반들의 요청을 털어놓았다.

"그게 왜 해서는 안 될 짓인데?"

양춘이 눈을 끔벅이며 물었다.

"아이 참, 하르방도! 당연히 안 되죠. 월향 아즈망이 이제 겨

242

우 노제되었는데 다시 기녀가 되게 할 수는 없잖아요."

"넌 그래서 아직 멀었다는 거다."

"예?"

"생각해봐라. 나한테 등 따습고 배부르게 지내게 해줄 테니 술 그만 빚으라고 하면 내가 어떨 것 같냐? 얼씨구나 하고 그냥 잘 지낼 수 있을 것 같지? 참 거지 같은 상황이긴 하지만…… 술 없이 사는 게 어디 산목숨이냐? 술에 미치나, 거문고에 미치나 똑같은 거야. 우리 같은 사람들을 숨 쉬게 하는 건 편안한 삶이 아니다. 그러니 얘기는 꺼내봐. 월향이는 네가 얘기를 꺼내주길 기다리고 있을지도 모르겠다."

양춘이 넌지시 만덕에게 속내를 얘기한 이유는 얼마 전 보게 된 월향의 눈빛 때문이었다. 월향은 국밥을 끓이다가 멍하니 먼 산을 바라보곤 했다. 마치 마음속에 그리워하는 게 있는, 기다리는 정인이 있는 사람처럼 그런 눈빛을 하고 있었다. 그리고 양춘이는 대번에 알아차렸다. 그리움의 정체가 거문고라는 걸.

양춘이의 이야기를 듣고도 갈팡질팡 아직 마음을 정하지 못한 만덕은 어느 날 밤, 아련한 거문고 소리에 이끌려 월향의 방 앞에 서 있었다.

"아즈망, 늦었는데 아직 안 주무세요?"

"으응, 너야말로 피곤할 텐데 이제 좀 쉬어야지."

거문고를 내려놓으며 월향이 말했다.

"정자 객들만 돌아가면 쉴게요. 참 대단한 거 같아요. 달빛
이 아무리 좋아도 그렇지, 저렇게 매일같이 찾아들고, 시를 지
을 수 있다니⋯⋯. 양반님네들 속은 알다가도 모르겠어요."

"네가 예쁜 물건들을 만들면서도 지루하거나 지치지 않는 거
랑 똑같은 거야. 옹알이가 끝난 직후부터 쭉 서책을 들이 파는
삶을 살고 있으니, 노는 것도 책에서 벗어날 수가 없는 거지."

"그러게요. 그나저나 아즈망은 무슨 고민 있으세요? 왜 아
직 안 주무세요?"

"그러게⋯⋯ 나도 저들과 다를 게 없는 거지. 평생을 기녀로
살았으니, 가장 한적하고 편안한 시간에 거문고 말고는 생각
나는 게 없는 거야. 네가 기생년 팔자를 고쳐줬는데도, 난 여
전히 기생짓을 하고 있네."

월향이 쓸쓸한 미소를 지었다.

"에이, 아즈망! 그렇게 생각하지 마세요. 아즈망이 지금 거
문고 타시는 모습은 기녀가 아니라, 예인(藝人) 같으니까요."

"예인?"

"네, 그럼요. 음률과 운치를 사랑하고 아끼는 예인이요. 팍
팍한 삶에 부드러운 향기를 불어 넣어주는 그런 힘이죠. 그러
니 아즈망은 살아갈 힘을 예인의 재주에서 얻는 거예요. 멋지
지 않아요?"

"정말 그럴까? 천하디천한 음률이라고 비난받지 않을까?"

사실 월향은 사람들의 시선 때문에 마음껏 거문고를 연주하지 못했었다. 그녀에게 거문고는 평생의 벗, 그 이상이었다. 슬플 때도, 기쁠 때도, 한스러울 때조차도 그녀의 곁을 지켰던 건 육손이 오라방과 이 거문고뿐이었다. 노제가 되었을 때도, 만덕이 객주를 처음 차렸을 때도 그녀는 거문고를 연주하고 싶었다. 하지만 제 버릇 남주냐는 남의 시선이 무서워 줄만 만지작거리고 있었다. 그런데 선선한 바람에 달빛도 고운 오늘 밤엔 참을 수가 없었다. 그리고 안아 든 거문고……. 비로소 만족한 기색이 그녀의 얼굴에 스며들었다.

"아즈망, 마음껏 연주해 주세요. 그 소리에 저도 힘이 날 테니까요. 그런데요……."

"응, 뭐 할 말이라도 있는 거야? 너답지 않게 왜 말을 씹어대고 있어?"

"사실은……."

만덕은 마침내 자신의 고민을 털어놓았다.

그런데 만덕의 말을 듣던 월향의 얼굴은 의외로 밝아졌다.

"제가 아무리 고민이 된다고 해도…… 저는 아즈망이 다시 양반들 앞에서 기녀처럼 연주하시는 건 싫어요."

"기녀로서 서지 않고, 예인으로 서면 되지."

월향이 결심이 선 듯 입을 열었다.

"네? 그게 무슨……."

"네 말대로 나는 더 이상 기녀가 아니잖니. 이제 양반님네한테 억지로 웃으며 술을 따르고, 연주하지 않아도 되고. 다만 시를 짓는 그들과 동등하게 예인으로 거문고를 연주할 수는 있지."

월향의 눈이 빛나기 시작했다.

"예인인 건 좋은데, 동등하게라…… 그게 가능할까요?"

만덕이 의아함을 내비쳤다.

"내가 예인으로 거문고를 연주할 수만 있다면, 네 객주는 더 많은 양반들로 북적일 거야."

"그래도 그건 좀……."

망설이는 만덕과 달리, 월향은 새로운 설렘에 흥분하고 있었다.

"걱정 마라, 만덕아. 네가 걱정하는 일은 일어나지 않을 거야. 다만 거문고 연주를 청하는 객들에게 그들의 술자리 옆이 아닌, 정자 한켠에 발을 드리우고, 내가 연주하고 싶은 곡만 연주하면 되지. 그들이 필요로 하는 건 다 늙어빠진 내 얼굴이 아니라, 내 거문고 소리잖니. 그 어떤 강요도 받지 않고, 내가 원하는 만큼만 연주하면 돼. 그러니 예인으로서의 이 정도 요구쯤은 저들도 받아들여 줘야지. 그래야 조금이라도 거문고 소리를 들을 수 있을 테니까 말이다."

월향의 예상은 적중했다. 만덕이 그들에게 월향의 뜻을 전하자, 천한 년이 노제되더니만 기만 살았다고 벌컥 역정을 낼 줄 알았던 양반들이 의외로 월향의 제안을 선뜻 받아들였다. 심지어 월향이 잠시만이라도 거문고를 타며 모임의 운치를 더해 준다면 더할 나위 없이 기쁘겠다는 말까지 전했다.

모두가 그 소식에 기뻐할 즈음, 방만이는 홀로 불안해했다. 그는 왜 하루에도 몇 번씩 월향의 얼굴이 떠오르는지, 왜 이렇게 그녀가 신경 쓰이는지 도통 알 수가 없었다. 맑고 소소한 차림으로 돌아온 그녀가 또다시 비단옷을 입고 훨훨 선녀처럼 날아가 버릴지도 모른다는 생각에 냉수만 벌컥대며 마시고 있었다. 설마 그 감정이 '연모'일 거라고는 털끝만치도 생각하지 못한 채, 마음만 졸이고 있었다.

그렇게 만덕의 객주는 반상의 구분 없이 제각각의 방식으로 삶을 즐길 줄 아는 사람들로 북적이기 시작했다.

깃양태

어느덧 양춘의 집에는 가을이 깊어가고 있었다.

삐비빅, 삐빅, 삐비빅.

나무 위에선 다람쥐들의 움직임이 부산스럽다. 추워지기 전에 땅에 떨어진 열매를 조금이라도 더 주워 먹으려고 부지런히 움직이는 중이다.

요즘 양춘이는 술 빚는 일로 눈코 뜰 새 없이 바빴다. 오메기 술과 고소리 술도 빚어야 했고, 단오에 산에서 캔 약초로 각종 가향주 제조도 시작했기 때문이다. 객주에 갈 틈 없이 다시 산속에 틀어박힌 양춘이를 위해 월향은 따뜻한 밥을 지어 방만의 손에 올려보냈다. 술을 빚을 때마다 괴팍해지는 그의 성질을 잘 알기에 방만은 문 앞에 슬쩍 밥만 놔두고 양춘의 텃밭에 쭈그려 앉았다. 오늘은 매번 공짜 밥을 얻어먹는 양춘에게 밥값을 톡톡히 받아볼 심산이었다. 방만은 뒷춤에 매달고 온 곡괭이를 꺼내 들어 재빠르게 고구마를 캐기 시작했다. 제법 많은 고구마를 자루에 담아 내려온 방만은 객주 정지 앞을 기웃거렸다.

이른 아침부터 국밥을 끓이느라 월향의 얼굴엔 어느새 땀이 배어 있었다.

툭.

"아이고, 깜짝이야. 어머나 오라방, 이게 뭐예요?"

갑자기 내던져진 자루에 놀라 월향이 물었다.

"고구마 서리 해왔어. 구워 먹자."

"밥 심부름 보냈더니만 고구마나 훔쳐 오고……. 아즈방 아시면 길길이 날뛰실 텐데. 철 좀 들어요, 오라방."

"지금 술독에 빠져 계셔. 절대 안 들킬 테니 염려 마. 너 바쁜 거 같으니 내가 구울게."

방만은 아궁이 앞에 쭈그리고 앉아 불 속에 고구마를 던져 넣었다.

월향과 방만이 정지에서 열심히 꽁시랑대며 고구마를 굽는 동안, 객주 평상에는 만덕이 대자로 뻗어 있었다. 밤늦게까지 객주 일을 하면서도 뭍에 내다 팔 물건까지 만드느라 요즘 만덕은 몸이 열 개라도 부족할 정도였다.

"만덕아, 조금 쉬엄쉬엄 하거라."

옆에서 어포를 손질하던 육손이가 걱정스레 말을 붙였다.

"아즈방, 저는 아직도 꿈을 꾸는 거 같아요. 객주를 열면서 이렇게 장사가 잘될 거라곤 생각하지 못했거든요. 전부 하르방이랑 아즈망, 아즈방 덕분이에요. 요즘은 안 먹어도 배가 부르다니까요, 히히히."

"그러니 너무 무리하지 마라. 이건 그저 내 생각이다만……."

잔소리를 하는 데 익숙하지 않던 육손이가 말을 흐렸다.

"아이, 참. 아즈방 속 시원히 말씀해 보세요."

누워 있던 만덕이 냉큼 몸을 뒤집어 턱을 괴고 엎드렸다.

"난, 이제 네가 객주 일에 사람을 부려도 좋다고 생각한다. 혼자서 그 많은 물건을 제때 만드는 건 힘든 일이야. 네가 이제 그 정도 나이는 됐으니까."

"안 그래도 아즈방. 제가 요즘 다른 물건을 구상 중이거든요."

"으응? 다른 물건?"

"네. 탐라에서 가장 유명한 게 뭔지 아세요? 뭍에서 온 상인들이 벌떼처럼 달려드는 물건이요. 뭍에서는 절대 만들 수 없는, 재료가 탐라에만 있는 거요."

갑작스런 수수께끼에 머리가 어질하던 육손이는 마침내 알았다는 듯 웃으며 답했다.

"말총 아니냐?"

"맞아요, 아즈방. 저는 요즘 양반님네가 쓰는 갓이랑 망건을 생각하느라 바빠요.”

“그래. 그 일은 사람을 여럿 부려야 되긴 하겠구나. 네가 힘을 적게 들이고도 많은 돈을 벌 수 있을 테고.”

“바로 그거예요, 아즈방. 하지만 아직은 비밀로 해주세요. 적절한 시기를 보고 있는 중이거든요.”

“그래, 그러마.”

육손이의 말이 끝나기가 무섭게 만덕은 다시 드러누워 잠들어 버렸다.

육손이는 옆에 있던 목침을 슬며시 만덕의 머리에 괴어 주었다.

만덕은 객주를 연 지 3년 만에 꽤 많은 돈을 벌어들였다. 그리고 지난달, 그 돈을 관아에 들고 가 육손이의 노제까지 성사시켰다. 장정 노비의 노제는 60세에나 가능한 일이었고, 그마저도 거의 불가능에 가까운 일이었다. 평생 등이 휘게 일하던 노비들이 그 나이까지 살지도 못했거니와, 장정의 노동력이 중요했던 조정은 노제를 위해 내야 할 돈을 하늘처럼 높이 정해놓았기 때문이다. 하지만 만덕은 조금의 망설임도 없이 그 큰돈으로 육손이를 노제시키고, 어렸을 적처럼 육손이의 손을 잡고 노래를 흥얼대며 돌아왔었다. 이제 육손이는 마음 편히 낚시나 하고, 어포나 손질하며 객주에 머무를 수 있게 되었다. 하지만 그렇게 몸이 부서져라 일만 하는 만덕을 보는 남매의 마음이 편할 리 없었다.

목침을 괴어 주자 드르렁드르렁 코까지 골며 자는 만덕이 깰세라, 어포를 다듬는 육손이의 손길이 더 조심스러워졌다.

"어랏, 짱구 잠들었네."

구운 고구마를 한가득 들고 온 방만이 목소리를 낮추며 평상에 걸터앉았다.

월향이 호호 불어가며 껍질을 벗긴 고구마를 방만에게 건넸다. 너무 자연스럽게 월향이 건넨 고구마를 방만이 덥석 한 입 베어 물 찰나, 씩씩대는 소리가 뒤에서 들려왔다.

"이, 이런 도둑놈을…… 옵!"

육손이가 조용히 하라는 시늉을 하자, 양춘의 입에서 터져 나오던 욕이 순간 멎어버렸다.

한창 술을 빚고 있을 거라고 생각했던 이들은 갑작스런 양춘의 등장에 놀라 말문이 막혔다.

"도둑놈 새끼 같으니라고! 월향이 입속에 넣어주려고 내 집에 쥐새끼처럼 들어와서 고구마를 훔쳐 간 거냐?"

양춘은 만덕이 깰까 봐 목소리를 한껏 낮추고, 몽둥이로 방만이의 등을 쿡쿡 찔러대고 있었다.

"아얏, 아즈방! 그거 땅속에 오래 두면 썩기밖에 더해요? 얼른 캐서 먹어야지. 지금이 제일 맛난 때잖아요."

방만이 벌게진 등을 문지르며 불퉁거렸다.

"지랄들 한다. 고구마를 구웠으면 각자 알아서 처먹을 일이지, 까주고 먹여주는 건 뭔 짓이야? 손이 없냐, 발이 없냐?"

양춘이가 도끼눈을 치켜뜨고 쏘아댔다.

육손이는 모르쇠로 일관하며 열심히 고구마를 까고 있었다.

"이것들이 이제 나 늙었다고 괄시하는 게지."

"이거 잡숴봐요."

양춘이가 계속 궁시렁대자 육손이가 얼른 고구마를 건넸다.

"아즈방, 목 막히니 국물도 좀 잡숫고요."

눈치 빠른 월향은 정지에 가서 동치미 한 보시기를 내왔다.

"크으, 맛있게 익었네. 그나저나 짱구는 뭔 낮잠을 저리 자는 거야? 쯧쯧, 자는 꼬락서니하고는."

옆에서 난리가 난 걸 알 턱이 없는 만덕은 이제 대놓고 객주가 떠나갈 듯 코를 곯고 있었다.

"우리 노제시키느라 뼛골 빠지게 일했잖아요."

월향이 애틋한 시선으로 만덕을 바라봤다.

"이제 만덕이 면천을 서둘러야겠어요."

육손이가 무겁게 입을 열었다.

그동안 만덕이 면천을 포기했던 건 아니었다. 다만 새로 부임한 제주 목사와 박찬성 일가가 계속해서 만덕의 면천을 방해하고 있었기 때문에 번번이 무산되었었다. 박찬성 일가는 가문의 몰락을 자초할 수 있는 그녀의 면천을 무슨 수를 써서라도 방해하고 있었고, 그들의 뒤엔 뇌물을 잔뜩 받아먹은 제주 목사들이 버티고 있었다.

"짱구가 애쓰면 뭘 해. 번번이 방해하는 걸……."

양춘이 퉁명스럽게 말했다.

"이번엔 다른 방법을 써야 할 것 같아요."

육손이가 목소리를 낮추며 말했다.

"다른 방법? 생각해 둔 거라도 있어?"

방만이 의아해서 물었다.

"문제는 관아에서 만덕이의 신분을 확인하기 위해 뭍으로 배를 띄워주지 않는 거잖아."

"그렇지."

"그럼 굳이 내주지 않을 그 배를 계속 기다리기보다는……."

"아! 짱구가 배를 사버리면 되겠네."

육손이의 느린 대답에 갑갑했던 방만이 외쳤다.

"그래, 그런 방법이 있었네."

월향도 고개를 끄덕였다.

"하지만 굉장히 조심스럽게 진행해야 될 것 같아. 관아에서 알면 또다시 방해가 시작될 테니까."

"그 일은 걱정 말어. 선주(船主) 놈들 중에 내 술에 안 넘어갈 위인 없을 테니까."

양춘이는 동치미를 말끔히 비우고, 서둘러 돌아갔다. 최상

품의 술을 만들어야 할 새로운 이유가 생겼기 때문이다.

미안하고 죄스러웠던 남매의 가슴이 조금은 가벼워진 듯했다.

매일같이 객주가 북새통을 이루는 와중에도 만덕은 부시럭대며 가만히 있질 못했다. 하루에도 수없이 새로운 계획을 세우느라 머릿속이 와글거렸고, 사람들의 기호에 맞게 술을 주조하고, 물건을 만드느라 눈코 뜰 새 없이 바빴다. 그렇게 사 년이란 세월이 훌쩍 흘러가 이제 만덕은 삼십 줄에 들어섰고, 만덕의 객주는 명실공히 탐라를 대표하는 객주가 되어 있었다.

만덕이 따사로운 봄볕을 쬐며 잠시나마 낭간에 앉아 쉬고 있을 때, 낯선 이의 음성이 들려왔다.

"저기, 혹시……."

"어, 네. 오늘은 혼자 오셨네요? 무슨 음식으로 내올까요?"

만덕이 얼마 전 객주에서 묵었던 사내의 얼굴을 기억하고 물었다.

"오늘은 먹으러 온 게 아니라서요."

"아, 하기야 뭍에서 상인들이 온다는 전갈을 못 받았거든요. 그럼 무슨 일로?"

"혹시 이 물건이 기억나시는지……."

사내는 머뭇거리며 주머니에서 작은 팔찌를 꺼내 들었다.

"어머, 이걸 어디서 얻으셨어요?"

팔찌를 본 만덕의 눈이 휘둥그레졌다.

"생각나십니까? 애들 어미가 어릴 적 친구한테 받은 선물이라고 하던데요."

사내 역시 믿기지 않는다는 얼굴로 말했다.

"개둥이를 아세요?"

"애들 어미예요. 찾아오길 잘했네요, 하하하."

개둥이의 남편은 뭍으로 나가는 배의 격군이었다. 그는 몇 달 전 뭍으로 나가던 길에 만덕의 객주에 머물다가, 두 딸에게 줄 조개 팔찌를 샀었다.

남편이 서글서글한 눈매로 웃으며 내민 팔찌를 보고 개둥이는 이 물건을 만든 이가 만덕임을 대번에 알아차렸다. 이런 걸 만들 생각은 오로지 만덕이만 할 수 있는 거였다.

뭍에서 온 삼촌을 따라가 나주에서 잘 살고 있을 거라고 철썩같이 믿고 있었던 만덕이가 이렇게 지척에 있을 거라곤 생각하지 못했던 개둥은 그날 내내 우느라 눈 밑이 짓물렀다. 지척에 벗을 두고도 찾지 못한 긴 세월에 가슴이 먹먹해졌다. 개둥이는 옷장 깊숙이 넣어두었던 조개팔찌를 꺼내 남편에게 주며, 한 번만 더 만덕이를 찾아가 달라고 부탁했다.

처음에 그는 여자들의 일에 이러쿵저러쿵 끼어드는 게 탐탁지 않았지만, 그녀의 애처로운 눈빛이 마음에 걸렸다. 혼

256

인 후 개둥이는 남들은 턱턱 잘만 낳는 아들을 낳지 못해 시모로부터 꽤 호된 시집살이를 당했었다. 긴 세월을 무던히도 참아내며 까탈스런 시모를 돌보고, 지금은 병수발까지 들고 있는 그녀에게 고마운 마음이 컸다. 그러마, 대답하고 나선 길에 몇 번이고 되돌아갈까 고민하기도 했다. 설사 그녀가 개둥이가 찾는 벗이라 해도 너무나도 긴 세월이 흘렀고, 서로 다른 삶을 살아가고 있는데, 공연히 쓸데없는 일을 벌이는 건 아닌가 싶어 망설여졌다. 아니, 실은 만덕이란 벗이 개둥이를 기억하지 못할까 봐, 그래서 그녀가 상심하게 될까 봐 그게 더 두려웠다.

"그때 우리를 데리러 온 삼촌은 오라방이랑 아시만 데리고 갔어요. 저는 혼자 기방에 남겨졌고요. 아등바등 사느라 세월이 이렇게 흘러가 버렸네요. 개둥이를 다시 만날 수 있을 거란 생각을 전혀 못 했어요. 고맙습니다. 정말 고맙습니다. 조만간 제가 개둥이를 찾아갈게요."

조개팔찌를 돌려주며 만덕이 연거푸 허리를 숙이며 울먹였다.

넋을 놓은 듯 터벅터벅 걷던 만덕이 다다른 곳은 어김없이 바다였다.

눈을 들어 바라본 바다엔 어느새 봄이 찾아들고 있었다. 포

근한 햇빛이 바다 위에 머물러 있고, 따스한 바람이 코끝을
간질였다.

봄 바다에 조용히 파도가 밀려들고 있었다.

머나먼 지평선 끝에 아방의 배가 들어온다.

까르르 웃는 어린 만덕은 우스꽝스러운 춤을 추며 아방을
반긴다.

아방이 만덕을 번쩍 들어올리며 함박웃음을 짓는다.

연이어 밀려오는 파도에 새로운 그리움이 밀려든다.

물속에서 머리를 빼꼼이 내밀고, 미역을 흔들어대는 개둥이.

뒤쳐질새라 자맥질을 하며 따라가는 만덕.

두 여자아이의 웃음소리가 허공을 맴돌다 파도에 쓸려나
간다.

만덕은 허기진 듯 허겁지겁 옛 기억을 삼키고 있었다.

낯선 사내가 들고 온 개둥이의 소식에 만덕은 아직도 심장
이 쿵쾅거린다.

애써 누르고 살았던 그리움, 나이가 들어 다 잊었으려니 여
겼던 그리움이 불쑥 고개를 들었다. 그리고 왜 이제야 자신을
떠올렸냐고 샐쭉 토라진 표정을 짓는 듯하다.

그 낯선 감정에 허방을 밟은 듯 허우적대던 만덕은 별안간
바다를 향해 있는 힘껏 소리쳤다.

"개둥아아아! 곧 찾으러 갈게!"

아련한 그리움을 찾으러 갈 생각에 만덕의 가슴이 벅차올랐다.

다음날 양춘이는 말없이 작은 술병에 술을 담아 놓았고, 월향은 대찬합에 어포며 육포, 산적, 수육 등을 정성스레 담았다. 그리고 만덕에게 넌지시 며칠 쉬었다 오라고 말미를 주었다.

음식과 물건을 가득 담은 보따리를 들고 만덕은 오랜만에 바닷가를 거닐기도 하고, 산에 올라 풀 내음을 만끽했다. 어차피 낮에 서둘러 가봐야 상군 잠녀가 되어 있을 개둥이를 만날 수 없을 게 뻔해서다. 어릴 적 개둥이와 놀던 일들이 주마등처럼 스쳐 지나갔다.

"개둥아! 널 찾지 못해서 미안해. 날 먼저 찾아줘서 고마워."

만덕의 외침이 메아리가 되어 돌아왔다.

수줍은 듯 땅에 머리를 기대고 피어 있는 까치무릇 위에 누워 파란 하늘을 올려다보던 만덕은 문득 어릴 적 기방 창고에서 만났던 현욱 도령이 떠올랐다.

"내가 봄기운에 점점 미쳐가나 보다. 개둥이를 만날 생각에 들떠 현욱 도령까지 떠오르니…… 그나저나 잘 살고 있으려나? 두말할 거 없이 과거에 턱 하니 급제했을 테고, 혼인도 했겠지? 현욱 도령! 잘 지내고 있나? 죽기 전에 볼 수 있겠지?"

만덕은 현욱 도령의 이름도 마음껏 불러보며, 오랜만에 객주를 잊고 동심으로 돌아갔다.

삼십 줄에 들어서도록 길게 땋아 늘어뜨린 머리가 거추장스러워, 만덕은 객주 일을 하면서 항상 두건을 뒤집어쓰고 있었다. 아침나절에 월향이 곱게 땋아준 머리에 단정히 두건을 쓰고 나왔는데, 꽃밭에서 뒹굴면서 그녀의 머리는 금세 산발이 되고 말았다. 어디 그뿐인가. 깨끗이 빨아 두었던 옷을 입고 나온 지 얼마 안 되어서 치마 여기저기에 잔뜩 풀물이 들고 말았다.

"아즈망한테 또 한 소리 듣겠네."

석양빛에 터덜터덜 걸어 내려가며 만덕이 중얼거렸다.

어둑해지자 밥 짓는 연기가 이곳저곳에서 피어오르고, 개 짖는 소리도 드문드문 들려왔다. 동네는 여전했다.

완만하게 굽이진 돌담길.

야트막하게 자리 잡은 초가들.

제각기 다른 모양을 하고 있는 집앞의 정낭들.

정낭 안에 펼쳐놓은 나물을 거둬들이는 손길들.

만덕은 노래를 흥얼거렸다.

아방이 돌아오길 기다리며 부르던 노래였다.

모두들 여상히 잘 살고 있는데, 왜 자기 가족에게만 검은 그림자가 불쑥 찾아든 것인지…… 생각이 꼬리에 꼬리를 물어갈 즈음, 한 집 앞에서 노랫소리가 흘러나왔다. 낯익은 목소리에 만덕의 발길이 멈춰 섰다.

식구가 많아 자식들 먹여 살리려고, 눈이 빠지게 해 봐야 살 일은 여전히 막막하네. 빨리 양태 겯어서 우리 식구 밥도 먹이고, 술 먹는 서방 술값도 줘야 할 텐데…… 얘들아 저기 가만히 앉아 있어라. 모자를 겯어야 살 수 있단다. 어서 어서 겯어야 우리집 살 길이 생겨난다. 어느 때면 우리도 부자되어 요놈의 모자 안 겯어도 살아갈 수 있으려나. 언제면 이 모자 겯어 우리집 생활이 넉넉해질까나.

분명 개둥이의 목소리였다. 가녀린 듯하면서도 구성지게 노래를 부르던 개둥이의 목소리였다.

"개둥아, 네 삶도 쉽진 않았나 보구나."

어려서 곧잘 부르던 흥겨운 개둥이의 노랫소리엔 이제 중년의 체념과 회한이 묻어나 있었다.

"개둥아! 개둥아아아!"

만덕이 정낭 밖에서 소리를 치자, 노랫소리가 뚝 끊겼다.

덜커덩.

"만덕아, 만덕이니?"

문을 열고 나온 개둥이는 맨발로 마당 밖까지 뛰어나왔다.

서로 얼싸안고 한참을 울고 나서야 개둥이가 눈물로 얼룩진 얼굴로 말했다.

"만덕아. 넌 나이가 들어도 여전하구나. 머리에 풀이 잔뜩 붙었어. 아이고, 이를 어째. 치마에도 풀물이 얼룩덜룩하네."

개둥이는 만덕의 머리에서 풀을 떼어주며 함박웃음을 지었다.

"나야 뭐, 늘 똑같지. 치마에 풀물 들어서 혼나는 건 열 살 때나 지금이나 똑같아."

"어서 들어가자."

개둥이는 방으로 만덕이를 밀어 넣고, 정지에서 삶은 고구마를 한가득 내왔다.

"애들 아방은 지금 뭍에 나가고 없어. 애들은 이미 건넌방에서 어머님이랑 잠들었고. 오늘 여기서 나랑 같이 자자. 하루 자고 가도 되지?"

"응, 그럼 그럼. 그런데 애들이 몇 살이야?"

"딸애만 둘이야. 큰 애는 효순이고 아홉 살, 작은 애는 정순이고 여섯 살이야. 열여섯에 시집와서 애가 안 들어서서 오 년 동안 시집살이, 또 딸만 낳아서 시집살이…… 지금은 병드신 시어머니 병수발에…… 아이구, 내 정신 좀 봐라. 푸념만 잔뜩 늘어놓고 있네. 어머! 그런데 넌, 아직 혼인을 안 한 거야?"

그제서야 만덕의 댕기 머리를 알아차린 개둥이가 물었다.

"혼인이 너무 시시한 거 같아서. 하고 싶은 것도 많고."

만덕이 겸연쩍은 얼굴로 대답했다.

"맞아. 혼인해 봐야 별거 없어. 너 원래 어려서부터 혼인

안 한다고 입버릇처럼 말했잖아. 그런데 진짜 안 할 줄은 몰랐네. 그나저나 그간 너는 어떻게 지냈어? 왜 삼촌 따라서 뭍에 안 갔어?"

만덕은 혼자 기방에 남겨진 일이며, 기방의 허드렛일을 한 일, 그러다가 솜씨를 인정받아 기방의 물건을 만들게 된 일, 한 양반의 패악으로 기적에 이름이 올라버린 일, 그리고 우여곡절 끝에 객주를 운영하게 된 이야기까지 모두 쏟아냈다.

고구마를 먹으며 펑펑 울다가, 까르르 웃어대는 두 여인의 목소리가 담장 밖까지 새어나가고 있었다.

"그나저나 개둥아, 이건 다 뭐야?"

그제서야 방 한가득 펼쳐져 있는 물건들을 발견한 만덕이 물었다.

"낮에 물질 끝나면 밤에는 이렇게 갓양태(갓의 차양 부분)를 결고 있어. 물질로만 살 수 없으니, 잠녀들은 새벽까지 갓양태를 결여서 생계를 이어가."

"일이 많겠구나. 물질이 끝나도 편히 쉬질 못하겠네."

"우리 팔자에 쉬는 건 꿈도 못 꾸지. 등이 휠 듯이 갓양태를 결여야 겨우 식구들 입에 풀칠하고, 서방 술값이라도 대지."

조선의 갓은 주로 탐라와 통영, 거제도에서 결여 왔다. 통영이나 거제도에서는 남자들이 갓양태나 갓모자 겯기를 주로 담당했지만, 탐라의 갓 겯기는 모두 여인들의 몫이었다.

탐라에서 생산되는 갓은 죽모첨(竹帽簷)이나 마미립(馬尾笠)이라 불렸고, 강진과 해남으로 운반되어 전국 각지로 퍼져 나갔다. 특히 시전상인들은 탐라에서 올라온 갓양태를 매집하려고 강진과 해남까지 내려오는 수고를 마다하지 않았다. 오일장에서 갓양태를 사들인 상인들은 통영 등지의 갓방에서 따로 사들인 갓모자와 갓양태를 아교로 단단하게 굳힌 다음, 솥에서 삶고 먹칠을 한 후 내륙에 내다 팔았다.

이토록 탐라의 갓양태가 유명한 이유는 바로 말총과 대오리 때문이었다.

"개둥아, 이 얇은 건 뭐야? 실 같기도 하고, 지푸라기 같기도 하네."

"그게 바로 대오리야. 대나무에 실처럼 얇게 칼금을 내서 만든 거야."

"으응? 이게 대나무라고?"

"갓양태를 만들려면 실처럼 가느다란 대오리가 필요해. 먼저 대나무 마디를 동강치고, 두어 차례 쪼개서 속 부분은 버리고, 겉껍질만 솥에 넣고 재를 섞어서 밤새 삶아야 돼."

"밤새?"

"그게 끝이 아니야. 삶은 속대를 종이 두께로 얄팍하게 훑어 다듬고, 머리카락 정도로 칼금을 내서 쭉 잡아당기면 이렇게 실오라기처럼 되는 거야."

개둥이의 설명이 이어지자, 만덕은 새로운 호기심에 눈을 반짝이며 들었다.

"일이 꽤 많구나."

"대오리를 만드는 건 대체로 나이 많으신 어르신들이 해 주셔. 그래야 우리가 물질 끝내고 들어오면 바로 일을 시작할 수 있거든."

"아아……."

"대오리가 완성되면 텅에(양태판을 받치는 대바구니) 위에 양태판(양태를 겯기 위해 만든 둥근 판)을 올리고, 빙 돌아가며 양태를 겯으면 돼. 한 올 한 올 이렇게 정성껏!"

개둥이가 대오리 한 올을 잡아올려 보여주며, 장난스레 말했다.

"개둥아, 아까 잠녀들 대부분이 밤에 양태를 겯는다고 했지?"

"응, 그렇지. 양태를 척척 많이 겯는 며느리들이 사랑도 많이 받아. 양태가 효자라니까."

만덕은 개둥이의 이야기를 들으며, 몇 년 전부터 구상하던 말총과 갓 제조 일을 이제 시작할 때가 되었다고 생각을 굳혀가고 있었다.

바람 한 점 없이 햇볕이 따사롭게 내리쬐는 바다로 자맥질을 준비하는 잠녀들이 하나둘 모여들었다. 오늘 그들의 얼굴엔 여느 때와 달리 기쁜 빛이 스며 있었다.

"형님, 어서 오세요."

개둥이가 나이가 지긋한 잠녀에게 인사를 건넸다.

"어머나, 벌써 나왔어? 효순 어미 덕에 오늘도 호강하겠네."

늙은 잠녀는 개둥이에게 웃으며 인사를 건넸다.

"맞아요, 형님. 저도 요즘 갓양태 파는 날만 기다리느라 목이 빠진다니까요."

용천댁이 맞장구를 쳤다.

"어디 그뿐이에요? 갓양태 파는 날은 내가 고을 원님이라도 된 거 같다니까요."

월용 어미가 으스대는 표정을 지으며 말했다.

"호호호."

물질을 시작해야 할 시간이 한참 지났는데도 이들의 수다가 그칠 줄 몰랐다.

개둥이가 잠녀들에게 수소문해준 덕에 만덕은 갓양태 제작을 본격적으로 시작할 수 있었다. 개둥이가 없었다면 엄두도 못 낼 일이었다. 만덕은 탐라가 갓양태 제작에 최고라는 점을 놓치지 않았고, 잠녀들이 겯는 갓양태를 되도록 많이 사들이고 싶었다. 다만 잠녀들의 마음을 사로잡을 수 있는 무언가가 필요했다. 한중소가 상인들의 마음을 사로잡고, 월대천 정자와 송엽주가 양반들의 마음을 사로잡았듯이 말이다.

한참을 생각한 끝에 만덕은 문득 탐라에 여인들을 위한 공간이 없다는 걸 떠올렸다. 그래서 애초에 상인들을 위해 구상했던 한증소를 색다르게 운영하기로 결정했다. 낮에는 상인들이 땀을 빼며 여독을 풀게 하고, 밤에는 자맥질을 하며 전복을 따고 미역을 캐던 탐라 여인들이 한증소에서 노곤한 몸을 쉴 수 있도록 하고 싶었다. 물론 공짜로 말이다. 한 가지 조건이 있다면, 잠녀들이 결었던 갓양태를 만덕의 객주에 팔아 달라는 것이었다.

잠녀들은 마다할 이유가 없었다. 만덕의 객주에서 훨씬 비싼 값에 물건을 사 주는 데다가, 한증소까지 공짜로 이용할 수 있었기 때문이다. 한 달에 두 번 잠녀들은 만덕의 객주로 모여들었다.

이제 이날은 모두가 손꼽아 기다리는 날이 되었다. 보름 동안 등이 휘도록 갓양태를 결은 잠녀들은 편안하게 한증소에 들어가 땀을 빼고 쉬며, 두런두런 이야기도 나누고, 객주에서 내온 국밥으로 요기도 할 수 있었다. 하지만 뭐니 뭐니 해도 제일 좋은 건, 잠녀들이 이날 만큼은 어깨를 쭉 펴고, 어른들 눈치 보는 일 없이 밤마실을 실컷 즐길 수 있다는 것이다.

물질이 끝나면 잠녀들은 부리나케 식구들 밥을 챙겨놓고,

빈속으로 객주를 향했다. 밥을 안 먹어도 아쉬울 게 없는 날이어서다. 집안 어른들과 서방들도 이날만큼은 잠녀들에게 잔소리를 하거나 눈을 흘기지 않았다. 이들이 묵직하게 들고 돌아올 엽전 꾸러미에 배고픈 승냥이마냥 입맛을 다시곤 했다.

두 손 가득 갓양태를 들고 객주로 향하는 잠녀들 역시 뜨끈한 국밥과 잘그랑대는 돈주머니를 떠올리며 행복감에 젖어들었다. 그렇게 번 돈을 설사 자신을 위해 쓸 수 없더라도, 이들은 무언가를 자신의 힘으로 해내고, 높은 보상을 받을 수 있다는 사실에 전율했다. 이들에게 만덕의 객주는 그야말로 꿈과 희망의 공간이었다.

외딴 섬 탐라에 산다는 건······.

뭍 사람들은 이해할 수 없는 숱한 일들을 감내한다는 뜻이다.

뭍에서 부드럽게 나무를 간질이던 바람조차 탐라 땅에 닿기만 하면 사나운 돌풍이 되어버리고 만다.

횡, 휘이잉.

덜컹덜컹.

밤새 몰아치던 바람에 탐라 백성들은 거의 잠을 이룰 수가 없었다. 내일 아침이면 확인하게 될 참상이 눈앞에 어른거려서다. 심상치 않은 바람 소리를 들으며 이들의 한숨이 깊어졌다.

탐라 백성들은 조금이라도 풍해(風害)를 줄여보고자 오래전부터 독특한 방법으로 집을 지어왔다. 초가를 주위 지형보다 낮은 곳에 웅크려 앉듯 낮게 지었고, 초가지붕도 유선형으로 만들었다. '새'라는 짚으로 지붕을 얹고, 집줄로 지붕을 촘촘히 묶어 바람에 날아가지 않도록 했으며, 집 낭간 앞에는 풍채를 설치하여 비바람을 막아주는 이중 겹문으로 사용했다. 또한 큰길에서 집안으로 들어가는 곳에 돌담길을 쌓아 거센 바람이 돌 틈으로 숭숭 빠져나가도록 했다.

그러나 이들의 모든 노력을 단 하루 만에 물거품으로 만드는 광풍이 탐라를 종종 덮치곤 했다. 사람들은 미처 날뛰는 바람 앞에서 속절없이 당하는 데 이골이 나 있었다.

해 뜨기가 무섭게 만덕의 객주에도 사람들의 부산스러운 움직임이 시작되었다.

"휴우……."

한증소와 정자까지 둘러보고 온 만덕이 한숨을 내쉬었다.

방만이 아무리 견고하게 지었다고는 하지만, 막상 여기저기 부서진 흔적들을 보니 기운이 쏙 빠졌다.

"만덕아, 너무 상심하지는 말거라. 이 정도면 금세 복구할 수 있을 거야. 바닷가 쪽 나무들은 뿌리가 송두리째 뽑혔고, 관아와 창고 기와들도 많이 무너져서 관아도 수습하느라 지금 정신이 없는 것 같더구나. 얼핏 들으니 완전히 무너진 민가도 많고, 파손된 배도 많은 거 같아. 돌아오는 길에 보니 지난 밤 해일로 육지로 나와 죽은 물고기도 잔뜩 쌓여 있었어."

이른 아침부터 주변 곳곳을 둘러보고 온 육손이는 그나마 다행이라는 듯 만덕을 위로했다.

"양춘이 하르방이 걱정이에요. 요즘 술 빚으시느라 혼자 산속에 계신데……."

만덕이 근심 어린 낯빛으로 말했다.

"내 걱정일랑 말어. 멀쩡하니깐."

언제 왔는지 양춘이가 객주로 들어서고 있었다. 오랜 세월 겪어낸 재해가 이제 그에겐 별일 아니라는 듯 심드렁한 얼굴을 하고 있었다.

"아즈방, 밤새 괜찮으셨어요? 따끈하게 이거 좀 드세요."

월향이 정지에서 따듯한 숭늉을 내오며 물었다.

"방만이가 울타리를 견고하게 손봐줘서 술독들은 문제 없었어. 그런데 지붕이 엉망이 돼버렸어. 나뭇가지가 죄다 지붕 위로 떨어지고, 나무들이 쓰러지는 바람에 집 주변을 제대로 걸어 다닐 수가 없어. 내려오는 길에 보니 산야의 초목들은 죄다 소금에 절인 것같이 되고, 모두 생기를 잃어서 흉물스럽게 변했어. 니들이 올라와서 한번 치워주고 가든가. 난 이제 죽었다 깨도 힘쓰는 일은 못 하겠으니까."

양춘이의 푸념이 길어지고 있었다.

270

무너진 곳을 보수하고, 다시 일상으로 돌아가기까지 근 한 달이 넘게 걸렸다.

"객주 장사를 시작하기엔 아직 무리가 있으니, 오늘 저녁엔 객주 식구들 몸보신이나 합시다. 이제 오라방들도 예전 같지가 않네요."

양춘의 초가를 보수해주고, 기진맥진한 채 돌아와 평상에 널브러져 있는 방만과 육손이에게 월향이 장난스럽게 말했다.

"나, 나는 괜찮아. 지친 거 아니야. 아직 쌩쌩해. 뭐 도와줄 일 있나?"

방만이 벌떡 일어나 앉으며 허세를 부렸다.

"너무 무리할 거 없어."

육손이가 평상을 툭툭 치며, 다시 누우라는 시늉을 했다. 그렇게 두 사람은 죽은 듯이 뻗어 저녁까지 잠들었다.

잠시 개었던 날씨마저 변덕을 부려, 어스름할 즈음 다시 폭우가 시작되었다.

월향이 한상 차려내온 음식들을 먹으며 쉬고 있을 때, 만덕이 이야기를 꺼냈다.

"음…… 몇 년 전에 육손이 아즈방이 배를 사는 게 어떻겠느냐고 말씀하셨잖아요."

"그랬지. 그동안 배를 장만할 만큼 돈이 좀 모아졌니?"

월향이 반색을 했다.

"잠녀들에게 사들인 양태랑 하르방이 주조하신 술이 꽤 반응이 좋았어요. 그래서 돈은 벌써 마련되었는데, 실은 시기를 조금 보고 있었거든요. 일이 너무 커져 버리는 건 아닌지 사실 걱정도 되었고요, 덜컥 결정하기에 너무 부담도 되었어요."

만덕이 그동안의 고민을 조금씩 털어놓았다.

그간 만덕이 많은 돈을 벌 수 있었던 데에는 사실 갓 양태와 양춘이의 술 말고도 더 중요한 이유가 있었다.

만덕은 해를 거듭할수록 장사의 원리를 터득해갔다. 그녀는 값이 미리 오름직한 물건의 기미를 용케 잘 알아차리고, 철 따라 오르내리는 물가를 잘 짐작하여 '내들이'를 잘했다. 한마디로 시기에 따라 물건을 내치기도 하고, 사들이기도 하는 수완을 발휘하기 시작한 것이다. 자신의 재능이 얼마나 탁월한지 본인만 전혀 눈치채지 못할 뿐이었다.

또 다른 이유는 상업을 천시하던 사회 풍조에 서서히 균열이 생기고 있다는 점이었다. 조선의 상업활동은 수백 년간 시전상인이 독점하는 형태로 유지되어 왔었다. 그런데 권력과 결탁하여 횡포를 심하게 부리는 시전상인들 틈 속에서 사상(私商)들이 등장했다. 사상들은 시전상인들의 힘이 미치지 않는 한양 외곽의 장시를 통해 상품을 유통시켰고, 그 물품을 삼남 지방이나 평안도 지역 장시까지 운반했다. 뿐만 아니라 자신들이 직접 배를 움직여 다른 지역으로 물건을 운송하기도 했다. 이들의 활약으로 물길을 통한 수송이 활발해지면서 바다나 강 주변에 포구가 설치되기 시작했다.

이러한 사회적 변화 속에서 출륙금지령에 묶여 있던 탐라 땅에도 기회가 찾아들었다. 이제는 육지 상인들뿐 아니라 탐라 상인들까지도 각지에서 자유로운 상업활동을 보장받게 된 것이다.

만덕은 그 흐름을 놓치지 않았다. 그녀는 탐라에서 생산된 갓양태나 망건, 우황, 생청(生淸, 열을 가하지 않고 뜬 꿀), 숙청(熟淸, 끓여서 찌꺼기를 말끔히 없앤 꿀), 노루 가죽, 사슴 가죽, 해산물, 장곽(長藿), 보석 등 수많은 물건들의 교역을 거침없이 추진해 많은 이문을 남길 수 있었다.

"그럼 이제 마음을 정한 거냐?"

육손이가 잔잔한 음성으로 물었다.

"예. 지난번 풍해로 피해가 컸잖아요. 이제 뭍에서 온 상인들에게 의지해서만 장사를 할 수는 없을 것 같아요. 배를 장만하면 좋은 점들이 더 많은 거 같아요."

"난 무식해서 뭐가 뭔지 잘 모르겠다. 자세히 말해 봐."

양춘이 궁시렁댔다.

"배를 장만하면 교역 물품이 훨씬 다양해질 수 있어요. 뭍에서 가지고 온 물건만 사는 것보다 직접 배를 띄워 뭍으로 나가면, 사올 수 있는 물건이 훨씬 다양해지니까요. 또 중간 거간들의 담합 없이 생산지에서 직접 물건을 살 수 있으니 더 싸게 살 수도 있고요. 얼마 전 풍해로 탐라 배들이 많이 파손되어서 배를 빌리는 비용이 더 비싸졌어요. 지금 시세라면 차라리 배를 사는 게 더 싸요."

만덕이 조곤조곤 설명하자, 양춘이 고개를 주억거리며 들었다.

"만덕아, 우리가 네게 배를 사라고 권유한 건 돈 때문이 아니었다. 네 면천 때문이지. 네가 배를 사면 관아의 눈을 피해 가족들의 소식을 수소문할 수 있을 테니 말이다."

새로운 계획으로 들뜬 만덕을 보며 육손이가 나직하게 말했다.

"잘 알아요, 아즈방. 물론 그 일도 해야죠. 하지만 지금 이 시점에서 객주를 키우는 일도 제 면천만큼 중요한 일이에요. 죄송하지만…… 배를 사는 일은 방만 아즈방께 부탁드려야 될 것 같아요."

만덕이 슬슬 방만의 눈치를 살피며 입을 뗐다.

"그래, 네가 결정했다면 사야지. 어떤 배를 사 주랴?"

한쪽에서 듣기만 하던 방만이 이윽고 입을 열었다.

"크기가 클 필요는 없지만, 튼튼해야죠. 폭풍에도 끄덕없는 그런…… 배?"

"허허, 참. 객주를 지을 때도 이러쿵저러쿵 말이 많더니만, 또 시작이구나. 튼튼한 배라면 걱정 말아라. 덕판배라면 문제 없을 거다."

방만이 시원스레 말했다.

덕판배는 조랑말을 2~30마리까지 실어나를 수 있는 탐라의 배였다. 덕판배는 크기는 작았지만, 육지 배들보다 날쌔고 견고한 구조로 되어 있었기 때문에 뭍으로 나가는 상선(商船)과 진상선(進上船)으로 꽤 쓰임이 많았다.

덕판배의 상부는 섬의 암석 해안에 부딪쳐도 견뎌낼 수 있도록 두툼한 나무판을 대고, 그 밑으로 통나무 보호대를 가로 놓았다. 이런 뱃머리 구조로 인해 내파성, 즉 높은 파도에 기울어졌다가 복원되는 안전성이 컸다. 뿐만 아니라 돛이나 노, 키 등 모든 동력원이 파손되었을 때에도 안전하게 표류하도록 대나무로 만든 부동식 닻인 풍(風)을 장착해 원거리 항해에서의 안전성을 높였다. 또한 구실잣밤나무로 제작되어 아주 튼튼하고, 솔피나무로 피새(나무 재질의 못)를 만들어 이음 부분을 연결했다.

평생 집을 짓던 방만은 그 누구보다 목재에 대한 이해가 탁월했고, 목수들이나 상인들, 선주(船主)들과의 관계에서도 늘 형님 소리를 들을 정도였기 때문에 만덕은 어렵사리 이야기를 꺼냈던 것이다.

"그럼 이제 조심스럽게 배만 사면 되겠네. 언제든지 말만 해라, 짱구야. 선주놈들한테 술 한 동이 먼저 보내서 바가지 쓰지 않고 사게 해줄 테니."

긴 설명에 머리가 어질했던 양춘이 말했다.

"하르방 술만 있으면 전 조선 제일의 배도 살 수 있을 거예요. 그런데요, 방만 아즈방. 부탁이 하나 더 있어요."

"또? 뭐가 그리 많아?"

갑자기 상냥했던 기운이 싹 없어진 방만이 눈을 치켜뜨며 물었다. 저 인간은 역시 귀찮다는 표정으로.

"배를 제 이름으로 말고, 아즈방 이름으로 사 주세요."

"뭐, 뭐라고? 이건 또 무슨 개뼉다귀 같은 소리야?"

방만이 벌컥 화를 내며 물었다. 평소 남에게 신세 지기를 죽기보다 싫어하던 그에게 갑자기 선주가 되어달라니 당연한 일이었다.

"아이, 오라방. 그렇게 화만 내지 말고 한번 들어나 봅시다."

월향이 방만의 손등을 톡톡 다독이자, 방만의 불평이 곧바로 사그라들었다.

"그래, 만덕아. 그것도 좋은 생각이다."

"개뿔! 듣지도 않고 뭐가 좋다는 거야?"

육손이의 동의에 방만이 또다시 역정을 냈다.

"그동안 면천을 아무리 시도해도 번번이 관아의 방해를 받았으니, 방만 오라방 이름으로 사는 게 더 안전할 수도 있어. 오라방이야 늘 뭍을 오갔던 사람이고, 지난번 공역을 끝내고 나라에서 면천도 받고 재물도 좀 받았으니, '느지막이 장사나 하려나 보다'고 사람들이 생각할 거야. 의심을 피하기에 가장 좋긴 하겠어. 오라방, 그렇게 해주실 거죠?"

그렇게 말하며 월향이 복사꽃처럼 환히 웃자, 방만은 얼결에 그러마, 대답해 버리고 말았다.

"감사해요, 아즈망."

월향이 방만을 아이 다루듯 잘 구슬르자, 만덕이 든든한 지원군에게 속삭였다.

"그리고…… 육손이 아즈방께도 부탁드릴 게 있어요."

"나한테 말이냐……?"

육손이는 저한테 부탁할 일이 뭐가 있냐는 듯한 눈으로 만덕을 쳐다보았다.

"앞으로 저랑 같이 객주의 모든 장부를 기록해주시고, 재정을 관리해주세요. 아즈방이 읽고 쓰시는 데 막힘이 없으시니, 꼭 도와주셔야 돼요."

방만에게 할 때와는 사뭇 다른 어조로 만덕이 육손이에게 명령 같은 부탁을 했다.

평소 서책을 읽어 식견이 넓고, 꼼꼼하면서도 과묵한 육손이는 이 일에 적격이었다. 육손이가 기록한 장부를 훑어보며, 시장의 흐름을 읽어내는 건 오롯이 만덕의 일이될 터였다.

이렇게 만덕은 커져 버린 객주의 효율적인 운영을 위해 오늘도 든든한 지원군들을 닦달하고 있었다. 여전히 아이 같은 표정으로 눈을 반짝이며……

순일한 바다에도 음흉한 약탈자는 존재한다.

안강어는 수심이 깊은 바다 밑에 웅크려 산다.

이들은 헤엄치는 속도가 너무 느려서 먹잇감을 뒤쫓을 수 없다. 그래서 모래바닥에 잠자코 가만히 엎드려 있다.

생김새는 산적에 버금갈 정도로 무시무시하다. 몸과 머리는 납작하고, 몸집에 비해 터무니없이 큰 입을 가지고 있다. 뾰족한 이빨은 너무도 촘촘해서 한번 걸려든 먹잇감은 빠져나갈 방도가 전혀 없다.

그런데 안강어가 바다의 약탈자로 여겨지는 건 그 생김새 때문이 아니다. 이들은 모습을 전혀 드러내지 않고도, 원하는 먹이를 단번에 낚아챌 수 있는 존재들이다.

먹을 게 많지 않은 심해 속에서 안강어는 며칠이든 참을성 있게 기다린다.

뿐만 아니라 이들은 먹이를 유인하기 위해 교활한 방법을 동원하는 '속임수'의 귀재들이다.

안강어는 머리 앞쪽에 가느다란 낚싯대 모양의 유인 돌기를 가지고 있다. 심지어 이 낚싯대 모양의 돌기에는 밥풀처럼 생긴 것이 대롱대롱 매달려 있다. 유유하게 헤엄치던 물고기들은 이것이 먹이인 줄 알고 서서히 다가온다. 이때 안강어는 입을 '쩍' 벌리고 사냥감을 꿀꺽 삼킨다.

그리고 언제 먹이를 잡아먹었냐는 듯, 아주 점잖게 시치미를 뚝 떼고 바닥 깊숙이 몸을 숨긴다.

안강어는 또다시 숨죽인 채 언제 올지 모를 먹잇감을 기다린다.

회첩

구구, 구구구구.

정원 한켠에 놓아둔 시렁에서 비둘기들이 머리를 맞대고, 모이를 먹고 있었다. 오랜만에 찾아든 화창한 날씨에 박찬성은 새 모이를 주며 그간 자신이 일궈낸 것들을 흐뭇하게 바라보았다.

한양 사대부들만큼은 아니지만 제법 넓직한 집과 고풍스러움마저 느껴지는 갖가지 물건들, 분주하게 오가는 종들의 모습, 그리고 아장아장 걸어다니며 재롱을 부리는 손자들.

딱 한 가지 생각만 불쑥 찾아들지 않는다면 꽤 호사스러운 노년을 보내는 중이었다. 이런 평화를 어김없이 깨는 그 괘씸한 생각이란, 갑작스레 모든 것이 끝나버리고, 가문이 몰락할 수도 있다는 것이다.

김만덕. 그 이름만 떠오르지 않으면 더 바랄 것이 없는 삶이었다.

"대감마님, 한양에서 서신이 당도했습니다."

"그래에?"

박찬성의 목소리에 생기가 돌았다.

낚아채듯 받아든 서신을 읽던 그의 얼굴에 서서히 비열한 웃음이 묻어났다.

어둑해질 무렵, 기방에는 하나둘 홍등(紅燈)이 밝혀졌다. 한껏 치장을 한 기녀들이 마당을 서성이며 사내들을 기다리고 있었다. 행수기녀가 된 예향이 이끌어가는 기방은 예전의 영광을 누리지 못했다. 월향이 연주하던 천상의 소리가 끊기고, 천상의 맛이라던 양춘의 술마저 공급받지 못했기 때문이다. 기방에 딱, 필요한 그것들이 지금은 만덕의 객주에 있으니 예향은 미치고 팔짝 뛸 노릇이었다.

그래도 간드러지는 콧소리만큼은 으뜸인 예향이 제주 목사 이철민의 잔에 술을 따르고 있었다.

"그간 조금 야위신듯합니다, 대감. 무슨 근심이라도 있으십니까?"

박찬성이 술을 한 모금 마신 뒤 입을 열었다.

"이 좁아터진 곳에서 별일이야 있겠소?"

이철민이 퉁명스럽게 받아쳤다.

한양에서였다면 상종도 하지 않을 위인이 자신과 친분을 쌓아보겠다고 굽신거리는 꼴이 마뜩잖았다. 한양에 한 자리 마련해 달라는 청탁이 뻔할 터였다.

"아드님 일로 마음이 번잡하신가 보옵니다."

"……"

박찬성의 말에 그의 눈썹이 꿈틀거렸다.

"기분이 상하셨다면 송구하옵니다. 한양에 사는 친척에게 우연히 그 댁 사연을 듣게 되었사옵니다."

박찬성은 여유를 부리며 말을 이어갔다.

"대체 뭘 들었다는 게요?"

이철민은 의뭉스런 속내를 숨긴 채 자신의 치부를 건드리는 이 늙은이를 쏘아보았다.

"대감, 소인 이곳에 오시는 제주 목사분들을 모신 세월이 삼십여 년이 넘사옵니다. 그 덕에 무엇이 독이 되고, 약이 되는지는 이제 눈을 감고도 알 수 있는 경륜을 얻게 되었지요. 오늘 저는 대감께 좋은 약을 소개해드리고자 하옵니다."

"그 좋은 약이란 게 뭔지 한번 들어나 봅시다."

이철민은 경계심을 늦추지 않고 말했다.

"피접과 파계귀종(罷繼歸宗, 파양)이옵니다."

박찬성이 확신에 찬 어조로 말했다.

"뭐, 뭐요?"

이철민의 뇌리에 그 두 마디 말이 박혔다.

이철민은 불혹이 되도록 아들을 두지 못했다.

그보다 세 살이 많은 박씨 부인에게서 아들을 얻는 일이 더 이상 불가능해지자, 집안에서는 양자를 들이는 문제를 두고 논의하기 시작했다. 그는 둘째 아우의 아들들을 눈여겨보기 시작했다. 딸만 셋인 그와 달리, 아우는 아들을 셋씩이나 두고 있었기 때문이다.

원래 양자를 들일 때에는 생가의 종통(宗統)을 더 중시 여겼기 때문에 큰아들을 양자로 보내는 경우는 거의 없었다. 그런데 웬일인지 아우가 너무도 쉽게 장남을 양자로 보내는 것에 동의했었다. 그는 장손의 대를 걱정해주는 아우의 배려에 울컥했었다.

큰 조카를 양자로 들인 후에야 비로소 이철민은 안심할 수 있었다. 귀애하던 딸들도 모두 혼인시켰고, 조카 역시 혼인을 한 이후에 양자로 들였기 때문에 큰 부담이 없었다.

그가 친족의 어린아이를 일찍부터 양자로 들이지 않은 것은 만약 어린 양자가 일찍 사망한 경우 재입양을 해야 하는 번거로움이 있을 수 있기 때문이었고, 마지막까지 자신의 혈육을 두고 싶어 했기 때문이기도 했다.

그런데 그가 가문의 대가 끊기지 않았다는 안도감에 젖어 있을 때, 예기치 못한 사건이 터지고 말았다.

"대감마님, 속히 나와 보셔야 할 것 같습니다."

"무슨 일이냐?"

늦은 밤, 행랑아범의 다급한 목소리에 그는 가슴이 철렁 내려앉았다.

"그, 그것이…… 와보셔야……."

대충 옷을 걸치고 건너간 아들의 방.

양자가 거품을 내뿜으며 방바닥에 쓰러져 있었다.

간질이었다.

"심한 발작은 잦아들었사온데……."

"주변을 물리고, 새아기를 들게 해라."

행랑아범이 조심스럽게 고하자, 이철민이 차갑게 내뱉었다.

며느리에게서 들은 소식은 참담했다. 양자는 어려서 간혹 발작을 일으키기는 했으나, 장성하면서 거의 나았다고 했다. 며느리 역시 혼인 이후에 두어 번 목격하고서야 그 사실을 알게 되었다고 어렵사리 털어놓았다.

"그랬구나, 그랬어."

이철민은 그제서야 아우가 선뜻 장남을 보낸 이유를 알았다. 아우도 숨겨온 병 때문에 장남 노릇을 하지 못하는 큰아들이 골칫덩이였을 것이다. 뚜렷한 명분 없이 차자(次子)에게 종통을 잇게 할 수도 없으니, 혼인을 서둘러 후손을 보려 했을 것이다. 그런데 이태가 넘도록 며느리에게 태기가 없어 아우 역시 골치를 썩고 있던 차에 양자 논의가 있었던 것이다. 병만 들키지 않는다면 자신은 골칫덩이를 처리하고, 형님과의 돈독한 우애도 과시할 수 있을 거라 여겼을 것이다.

당장에 아우를 불러 호통을 치고, 파계귀종을 진행하고 싶었다. 그리고 차자는 생가의 종통을 잇게 하고, 가장 똑똑한 아우의 셋째 아들을 양자로 들이고 싶었다. 아우도 잘못이 있으니 순순히 따를 게 분명했다.

그런데 또 다른 고민이 그의 발목을 잡고 있었다. 양자를 들이는 절차가 복잡하듯, 파계귀종의 절차 역시 국왕의 승인이 필요한 일이었다. 그는 양자의 일로 여러 번 가문이 거론되는 것이 꺼려졌다.

엎친 데 덮친 격으로 그 일을 해결하지도 못한 채, 갑작스럽게 제주 목사직을 제수받았다. 마음껏 웃을 수 없는 날들이 길어지고 있었다.

그런데 외딴 섬에서 잔뼈가 굵은 박찬성이 어떻게 알아냈는지, 자신의 집안일을 들추며 피접과 파계귀종을 언급하고 있었다.

"대감, 심려 놓으십시오. 이 늙은이, 기꺼이 대감께 득이 되는 존재가 될 것이옵니다."

"흠흠, 자세히 설명해 보시게."

이철민의 어조가 조금 누그러져 있었다.

"아드님을 탐라로 피접을 오게 하시옵소서. 탐라에서 쉬면서 병도 치료하고, 더 큰 일을 도모할 수 있는 방법이 있나이다."

박찬성의 목소리에 자신감이 배어났다.

"치료가 가능하긴 하겠소? 더 큰 일을 도모하다니, 그건 또 무슨 소리요?"

이철민이 반신반의했다.

"대감, 탐라엔 매[鷹]가 많사옵니다. 자고로 매술은 간질 치료를 위한 약술로 유명하지요. 이 탐라 땅에서 자식을 둔 자라면 매술의 효능을 모르는 이가 없사옵니다."

"오오! 그렇소?"

"대감께선 파계귀종을 하지 않고도 아드님을 이곳에 두시면서 병을 치료하실 수 있사옵니다. 하오나 이는 완벽한 방안은 못 될 것이옵니다. 간질이라는 병이 완치된 듯하다가도 별안간 발작이 생기기도 하니까요."

"그렇소. 그러니 나도 아우 집안에서 이를 숨긴 걸 까맣게 모르고 있었던 거요."

"그러니 피접을 핑계 삼아 불러들이시고, 더 큰 일을 도모하셔야지요. 아드님께서 탐라에 오시면 반드시 내아가 아닌, 객주에 머물게 하셔야 하옵니다."

박찬성이 목소리를 낮추고 속삭였다.

"아, 아니. 제주 목사의 아들이 어찌 그깟 초라한 객주에 머물 수 있단 말이오?"

이철민이 모멸감에 발끈했다.

"대감, 아드님을 내아에 두실 수 없는 이유가 두 가지 있사옵니다. 첫째 내아엔 들고 나는 사람들이 많사옵니다. 특히 한양에서 내려오는 관리들의 발길이 끊이지 않지요. 그런 곳에서 아드님의 병을 완벽하게 숨기실 수 있겠사옵니까? 또한 민간에서야 매술을 담는 것이 늘상 있는 일이오나, 내아에서 매사냥을 나간다면 분명 많은 이들이 아드님의 병을 의심할 것이옵니다. 사실 사람이 들고 나는 것이야 객주가 더 많사옵니다마는, 객주를 드나드는 자들이야 어차피 뜨내기 장사꾼들뿐이니 크게 심려치 않으셔도 되지요."

박찬성이 차분히 설명했다.

"……맞는 말이긴 하오. 그럼 나머지 이유는 무엇이오?"

이철민이 수염을 어루만지며 물었다.

"그 객주는 여느 객주들과 다르옵니다. 아주 많이 다르옵니다."

박찬성은 탐라 제일의 객주와 만덕이 만들어내는 진귀한 물건들을 설명하기 시작했다.

288

"그런데 수많은 여염집을 두고, 버젓이 객주에서 피접을 하면 괜한 눈총을 받지 않겠소?"

이철민이 석연치 않다는 표정으로 재차 물었다.

"그 점은 심려 놓으시옵소서. 탐라엔 유배 죄인이 많사옵니다. 하온데 한 고을에 배속되는 유배 죄인은 열 명을 넘지 못하옵니다. 그들의 기본적인 생계를 해결해주는 백성들이 곤궁해지는 것을 막기 위함이지요."

"그 말인즉슨…… 여염집엔 이미 유배 죄인들이 가득 찼다는 얘기요?"

"그러하옵니다. 그러니 대감께서는 백성들에게 부담을 주지 않고 피접을 하겠다는 명분을 내세우셔서 백성들의 마음까지 얻으실 수 있사옵니다."

박찬성이 술을 한 모금 마시며 목을 축였다.

"음…… 잃을 게 없는 방안이오."

"뿐만 아니라 아드님이 객주에 기거하시면서 조금씩 객주의 이익을 취하시다가 객주를 송두리째 빼앗을 수도 있사옵니다."

박찬성은 이번에는 기필코 만덕의 면천을 방해할 뿐 아니라, 그녀를 깡그리 망하게 해서 눈앞에서 치워버리겠다는 일념을 불태웠다.

"그, 그건 여가탈입(閭家奪入)이 아니오? 그 죄가 얼마나 중한지 알긴 하시오?"

이철민의 얼굴이 하얗게 질렸다.

여가탈입.

조선 후기에 이르러 한양에서는 피접을 명목으로 여염집을 빌린 뒤, 결국에는 그 집을 빼앗아버리는 양반들의 횡포가 판을 쳤다. 이에 선왕 대에는 관리들이 권력을 이용해 여염집을 강탈하고 부를 축적하던 일이 발각되면 곤장 백 대를 치고, 파직시켰으며, 삼 년 동안 옥살이를 하도록 규제를 강화했다. 더불어 대과나 소과의 합격도 취소되었고, 과거 응시도 육 년간 금지당했다.

"대감, 이곳은 한양 땅과 많이 다르옵니다. 철저히 고립되어 있으니, 발각될 일 따위는 결코 없을 것이옵니다. 그러니 대감께서는 한양에 돌아가신 후에도 아드님을 먼 곳에 떼어 놓으시고, 살살 구슬리셔서 객주를 송두리째 빼앗은 후, 재물을 불리실 수 있을 것이옵니다. 혹여 발각된다면 가문의 명예를 실추시킨 죄를 엄중히 물어 파계귀종을 하실 명분을 얻게 되지 않사옵니까? 그간 속을 끓이시던 파계귀종도 쉽게 해결되고, 재물까지 얻으시니 일석이조가 아니옵니까?"

박찬성이 확신에 찬 어조로 말했다.

"하하, 하하하! 그대의 식견이 참으로 탁월하오."

이철민은 답답했던 가슴이 뻥 뚫렸다. 위험을 감수해야 하는 일이긴 하나, 박찬성의 말대로 외딴 섬에서 일어나는 소소한 일 따위에 관심을 둘 관리들은 없을 터였다.

우두커니 서서 하염없이 바다를 바라보는 사내가 있었다.
푸른 물결 위를 나는 새를 보는 것인지.
해 질 녘 석양을 보는 것인지.
물 위에 비친 산그림자를 보는 것인지.
그도 아니면 푸른 물결에 그저 넋을 잃은 것인지……
좀처럼 미동도 하지 않던 사내가 이윽고 입을 열었다.
"참으로 넓구나. 바다란 이토록 광활한 것이구나!"
이원호는 난생처음 바라보는 바다에 마음이 빼앗겼다.

그가 봇짐 하나 달랑 메고 탐라 뱃길에 오른 것은 양부(養父)로부터 온 서신 때문이었다. 발작을 일으켰던 그 날 이후, 그는 양부가 노발대발하며 당장에라도 파계귀종을 진행할 거라고 각오하고 있었다. 이튿날 생부가 부리나케 달려와 그의 뺨을 후려치며, 그깟 치부조차 제대로 숨기지 못 했냐고, 차라리 그대로 죽어버리지 그랬냐고 호통을 쳤기 때문이다. 낯선 환경에서 잦아지는 발작 때문에 그의 마음은 자꾸 옹송그려졌다. 양부의 얼굴엔 웃음기가 사라지기 시작했고, 부인의 낯빛도 차가워지기 시작했다. 자신을 둘러싼 종들의 수군거림이 점점 심해지고 있었다.

답답한 마음에 방에만 처박혀 있던 그에게 때마침 탐라에서 부친의 서신이 당도한 것이다. 아비가 있는 탐라로 피접와서 병을 치료하며 쉬라는 내용이 담겨 있었다. 분명 자애로움이 묻어난 서신이었는데도 행간에 감춰진 부친의 속내를 알 수 없어 그는 불안했다. 혹여 험하다는 뱃길 여정에 자신을 내던져두고 죽이려는 건 아닌지, 차마 손수 죽일 수는 없으니 재이(災異)의 힘을 빌어 죽이려는 건 아닌지 의심마저 들었다.

그런데 막상 도착한 탐라는 꽤 근사했다. 망망대해를 건너막 탐라 땅을 밟았을 때 그는 가슴이 벅차올라 급기야 눈물을 흘리기 시작했다.

"아버님, 그간 편안하셨습니까? 절 받으시옵소서."

"절은 됐다. 필요한 일이 있으면 사람을 시켜 기별할 것이니, 이 길로 객주로 나가 여장을 풀거라. 어떻게 처신해야 할지는 네가 더 잘 알 터이니……."

이철민이 얼굴 한번 들지 않은 채 차갑게 내뱉었다.

절을 하려다 말고 엉거주춤 서 있던 이원호는 뒤통수를 심하게 맞은 듯했다.

'그럼 그렇지. 이곳에서도 난 여전히 버려질 꼴이구나. 그저 내가 망신스러워서 이 촌구석에 처박아 둘 심산이었던 게지. 피접은 무슨! 내아도 아닌 객주라니…….'

삐져나올 수 없는 말들이 속에 켜켜이 쌓였다.

그런데 늙은 종을 따라나선 곳에는 꽤 흥미로워 보이는 객주가 떡 하니 서 있었다.

이원호는 객주를 보고서야 비로소 왜 양부가 자신을 이곳으로 보냈는지 알 것 같았다. 양부가 이 객주를 눈독 들이고 있는 게 틀림없었다.

"내가 이곳에서 할 일이 따로 있었구나. 이 일을 도맡아야 파계귀종을 면할 수 있는 거겠구나……."

이원호가 씁쓸하게 중얼거렸다.

대낮에 나타난 선비 때문인지 다들 오후 내내 심란했었다. 대충 일을 마무리하고, 육손이의 방으로 모여들었다. 정작 방 주인은 영문도 모른 채 눈만 끔뻑였다.

"뭘까? 왜일까?"

이원호의 등장에 방만은 뭔가 구린내가 난다고 미심쩍어했다. 부임하는 제주 목사들마다 박찬성이 뇌물로 구워삶는 걸 모르지 않았기 때문이다.

"뭐가요, 아즈방?"

만덕이 의아한 듯 물었다.

"한양에서 피접 왔다는 선비 말이야, 뭔가 이상해서. 가대세(家垈稅, 집세)를 낸다잖아. 거참, 희한하네."

"왜 돈을 낸대도 지랄이야?"

의문이 풀리지 않자 양춘이도 괜시리 소리를 버럭 질렀다.

"그렇잖아요, 아즈방. 제주 목사의 아들이 버젓이 내아를 두고 객주에서 피접을 하겠다는 것도 이해가 안 되는데, 빼앗는 게 일상인 작자들이 돈까지 준다잖아요. 아무리 생각해도 이상해."

방만이 불퉁거렸다.

"피접을 왔는데 민가를 빌릴 수 없었겠지. 한양에서 유배 온 나리들이 꽉 찼잖아."

육손이도 처음엔 석연치 않았지만, 피접이라는 말에 의심을 풀었다. 아픈 사람에게 가혹할 수 없다는 생각에서였다.

"맞아요, 아즈방. 아픈 사람한테 어떻게 모질게 해요? 딱 봐도 인상이 그리 나빠 보이지는 않았어요."

만덕이 육손이의 말을 거들었다.

"아냐, 아냐. 똥내가 진동을 해. 내가 매의 눈으로 주시하겠어. 걸리기만 해봐라, 아주 그냥!"

방만이 눈에 힘을 잔뜩 주며 말했다.

이원호는 여장을 풀고, 객주에서의 피접을 시작했다.

이른 아침 바닷가를 거닐다 돌아온 그는 객주의 규모가 꽤 커서 내심 놀랐다. 아침부터 상인들이 분주히 오가고, 창고엔 물건들이 그득 넘쳐났다. 떠나기 전 따끈한 국밥에 수육으로 배를 두둑이 채우는 상인들은 활기차 보였다. 객주 주인의 인심이 후한지 모두들 얼굴에 웃음이 가득했다.

이원호는 요즘 그야말로 살맛이 났다.

객주에서 내준 방은 한양 집에 비할 바는 못 되었지만 군데군데 고풍스런 느낌이 나는 물건들이 눈길을 끌었고, 새벽녘까지 따뜻하게 봉덕을 덥혀준 덕에 편안한 잠자리를 즐길 수 있었다. 주인이 내주는 술은 한양에서조차 맛보지 못한 맛이었고, 갖가지 해산물의 짭조름한 맛은 그의 입맛을 돌게 했다.

얼마 전 적적해서 나가본 월대천 정자는 그 가운데 으뜸이었다. 탐라 양반들이 모여 그윽한 달빛에 취해 시를 짓는 모습은 보기만 해도 가슴이 떨렸다. 병 때문에 문밖에 나가보지 못했던 그의 삶에 빛이 스며들었다. 그는 난생처음 사람답게 지내고 있는 자신을 발견했다. 분명 낯선 곳인데도, 마음이 편해서인지 발작은 아직 일어나지 않고 있었다.

아침 산책을 다녀온 후 느긋하게 서책을 읽고 있을 때, 내아에서 사람을 보냈다. 서신을 받아든 그는 숨이 조여오기 시작했다.

쉴 만큼 쉬었을 테니 이제 긴히 해야 할 일이 있다. 앞으로 객주의 동향을 세세히 살펴 고하라, 이 일의 승패가 네 앞날을 결정할 것이다, 라는 내용의 서신이었다.

이원호는 양부가 어떻게 탐라 제일의 객주에 눈독을 들일 수 있는지 선뜻 이해가 되지 않았다. 자신이 그간 지켜본 객주는 규모도 상당하거니와 여느 객주와는 다른 운영 체계를 지닌 듯했다. 촌구석 무지렁이들이 주먹구구식으로 운영하는 객주가 결코 아니었다. 양부가 멋모르고 탐라 땅을 너무 얕잡아 보고 있는 듯했다. 분명 양부는 객주의 내부 사정을 전혀 모른 채 다른 이의 꼬임에 넘어가, 권력만 이용하면 쉽게 빼앗을 수 있을 거라 자부하는 것 같았다.

"이를 어쩐다……."

이원호의 고민이 깊어지고 있었다.

심란한 마음에 두루마기를 걸친 이원호는 바다로 향했다.

해 질 녘의 바다는 그에게 늘 위로가 되었다. 서두르는 법도, 나무라는 법도 없이 그저 집으로 돌아오는 이들을 푸근하게 품어주는 듯했다.

큰 바위 앞에 이르자 그의 발걸음이 멈춰 섰다. 바위 위에서 삿갓을 쓴 채 낚싯대를 드리운 사내 때문이었다.

"많이 낚으셨소?"

이원호가 사내에게 말을 붙였다.

"이 시간에 나리께서 어인 일로……."

육손이가 갑작스레 나타난 그를 보고 의아해 했다.

"머리나 좀 식힐 겸 해서……. 그나저나 뒷모습이 꼭 옛날

중국의 강태공 같구려."

"어찌 소인이 그분과 견줄 수 있겠습니까요? 그저 일이 끝나면 이렇게 하루를 정리하는 게 평생 습관이 되었을 뿐입니다."

육손이의 대답에 이원호는 문득 놀랐다. 신분은 천해 보이는데, 강태공이 누구인지 이미 아는 것 같고, 그저 하루하루 먹고 사는 데 급급한 여느 백성들과 달리 그에게서 선비의 풍모, 그 비슷한 분위기가 풍겼기 때문이다.

팽팽해진 낚싯줄을 느낀 육손이가 낚싯대를 힘차게 들어 올리자, 커다란 안강어가 딸려 올라왔다.

"와아! 대어를 낚으셨소."

이원호의 눈이 휘둥그레졌다.

"운이 좋은 날입니다. 이놈 덕분에 일찍 들어가게 되었으니까요."

"아니, 왜 더 잡지 않소?"

"이미 두 마리나 잡았는 걸요?"

어망을 들여다본 이원호는 머리를 갸우뚱했다. 아무리 봐도 지금 낚아 올린 안강어밖에 없는데 무슨 소리를 하는 건지 도통 모르겠다는 표정이었다.

"아, 제가 말씀드린다는 걸 깜빡했습니다. 안강어 뱃속에 가자미까지 들어 있으니, 두 마리를 낚았다는 뜻입니다."

육손이가 겸연쩍어하며 대답했다.

"그건 또 무슨 말이오?"

"안강어는 워낙에 입이 커서 먹이를 통째로 삼키는 경우가 많습니다. 그래서 배를 갈라보면 가자미가 고스란히 들어있는 경우가 종종 있지요."

"아아! 딱, 일거양득(一擧兩得)이로군. 그런데 참 욕심 많고 사납게 생긴 어종이구려. 모습만 봐서는 도통 입맛을 당기게 생기지는 않았소."

이원호는 쭈그리고 앉아 한참 동안 안강어를 들여다보았다.

"그대의 삶도 쉽진 않았겠구려……."

긴 침묵을 깨고 이원호가 말을 꺼냈다. 아까부터 보게 된 육손이의 손가락 때문이었다.

"아, 이거요? 아무리 숨겨도 드러나는 치부 때문에 한때는 한스럽기도 했고, 체념하기도 했습지요. 그런데 한 꼬마 아이 때문에 생각을 고쳐먹게 되었습니다."

"꼬마 아이?"

기형적인 손가락 얘기에 웬 꼬마가 등장하자, 이원호가 되물었다.

"한 꼬마가 다가와서 인사를 건네더니만, 뜬금없이 이 작은 손가락이 앙증맞고 귀엽다고 하더라고요. 아무도 제게 그런 말을 해준 적이 없었습니다. 병신이라고 수군거리고, 무슨 일만 생기면 모두 제 손가락 탓이라고 했으니까요. 사실 그날

298

은 그 꼬마가 제 가족을 모두 잃은 날이었어요. 창졸간에 부모를 잃고 기방에 맡겨진 아이가 제 앞에 놓인 가늠할 수 없는 상처마저 딛고 일어나더니, 못난 어른들까지 구하더라고요."

"어린아이가 어른을 구했다고 했소?"

이원호는 점점 더 아이의 정체가 궁금해지기 시작했다.

"그 아이 덕에 평생 병신 취급당하던 저는 가슴을 펴고 살 수 있게 되었지요. 뿐만 아니라 그 아이 덕에 평생 연모하고 숱하게 버려지기만 했던 이는 평범한 아낙의 삶을 살게 되었고, 그 아이 덕에 평생 세상을 등지고, 초가에 틀어박혀 살던 이는 웃게 되었고, 그 아이 덕에 평생 마음 붙이지 못하고 떠돌던 이는 뿌리를 내리고 살게 되었지요."

"혹시 그 꼬마가 지금 객주 주인이오?"

가만히 듣고만 있던 이원호가 넌지시 물었다.

"예, 그 아이 이름이 만덕이에요. 김만덕."

육손이가 나지막이 말했다.

"참으로 귀하고 따듯한 사람이구려."

이원호는 깊은 생각에 잠겼다. 자신의 삶도 이들처럼 바뀌고 싶다는 실낱같은 희망이 마음 한 곳에 가만히 들어서고 있었다.

그리고 그는 문득 깨달았다. 낯설기만 한 객주가 편해졌던 건 흐르는 시간 때문이 아니라, 그 속에 깃들어 사는 사람들의 따듯한 온기 때문이라는 걸.

　푹푹 찌는 늦여름 오후, 기승을 부리던 무더위가 사그러들
고 갑작스럽게 폭우가 쏟아져 내렸다. 돌풍을 동반한 폭우는
이제 하늘에 구멍이 난 듯 쏟아지고 있었다.
　장부를 보고 있던 만덕은 후다닥 뛰어나가 풍채를 내리고,
봉덕에 불을 때기 시작했다. 오후 느지막이 산책을 나갔던 한
양 나리가 돌아와서 따듯하게 쉬게 하려는 생각에서였다.
　그런데 한참이 지나도 그가 돌아오지 않자, 만덕은 슬슬 걱
정이 되기 시작했다.
　"아즈망, 저 잠시 나갔다 올게요."
　"이 비바람에 어딜 가려고? 이 정도 폭우면 벌써 몇 집 지붕
은 날아갔을 거야."
　월향이 걱정스러운 듯 물었다.
　"그러니까요. 한양 나리가 탐라의 실정을 모르시니 나가봐
야 할 것 같아요."
　도롱이를 걸친 만덕이 큰 도롱이 하나를 더 챙기며 말했다.
　"조심해야 한다. 그런데 어디로 찾으러 가려고?"
　월향이 암담한 듯 물었다.
　"바다에 자주 나가시니, 먼저 그쪽으로 가봐야죠."
　"바다 쪽에는 안 계시는 듯하다. 관아 쪽으로 한번 가봐라."

이제 막 바다에서 돌아온 육손이가 흠뻑 젖은 삿갓을 벗으며 말했다.

"예, 얼른 다녀올게요."

만덕은 급히 집을 나섰다.

한양 나리가 객주 한켠에 기거한 지도 어느새 한 계절을 넘기고 있었다. 만덕에게 이원호는 더 이상 뜨내기 객이 아니었다. 살뜰하게 챙겨서 건강하게 한양으로 올려보내야 할 병약한 환자였다. 이원호의 낯빛이 딱히 병색이 있어 보이지는 않았지만, 만덕은 그저 말 못 할 사연이 있을 거라고만 짐작하고 있었다.

아니나 다를까.

비를 흠뻑 맞은 이원호가 오도가도 못하고 남의 집 처마 밑에 서 있었다.

"나리, 나으리이이!"

"날씨가 사나운데 이곳엔 어인 일로 오셨소?"

뛰어가서 도롱이를 내밀던 만덕은 그의 이마에서 흐르는 피를 발견했다.

"아이고, 나으리! 피가 납니다요! 우선 이걸로라도 닦으셔요. 어쩌다 이리되셨습니까?"

만덕이 머리에 두르고 있던 두건을 벗어 건넸다.

"바람에 부러지면서 날아든 나뭇가지에 맞았소."

"이 정도면 그나마 천만다행입니다. 그나저나 병약하신 분께서 이 비에 고뿔이라도 드시면 어쩐대요?"

"……고맙소. 고뿔 때문에 생길 병은 아니라서……. 한양에서 내리던 장대비랑은 차원이 다르긴 하오, 허허허."

이원호가 말끝을 흐리며 웃었다.

"큰일 날 소리를 하시네요. 탐라의 폭우는 사람을 여럿 죽게 할 정도로 사나워요. 어디 그뿐인가요? 오늘 같은 폭우에는 멀쩡히 걸어가다가도 홀랑 날아가 버린 지붕에 맞아서 다치기도 하고, 깔리기도 하거든요. 이런 날씨에 함부로 다니시면 절대 안 됩니다."

만덕이 애달픈 누이처럼 그를 걱정했다.

"고맙소. 그런데 그토록 위험하다는 이 날씨에 주인장은 어디를 가던 길이오?"

이원호가 도롱이를 걸치며 물었다.

"……."

"설마, 나를 찾으러 나온 게요?"

"아이고, 추우실 텐데 얼른 객주로 가시지요. 나리께서 따듯하게 몸을 녹이실 수 있게 봉덕에 불도 미리 때 났습니다."

뭘 그리 당연한 걸 묻냐는 얼굴로, 만덕이 이원호를 채근했다.

이마를 지그시 누른 채 객주에 들어서는 이원호를 보자, 육손이는 조용히 애엽차(艾葉茶, 지혈에 좋은 약쑥차)를 끓이기 시작했다.

그날 밤, 이원호는 따듯한 봉덕에 몸을 녹이며 낯선 감정에 사로잡혔다.

이 낯선 감정 때문에 눈시울이 붉어지고, 자꾸 목이 메고 있었다.

지금 자신은 낯선 이들에게 '보살핌'을 받고 있었다.

깊은 곳에 똬리를 틀고 있던 삿된 마음 한 조각이 툭, 떨어져 나갔다.

그리고 그는 새로운 결심을 했다.

그는 이들을 지켜주고 싶었다.

그리고 아비의 탐욕으로부터 이들의 보금자리도 지켜주고 싶었다.

자신의 장래와 가문의 얄팍한 욕심 때문에 이들의 마음에 흠집을 내고, 삶의 터전을 송두리째 빼앗을 수는 없었다.

적어도 사람이라면…… 그래서는 안 되는 거였다.

뜻밖의 선택

밖에서 객주 주인과 노인네들이 옥신각신 투닥거리는 소리가 들려왔다.

크큭, 흐흐흡.

이원호는 방 안에서 데굴거리며 웃기 시작했다.

근래 객주에서 제일 재밌는 일이 바로 저들을 바라보는 것이다. 딱 봐도 혈육들은 아닌 것 같은데 스스럼없이 대하는 모습이 살가웠다. 지지고 볶으며 으르렁대다가도, 살뜰히 챙기는 모습에 사람 냄새가 물씬 풍겼다.

언제 죽어도 이상하지 않을 고령의 노인.

고운 미색을 지니고도 하루 종일 군말 없이 국밥을 끓이는 여인.

사람들에게 늘 퉁퉁거리면서도 여인이 부르면 부리나케 달려가는 사내.

꼿꼿하게 앉아서 장부를 정리하는 모습이 서책을 읽는 선비를 빼닮은 사내.

그리고 제일 흥미로운 인물은, 중년의 나이가 되도록 땋은 머리를 길게 늘어뜨린 채 온종일 종알대는 객주의 주인이었다. 누가 봐도 이 여인은 이들 사이에서 중심이었고, 모두의 사랑과 보살핌을 듬뿍 받고 있었다. 하늘에 쏟아지는 수많은 별들이 북신(北辰, 북극성)을 향하듯, 모두가 이 여인을 위해 존재하는 듯했다.

방 안에서 얼핏 들리는 이들의 대화는 늘 그를 웃음짓게 만들었다.

어젯밤 양부로부터 온 서신으로 마음이 상했던 그는 시끌벅적한 사람들의 웃음소리로 애써 마음을 추스르고 있었다.

"나으리, 오늘은 산으로 가십니까?"

만덕이 평소와 달리 활을 든 이원호에게 물었다.

"맞네. 산 구경도 하고, 사냥도 좀 하고……."

이원호가 말끝을 흐렸다.

"조심히 다녀오세요. 해 떨어지기 전에는 꼭 돌아오셔야 합니다."

만덕이 걱정스러운 듯 말했다.

"몸이 많이 좋아지신 건가? 초행길에 사냥을 하는 건 무리

일 텐데……."

육손이의 시선이 그를 향해 있었다.

"딱 봐도 백면서생이네. 저 냥반 꼴을 보아하니 오늘 처음 활을 잡은 것 같은데……. 피접을 올 정도로 골골한 위인이 갑자기 사냥이라니, 아무래도 이상하다니까. 정말 이상해."

방만이 의심스럽다는 듯 눈을 가늘게 뜨고 중얼거렸다.

그새 양춘이는 밥 한 그릇을 뚝딱 비우고, 부리나케 객주를 떠났다.

푸득, 푸드득.

산으로 향하는 이원호는 마음이 착잡했다. 산에 오르는 것이 익숙지 않아 자꾸 발이 미끄러졌고, 처음 둘러멘 활과 화살통도 버거웠다.

"좀 쉬었다 가야지."

나무 그늘 아래 철퍼덕 주저앉은 그는 땀을 닦아냈다.

태어나서 한 번도 활을 잡아본 적이 없는 그에게 매사냥을 하라니. 심지어 사냥을 가르쳐줄 이를 보내주기는커녕 달랑 활과 화살만 보내주며 은밀히 하라니. 양부의 숨겨진 뜻을 읽어내느라 그는 자꾸 진땀이 났다. 소맷자락에서 다시 서신을 펼쳐 들었다.

요즘 객주 안에서 머무는 시간이 길다더구나.

머리도 좀 식힐 겸 사냥을 배워보도록 해라. 다만 은밀
히 하여라.

틈틈이 객주의 상황을 알리는 것도 게을리 하지 말라.
특히 이번에 뭍에서 상인들이 들어오면 선상(船商)들을
잘 살펴 자세히 고하도록 해라.

"선상이라…… 무슨 꿍꿍인지……."

그는 서신을 구겨쥐며 생각에 잠겼다.

이런저런 상념에 젖어 있을 때, 바스락거리는 소리가 들렸
다. 별생각 없이 몸을 일으키던 이원호는 눈앞에서 혀를 낼름
거리며 대가리를 치켜든 뱀과 맞닥뜨렸다. 활과 화살을 더듬
는 그의 손이 덜덜 떨렸다.

쉭, 쉬익.

대가리를 꼿꼿하게 세운 뱀이 독을 뿜어내자, 그는 그대로
땅 위로 쓰러져 의식을 잃었다.

헉헉, 허허헉.

양춘이가 팔을 허우적대며 산을 오르고 있었다.

아침나절 객주를 떠나는 이원호의 모습이 심상치 않아 뒤
따라온 것이다. 그런데 젊은 선비의 발이 빨라, 그를 놓치고

말았다.

"왜 산을 모르는 것들이 겁도 없이 산을 쏘다니는 거야? 아주 그냥 죽고 싶어서 환장을 한 거지! 찾기만 해봐라."

양춘이의 입에서 욕이 슬슬 삐져나왔다.

오래전 만덕이를 찾아 나섰던 그 날 밤이 떠오르자, 더 열이 오르기 시작했다.

한 줄기 쨍한 햇빛이 창으로 스며들자, 이원호의 눈이 스르르 떠졌다.

몸을 움직이려 해도 말을 듣지 않자, 그는 고개를 돌려 방안을 살피기 시작했다. 독사를 맞닥뜨린 이후 의식을 잃었던 것 같다. 낯선 곳에서 그는 또다시 불안해지기 시작했다.

"깨어나셨습니까?"

객주에 살다시피 하는 고령의 노인이 문을 밀고 들어왔다.

"아, 아니! 자네가 어찌 이곳에……."

"소인의 집입니다. 깊은 산중에 있어 아무도 찾는 이가 없습지요. 회복하시고 천천히 내려가십시오. 이건 지금 쭉 들이키시고요."

"읍, 이게 뭐요?"

역한 냄새에 이원호가 인상을 찌푸렸다.

"매술입니다요."

"내가 또 발작을 일으켰나 보오."

"소인의 집에 매술이 많이 있으니, 앞으론 매사냥을 나가지 마시고 이곳으로 오시지요."

"면목 없지만, 신세 좀 지겠소."

이원호가 매술을 마시며 말했다.

"소인은 깊은 산속에 사느라 사람들과 왕래가 많지 않습니다."

양춘이는 아무에게도 이 사실을 발설하지 않겠다는 마음을 그렇게 전했다.

"고맙소. 참으로 고맙소."

이원호가 희미하게 웃었다.

며칠 후 기력을 회복한 이원호는 곧장 내아로 향했다.

"백부님, 절 받으십시오."

"사람을 보낼 것이지, 웬 발걸음이냐?"

이철민은 두 귀를 의심했다. 양자가 자신을 아버님이 아닌 백부로 부르고 있었기 때문이다.

"긴히 드릴 말씀이 있어서 찾아뵈었습니다."

"오, 그래? 객주에 새로운 동향이라도 있었느냐? 이왕 발걸음을 했으니 자세히 말해보거라."

이철민의 얼굴에 화색이 돌았다.

"품으신 뜻을 단념하십시오."

"뭐, 뭐라?"

"백부님께서 눈여겨 보시는 객주를 단념하시라는 뜻입니다."

이원호가 단호한 어조로 말했다.

쫘악!

갑작스러운 양자의 말에 당황한 이철민은 따귀부터 후려
쳤다.

"이, 이놈이 미쳤나? 시키는 일이나 할 것이지, 무슨 얼토당
토않은 말을 지껄이는 게야?"

이철민이 귀까지 빨개져 소리를 내질렀다.

"저는 이제 백부님을 돕지 않을 것이옵니다. 다시 말씀드리
지만, 저는 이 일에 관여치 않을 것입니다."

"왜? 어째서 못하겠다는 게냐? 네가 이곳에 온 이유를 정녕
모르는 것이냐?"

"선상들을 매수해 뭍의 상인들과 결탁한 후, 객주의 이익을
몰래 취하실 것 아닙니까? 그리고 종국엔 객주를 빼앗을 생각
이 아니십니까? 선왕께서 엄히 금하신 일을 어찌 시작하려 하
십니까? 이 객주는 여느 객주들과 다르옵니다. 얕잡아 보셔서
는 아니되옵니다."

"감히 네놈 따위가 나를 가르치려 드는 것이냐? 공연히 긁
어 부스럼 만들지 말고, 입 닥치고 시키는 일을 해야 할 것이

다. 그래야······."

제 입으로 더 말하기 거북스러웠던 이철민은 말꼬리를 흐렸다.

"그래야, 파계귀종을 면할 수 있을 테니까요."

이원호가 고개를 빳빳이 들고 대신 말을 이었다.

"이제야 말이 통하는구나."

"아니요, 백부님. 부디 저를 파계귀종 시켜주십시오. 버려지는 건 더 이상 두렵지 않습니다. 이제 저는 본가로도 돌아가지 않을 것입니다. 이곳에서 마음 편히 여생을 살겠습니다."

"이, 이런 미친!"

"탐라로 불러주신 은혜는 잊지 않겠습니다, 백부님."

이원호가 담담히 말을 마치고, 내아를 떠났다.

이철민은 분노로 몸이 부들부들 떨렸다. 유순하던 양자가 말대답을 하다못해, 파계귀종 따위로 자신을 협박하지 말라는 말을 침착하게 하고 있었다. 똑똑한 새 양자와 엄청난 부(富)를 거머쥘 생각에 부풀었던 그의 가슴에 펑, 구멍이 뚫렸다.

바다 이야기 9
산호

자연의 모든 생명체는 존재의 영속성을 이어가기 위해 특별한 '지혜'를 타고 난다.

사람들은 이를 '모성'이라고 부른다.

그런데 인간이 지닌 '모성'이 늘 가슴 뭉클한 감동을 자아내는 것은 아니다. 때론 비뚤어지고 뒤틀린 방법으로 발휘되어 상흔을 남기기도 한다.

하지만 자연이 품은 '지혜'는 결코 어긋나는 법이 없다.

자연은 그 '지혜'로 헛된 욕망을 추구하지 않기 때문이다.

자연의 모든 생명체가 추구하는 단 한 가지 섭리.

그것은 바로 '일부'가 되어가는 것이다.

땅에 떨어진 작은 씨앗이 한 곳에 뿌리내려 거목이 되더라도, 나무는 죽는 순간까지 그저 숲의 '일부'가 될 뿐이다. 나무는 '전부'의 파괴력을 알기에, '일부'가 되기를 선택한다. 이 때문에 인간보다 더 오래, 더 강인하게 살아남을 수 있었다.

산호는 나무와 비슷한 생을 살아간다.

그래서 사람들은 산호를 바닷속 '나무'라고 부르기도 한다.

화려한 아름다움을 지닌 산호에게 치명적 약점이 있다면, 바로 자유롭게 움직일 수 없다는 것이다. 단단한 성질과 한 곳에 붙어 자라는 특성 때문에 산호는 많은 제약을 감수해야 한다.

부모 산호는 약하고 민감한 알들을 몸속에 품고 있다가, 포식자들이 모두 잠든 깊은 밤에 안전한 산란을 시도한다. 산호들이 일제히 알을 뿜어내면 좁쌀보다 작은 알들은 하나씩 흩어져 물속을 떠다니다가, 단단한 바위에 붙어 자라기 시작한다. 조개껍데기처럼 단단한 골격을 형성한 산호는 이 주가 지나면 촉수가 생겨난다.

단단한 골격에 촉수까지 갖춘 산호는 나무에 핀 꽃처럼 섬세하고 아름다운 자태를 뽐낸다.

아니지!

자연의 온갖 색을 머금은 산호의 화려함을 어찌 나무에 핀 꽃에 비할 수 있을까?

산호의 부드러움을 어찌 여인의 하늘거리는 비단옷에 비할 수 있을까?

산호의 아름다움을 어찌 초록 일색인 육지의 나무에 비할 수 있을까?

산호는······ 단연코 바다의 걸작이라 할 만하다.

자연의 '일부'가 되어가는 것만큼이나 중요한 또 하나의 섭리는 '공생'이다. 산호가 바다의 걸작이 될 수 있는 이유도 이 때문이다.

물고기처럼 헤엄을 칠 수도 없고, 유생들처럼 둥둥 떠다니지도 못하는 산호들은 바위에 붙어살면서 거대한 군집을 형성한다. 수십만 개의 산호는 서로 모여 살면서 거대한 구조물을 만든다. 단단한 골격 위에 또 다른 골격을 얹어가며 거대하게 몸집을 불려가는 것이다. 이들이 만들어내는 구조물은 인간들이 만든 어떤 구조물보다 아름답다.

하지만 산호는 견고한 구조물로 위용을 떨치며 군림하는 것이 아니라, 의외로 가장 약한 생명체와도 손을 잡는다. 그리고 이 생뚱맞은 방법은 산호를 더 강하고 아름답게 만들어간다.

산호 안에는 황록색의 작은 식물이 함께 산다. 이 식물은 산호에게 필요한 양식을 제공하고, 산호는 이들을 안전하게 품어주면서 공생하는 것이다. 산호는 이들 덕분에 충분한 양식을 얻고, 몸집을 키울 수 있다. 그러나 이들의 '공생' 관계가 영원히 지속되는 건 아니다.

주변 환경에 문제가 생기면 산호와 황록 식물의 공생은 깨진다. 가령 과도한 햇빛으로 물이 너무 따듯해지면, 황록 식물은 산호에게 제대로 된 양식을 공급하지 못하게 된다.

이제 산호는 결정해야 한다.

몸속의 세입자를 야멸차게 뱉어낼지, 아니면 계속 공생을 이어가야 할지를.

이상 신호를 감지한 산호가 즉시 세입자를 몸속에서 뱉어내고 공생을 끝내는 순간, 그토록 아름다웠던 산호는 색을 잃고, 점점 하얗게 변하다가 죽고 만다. 앙상한 골격만 남긴 채.

산호가 아름다울 수 있는 진짜 비결은…….

위기 앞에서도 과감하게 '공생'을 선택할 때 가능한 것이다.

유령마을

　모두가 잠든 저녁, 객줏방 여기저기에서 바람이 숭숭 새어 들고 있었다. 예년보다 빨리 찾아드는 추위에 만덕은 봉덕에 불을 때고, 육손이와 함께 장부를 정리하고 있었다.

　딸그락, 딸그라아악.

　아까부터 들려오던 소리에 예민해진 만덕이 귀를 쫑긋 세웠다.

　"아즈방, 무슨 소리 안 들리세요?"

　"글쎄다. 바람이 부니까 여기저기에서 소리가 나겠지."

　육손이가 장부에 머리를 박고 중얼거렸다.

　평생 낚시를 하던 육손이는 요즘 장부 정리에 나름 열심이었고, 꽤나 재미있어 보이기까지 했다. 주판을 통통 튕기는 그의 손가락엔 여전히 꼬마 손가락이 달려 있었지만, 이제 그는 더 이상 애써 숨기려 하지 않았다.

톡톡, 톡톡톡.

"보세요, 아즈방. 무슨 소리가 들린다니까요."

"그래? 이건 주판 튕기는 소리인데……."

육손이가 머리를 갸우뚱하며 귀를 기울였다.

"정지에 나가봐야겠어요. 쥐가 들어왔나? 으이구, 징그러워. 쥐면 어떡해요, 아즈방?"

만덕이 평소와 다르게 겁을 잔뜩 먹은 표정으로 말했다.

"만덕아. 예전에 양춘 아즈방한테 술 배울 때 매일 토막 난 쥐랑 뱀을 치웠다고 하지 않았냐?"

육손이가 놀리듯 물었다.

"아즈방, 말도 마세요. 그때는 그 징그러운 것들보다 하르방이 훨씬 더 무서워서 억지로 했던 거예요. 그 이후에 저는 악몽을 꿔도 꼭 뱀이나 쥐 떼한테 쫓기는 꿈만 꿔요. 너무 많은 살생이었던 거죠. 하르방이 죽이신 걸 제가 치운 거긴 하지만."

"내가 나가보마."

육손이가 방을 나서자, 만덕도 뒤따라 나섰다.

"헉!"

툭.

만덕과 육손이는 정지 앞에서 작은 사내아이와 맞닥뜨렸

다. 갑작스런 인기척에 놀란 아이는 손에 들고 있던 것을 떨어뜨리고 말았다.

"너는…… 누구니?"

만덕이 의아해서 물었다.

"죄송해요……."

아이가 갑자기 무릎을 꿇으며 빌기 시작했다.

"배가 고프면 밥을 달라고 얘기하면 되는데…… 왜 도둑질을……."

당황한 만덕이 말을 잇지 못했다.

"살려주세요. 제발 관아에 넘기지만 말아주세요."

땟국물이 줄줄 흐르는 얼굴에 다 해진 옷을 걸치고 있던 아이는 급기야 꺼이꺼이 울기 시작했다.

만덕이 아이를 달래 방으로 들어가자, 육손이는 삶은 고구마와 숭늉을 들고 들어왔다. 괜찮으니 어서 먹으라는 육손이의 말에도, 아이는 한사코 먹지 않고 품속에 고구마를 넣고 있었다.

"집이 어디냐? 해치려는 게 아니다. 네가 알려줘야 우리가 도울 수 있지 않겠니."

육손이가 안심하라는 어조로 말했다.

"지금은 집이 없어요……. 어망이랑 동생이랑 산속에서 지내요. 오늘 음식을 못 구해가면 어망이 내일 동생을 버릴지도 몰라요, 흐흐흑."

동생을 버릴지도 모른다는 말에 만덕의 몸이 움찔했다. 자신의 피붙이들과 달리, 이 작고 여린 아이는 끝까지 동생을 지키고 싶었던 거라고 생각하니 눈물이 핑 돌았다.

아이의 아비는 과원(果園)에서 귤나무를 기르던 과원역(果園役)을 살았다. 지난봄부터 조금씩 찾아든 기근이 점차 심해지고 있었다. 봄철에 밭농사가 냉해와 한해를 입었고, 그것을 이겨내지도 못한 채 여름엔 수해를 입었다. 가까스로 살아남은 작물들은 가을에 접어들자 풍해와 충해까지 입은 실정이었다. 과원에서 기르던 귤나무도 풍해를 심하게 입어 뿌리째 뽑히거나, 누렇게 뜬 채 말라 죽고 있었다. 사람들의 얼굴에서 조금씩 웃음기가 사라지고 있었다.

그런데 조정에서 공물로 요구하는 귤의 수량은 전혀 줄어들지 않았다. 설상가상으로 관리들은 바람에 떨어진 귤의 수량이 많자, 부족한 공물의 양을 모두 백성들에게 채우라고 닦달하기 시작했다. 향기롭고 귀한 탐라의 귤이 백성들의 목을 조여오기 시작했다.

참다못한 아이의 아비는 결국 펄펄 끓는 물을 귤나무에 부었다. 이 나무가 죽어 없어져야 숨통이 트일 것 같다고 울부짖었다. 이 일이 발각되어 그는 관아에 끌려가 곤장을 맞았고, 오래 굶주린 탓에 쇠약해진 그는 결국 곤장 몇 대에 목숨을 잃고 말았다. 아이의 어미 역시 연좌되어 관아에서 곤장을 맞고, 장독(杖毒)이 온몸에 번져 오래 누워 있었다. 그리고 어느 날 밤, 어미는 짐을 꾸려 잠든 아이들을 깨워 산속으로 숨어들었다.

백성으로서의 삶을 포기한 아이의 어미는 그렇게 유랑민이 되었다. 조선이란 나라에서 유랑민이 된다는 건…… 기근이나 위급한 상황에 나라의 도움을 전혀 받을 수 없다는 것을 뜻했다. 흉년이 들어 죽 한 그릇 얻어먹으려 해도 호적에 등재되어 공물을 내고, 부역을 사는 백성에게만 가능한 일이지, 유랑민들은 철저히 제외시켰기 때문이다. 그럼에도 불구하고 아이의 어미는 마을을 버렸고, 어린 두 아들을 이끌고 산속으로 찾아들었다. 이제 막 젖을 뗀 어린 동생은 배가 고파 우느라 지쳤고, 지켜보던 어미는 아이를 살리기 위해 남의 집 업둥이로라도 살 수 있도록 하게 할 생각이었다. 어미의 결심이 실행되는 걸 막기 위해, 아이는 필사적으로 산을 내려와 만덕의 객주에 이른 것이다.

만덕은 이것저것 먹을거리와 두툼한 옷 몇 벌을 챙겨 넣었다. 아이를 앞세우고 육손이가 든 등불에 의지해 산을 한참 오르는데, 아이가 갑자기 울기 시작했다.

"흐흐흑. 어떡해요? 분명 이 근처였는데…… 어망이랑 동생이 안 보여요."

"걱정 마, 얘야. 내가 산길을 아주 잘 알아. 곧 찾을 수 있을 거야."

만덕이 아이의 손을 더 꽉 잡고 걸었다. 만덕의 얼굴에 땀이 송골송골 맺히고, 육손이의 등에서 비 오듯 땀이 흘러내릴 즈음, 멀리서 어렴풋이 아기의 울음소리가 들리는 듯했다. 아이의 어미와 어린 동생은 나무 아래 웅크리고 앉아 있었다. 만덕이 말없이 다가가 옷을 덮어주고, 음식을 놓아주자 어미는 울음을 터트렸다.

"고맙습니다, 정말 고맙습니다. 살길이 막막해서 삿된 마음을 먹었어요. 큰아이가 없어졌길래 차라리 도망쳐서 너라도 살아라, 배고프지 말고 너라도 살아라, 빌던 참이었어요. 그리고 아이가 돌아와도 우리를 찾지 못하게 여기까지 비척대며 걸어 왔네요. 흑, 흐흑. 저는 어미 될 자격도 없는 사람이에요."

아이의 어미는 가슴팍을 치며 서럽게 울었다.

아이는 어느새 어린 동생을 끌어안고 밥을 먹이며 숭늉까지 떠먹이고 있었다. 육손이는 아이들이 추울까 봐 나뭇가지를 주워 불을 피우고 있었다.

"아즈방, 아즈방!"

어스름한 새벽부터 육손이가 양춘이를 애타게 불렀다.

"으응? 이렇게 일찍 뭔 일……."

문을 열고 나오던 양춘이는 잠이 확 깼다.

문 앞에 웬 거지꼴을 한 여인과 두 아이가 만덕이와 함께 서 있었다.

산속에서 아이들과 어미가 허겁지겁 밥을 먹는 동안 만덕은 심각한 얼굴로 육손이와 이야기를 나누었다. 도망친 이들을 분명 관아에서 찾으려고 혈안이 되어 있을 텐데, 이대로 객주로 데려가 먹이고 입힐 수도 없는 일이었다. 사람들이 늘 드나드는 객주에서 발각되는 건 시간문제였으니까.

곰곰이 생각한 끝에 육손이는 양춘 아즈방의 집이 낫겠고, 다른 방법이 없다고 말했다. 양춘이의 집은 사람들이 사는 곳과 뚝 떨어져 있기도 했고, 그의 괴팍스런 성격 탓에 아무도 초가 주변에 얼쩡거리는 이가 없었기 때문이다. 그들에게 줄 음식은 만덕의 객주에서 챙기면 될 터였다. 늘 이른 아침이면 월향이 싸준 따끈한 밥을 방만이 부지런히 나르고 있으니, 의심을 살 일도 없을 것이다.

그렇게 양춘의 집 앞에 그들을 데려온 만덕은 또 한번 숨을 크게 들이쉬었다. 그 옛날 처음 양춘의 집 앞에 섰던 그 날과 똑같은 심정으로.

의외로 양춘이는 아이의 가족을 순순히 받아주었다. 사내아이에게 잔심부름이나 시키면 되고, 술을 빚을 때가 아니면 요즘은 객주에서 지내는 날도 많으니 괜찮다고 했다.

사실 양춘이는 이제 고령의 나이에 혼자 산속 생활을 하는 것도 힘에 부쳤고, 가끔 이렇게 혼자 있다가 돌연 죽을 수도 있겠구나 하는 생각이 들자, 많이 상심했었다. 모든 일을 관두고 객주로 내려와서 살라는 월향의 간곡한 권유도 있었지만, 술을 포기할 수는 없었다. 죽는 날까지 술독을 떠나고 싶지는 않았다. 그런 그의 고집에 다들 고개를 절레절레 흔들면서도, 술이 그에게 어떤 의미인지 알기에 묵묵히 돕고만 있었다.

"아즈방, 감사해요."
돌아오는 길에 만덕이 입을 열었다.
"아니다. 사람이 사람을 챙기고 돕는 게 당연한 일이지, 뭘."
육손이가 한 시름 놓은 듯 덤덤히 말했다.
"제 생각이 나신 거죠?"
사실 그랬다. 어릴 적 만덕이 버려진 일을 떠올리던 육손이는 또 한 번 자신이 나설 때라고 결정하고 양춘을 찾았던 거였다. 그런 육손이의 생각을 꿰뚫은 듯 만덕이 물었다.
"네가 버려졌다고 생각하지 마라. 네가 우리 곁에 그렇게라도 와줘서, 우리는 좋았다. 지금도 그 생각엔 변함이 없어."
육손이의 말을 듣던 만덕의 눈에서 눈물이 차올랐다.

지난봄 시작되었던 기근이 이 년째 접어들면서 탐라는 점점 심각한 상황으로 치닫고 있었다. 사람들은 다급한 나머지 허기를 채우기 위해 종자(種子)까지 털어먹었고, 먹을 수만 있다면 풀뿌리든 나뭇잎이든 가리지 않고 닥치는 대로 먹기 시작했다. 닭과 개를 거의 다 잡아 먹어버려 경내에 닭과 개 소리조차 들리지 않게 되었고, 산 지천에 떨어져 있던 도토리마저 바닥나자, 낯빛이 누렇게 뜬 백성들이 유랑민이 되는 일이 속출했다.

길거리는 이부자리와 옷가지 몇 개를 겨우 챙겨 들고 입에 풀칠할 곳을 찾아 나선 유랑민들로 꽉 메워져 있었다. 봇짐을 머리에 이거나 등에 진 사람들은 아이를 등에 업고, 노인을 부축하며 기약할 수 없는 길을 정처 없이 떠돌았다.

갑작스러운 추위가 찾아들자, 떠돌며 빌어먹던 백성들이 급기야 제 아이를 버리는 일도 생겨났다. 갓난아이를 도랑에 버리는 사람들도 있었고, 옷자락을 잡고 따라가는 예닐곱 살 된 아이를 나무에 묶어두고 떠나는 부모들도 점차 늘어나기 시작했다.

또한 기근이 장기화되자 잔혹한 기근이 결국에는 자신들 안방까지 들이닥칠 거라고 생각한 탐라의 양반들은 한 톨의 쌀이라도 아끼려고 자기 소유의 노비들마저 가차 없이 내치고 있었다.

박찬성은 요즘 친히 곳간 열쇠를 틀어쥐고, 집안의 곡식을 관리하고 있었다. 혹여라도 종들이 곡식을 빼돌릴까 봐 감시하느라 혈안이 되어있었다. 비둘기에게 모이를 주는 일도, 식솔들이 먹을 곡식을 관리하는 일도 손수 하기 시작했다. 한 톨의 좁쌀이라도 종들의 뱃속에 들어가게 할 수는 없었기 때문이다.

아침부터 행랑채 앞에서 종들이 모여 수군대고 있었다.

"이런 젠장! 우리 목숨은 저깟 새보다도 못한 거야?"

"저 새들은 전생에 나라를 구한 게 틀림없어. 어찌 기근에 사람도 구경 못 하는 좁쌀을 배불리 먹을 수가 있을까?"

"쓸데없는 소리들 말고, 어서 물이라도 실컷 마셔둬."

칠수 아범이 종들을 다그쳤다.

"형님! 우리도 조금이라도 먹어야 일을 하지요. 대감마님께 뭐라고 말 좀 해보셔요."

젊은 종이 칠수 아범에게 하소연했다.

"알았으니까 조금만 기다려봐."

칠수 아범이 난감한 듯 말을 얼버무렸다.

행랑채 종들을 살뜰히 챙기는 칠수 아범은 박찬성의 집안에서 삼대째 종살이를 하고 있었다. 선대 주인들은 종들에게 꽤 후한 편이었다. 새해가 되면 종들에게 설빔이라도 해입혀주었고, 다른 집 종들이 기근에 픽픽 쓰러질 때도 적어도 배를 곯게 방치하지는 않았었다. 사람들은 박가네 종놈들은 신수가 훤하다고 농을 지껄이기도 했었다. 그런데 그들의 자손인 박찬성은 비둘기는 먹이면서도, 종들의 배고픔은 외면하고 있었다.

"다들 모여서 무슨 작당들을 하는 것이냐?"

때마침 마당을 가로질러 나가던 박찬성이 종들을 힐책했다.

"대감마님, 작당을 하는 것이 아니옵고…… 소인들도 하루에 죽 한 그릇이라도 먹어야 일을 할 수 있지 않겠습니까? 너그러이 선처해 주십시오."

칠수 아범이 머리를 조아리며 말했다.

"상전들도 매끼 못 먹고 버티는 기근이거늘, 감히 종놈 주제에 뭣이 어쩌고 어째?"

박찬성이 노발대발했다.

"대감마님, 어제 쓰러진 종들만 여섯이 넘습니다요. 제발 살려주십시오."

칠수 아범이 땅에 무릎을 꿇고 울먹였다.

"시끄럽다, 이놈! 각자 알아서 풀뿌리를 캐 먹고라도 살아남거라. 그렇게 악착같이 살아남아야 종살이나마 계속할 수 있을 것이 아니냐? 혹여라도 도망칠 생각일랑 꿈도 꾸지 말고!"

"대감마님, 부디 저희 천것들을 불쌍히 여겨 주십시오."

칠수 아범이 꺼이꺼이 울자, 박찬성은 급기야 그에게 매질을 하기 시작했다. 울부짖는 칠수 아범의 등에서 피가 스며 나오고 있었다.

박찬성의 역정과 패악에 종들은 주린 배를 움켜쥐고, 칠수 아범을 행랑채로 옮겼다.

그날 밤 자시(子時, 밤 11시경)가 되자, 검은 그림자 하나가 곳간 주변을 서성이고 있었다. 사랑채에서 몰래 가지고 나온 열쇠를 돌리자 철컥, 곳간 문이 열렸다. 검은 그림자는 쌀 한 가마니를 지게 위에 얹어 급히 어디론가 향했다.

"안에 육손이 있는가?"

"야심한 시각에 뉘시오?"

육손이가 문을 열고 나오자, 사내는 지게를 한쪽에 세웠다.

"나일세."

"형님! 이 시각에 무슨 일로……."

육손이는 사내의 행색을 살피며 물었다.

"긴히 부탁할 게 있어서……."

"우선 안으로 들어오세요."

검은 그림자가 쌀 한 가마니를 지고 당도한 곳은 만덕의 객주였다. 땀을 비 오듯 흘리는 데다가 불안한 듯 마른 침을 삼키던 사내가 이윽고 입을 열었다.

"어렵겠지만, 지게에 지고 온 물건 좀 맡아줄 수 있겠나?"

"예에? 저건 쌀이 아닙니까? 대관절 무슨 일인지……."

"아무것도 묻지 말고, 그저 맡아주게. 내 목숨값이야. 아무리 생각해도 여기 말고는 부탁할 곳이 없어서."

"쌀을 곳간에 보관해 드리는 거야 어렵지 않지만……."

"그 쌀을 잘 지니고 있다가, 우리 행랑채 사람들이 이곳을 찾아오면 부디 조금씩 내어 죽이라도 끓여주면 좋겠네. 부탁함세. 꼭 그들을 위해 써줘야 하네, 알겠지?"

사내가 간곡한 어조로 부탁하고 급히 떠났다.

'목숨값이라니…… 도대체 무슨 일이지?'

육손이는 쌀을 곳간에 두면서도 사내의 마지막 말이 자꾸 마음에 걸렸다.

모두가 잠든 새벽.

적막감에 몸을 오소소 떨던 사내는 오래도록 자신이 살아왔던 곳을 바라보았다.

태어나서 부모와 함께 종살이 했던 곳.

그리고 자신의 종살이를 고스란히 자식들에게 대물림했던 곳.

이제 더 이상 머물 수 없는 이곳을 바라보며, 그의 가슴 속 깊은 곳에서 회한 섞인 한숨이 새어 나왔다.

그리고 그는 잠시 곳간 앞에서 숨을 골랐다.

축시(丑時, 새벽 1시경)가 되자, 곳간에서 불길이 치솟고 있었다.

"불이야, 불이야!"

갑작스런 외침에 행랑채 종들이 모두 잠에서 깨 허둥지둥 밖으로 나갔다.

"어, 어! 곳간이다. 얼른 다들 우물에서 물부터 길어와!"

용만 아비가 일을 지시하고, 급히 사랑채로 향했다.

"대감마님! 불이 났습니다!"

매캐한 냄새가 집안에 퍼지기 시작했다.

잠에서 막 깬 박찬성은 곳간 열쇠부터 찾기 시작했다.

"열쇠, 열쇠가 없어졌다. 다들 뭣들 하는 것이냐? 당장 곳간, 곳간부터 확인하거라!"

버선발로 뛰쳐나온 박찬성은 활활 타고 있는 곳간 앞에서 망연자실했다.

"물! 빨리 물을 가져와서 곳간부터 지켜내라!"

박찬성이 발을 동동 구르며 소리를 내질렀다.

그러나 종들이 나르는 물로 불길을 잡는 데는 한계가 있었다. 새벽녘 거세진 바람 때문에 불길이 온 집으로 번지고 있었기 때문이다.

"아악, 아아악! 내 곡식! 대체, 대체 어떤 놈이 내 곳간에……!"

박찬성이 절규하며 쓰러졌다.

묘시(卯時, 새벽 5시경)가 되어서야 불길이 잡히고, 사람들은 거의 녹초가 되어 있었다. 화마(火魔)가 휩쓸어간 건 다행히 사람 목숨이 아니라, 넘치도록 차 있던 곳간의 곡식들뿐이었다.

그 시각, 마을 쪽에서 피어오르는 연기를 보고 있던 사내는 신발을 벗어두고, 바다로 걸어 들어가기 시작했다.

칠수 아범은 그렇게 초연한 모습으로 깊숙이, 더 깊숙이 들어갔다.

굶어 죽는 행랑채 식솔들을 더 이상 눈뜨고 지켜볼 수 없었던 그는 그날 밤 쌀 한 가마니를 훔쳐 만덕의 객주에 맡기고, 잠들어 있던 창수 아비를 흔들어 깨워 신신 당부했었다. 모두들 기근에 반드시 살아남아야 한다고, 혹여 무슨 일이 생기면 산으로 숨어들지 말고, 꼭 만덕의 객주로 가야 한다고.

그렇게라도 행랑채 종들을 살리고 싶었던 칠수 아범은 곳간에 불을 지른 후, 저벅저벅 바다로 향했던 것이다.

방화 사건 이후, 자리 보전하고 누운 박찬성은 갑자기 사라진 칠수 아범을 찾기 시작했다. 찾아서 갈기갈기 찢어 죽일 거라는 고성(高聲)이 매일 담장 밖을 넘었다. 온 탐라 땅을 샅샅이 뒤져서라도 칠수 아범을 잡아 오라는 서슬 퍼런 박찬성의 명령에 종들은 만사를 제치고 바닷가를 뒤졌다.

그리고 사흘 후, 행랑채 종들은 바닷물에 떠밀려 돌아온 칠수 아범의 시신을 부여잡고 목놓아 울었다.

젊은 종은 그날 자신이 그를 그토록 채근하지만 않았어도 이런 사달은 나지 않았을 거라며 오열했다. 창수 아비는 어떻게 이토록 모질게 우리 곁을 떠날 수 있냐고, 저승길을 갔으면 멀리 훨훨 날아갈 것이지 도대체 무슨 미련이 있어서 돌아온 거냐며 가슴을 치고 울었다. 이들 모두 힘든 종살이보다, 기근에 굶어 죽는 것 보다, 당신이 이렇게 죽을 수밖에 없었던 게 더 원통하다고 울부짖었다.

종들은 물에 퉁퉁 불어버린 칠수 아범의 시신을 정성껏 수습하고, 조용히 산에 묻었다. 그리고 자신들의 상전에게는 일절 발설하지 않기로 입을 모았다.

소식을 전해 들은 육손이는 그제서야 그날 밤의 부탁을 이해할 수 있었다.

육손이로부터 칠수 아범의 죽음을 전해 들은 만덕은 착잡한 마음에 창고로 향했다. 그리고 칠수 아범이 맡기고 간 쌀 한 가마니를 물끄러미 바라보며 생각에 잠겼다.

'박찬성의 곳간은 종들에겐 감히 넘을 수 없는 굳건한 성벽이었구나. 탐욕으로 가득 찬 그 성벽의 문을 부수긴 했지만, 정작 자신은 그 전리품을 고스란히 남겨둔 채 죽음을 택할 수밖에 없었던 칠수 아범. 불에 타버린 곳간을 보며 절규하는 박찬성은 지금이라도 알게 될까. 종들의 배고픔도 상전들의 배고픔과 다르지 않다는 것을……. 당장 오늘의 끼니를 걱정하게 될 그는 종들의 굶주림을 털끝만큼이라도 이해할 수 있을까.'

늘 그렇듯 죽음의 그림자는 사람들의 마음에 큰 '멍'을 남기고 떠난다.

남겨진 자들이 할 수 있는 거라곤 그저 세월을 묵묵히 견디는 것, 그것뿐이라는 생각에 만덕의 눈에서 하염없이 눈물이 흘러내렸다.

심각한 기근은 만덕의 객주 운영에도 영향을 주었다. 상인들로 들끓던 만덕의 객주에는 이제 퀭한 눈으로 죽 한 그릇이라도 얻어먹으려는 사람들로 북적이고 있었다. 다행히 만덕의 객주에는 뭍에서 들여온 곡식이 아직 남아 있었고, 만덕과 월향은 객주 앞에 큰 솥을 내걸고 죽을 끓여 나눠주기 시작했다.

"아즈방, 이제 곡식이 얼마나 남았어요?"

만덕이 객주 장부를 관리하는 육손이에게 물었다.

"지금 이 상태로는 두 달 정도 버틸 수 있을 것 같구나."

육손이가 무거운 마음으로 대답했다.

"계산을 잘해서 배분해야 더 오래 버틸 수 있을 거다."

먹을 것을 후하게 내주고 싶어 하는 만덕과 월향에게 들으라는 듯이 방만이 힘주어 말했다.

"맞아요, 아즈방. 객주 운영은 둘째치고, 이젠 모두 같이 살아남아야 되는 절박한 상황이잖아요. 어떻게 해야 할지 막막하기만 해요."

만덕이 한숨을 내쉬며 말했다.

"짱구야, 너는 잘하고 있는 거야. 혼자 배부르게 처먹으려고 재물이랑 곡식을 모두 꽁꽁 숨기는 양반놈들보다 네가 더 훌륭한 일을 하는 거야. 예부터 가난은 나랏님도 구제하지 못한다고 했어. 힘들게 번 돈을 이렇게 멋들어지게 써서…… 나는 네가 자랑스럽다, 그럼 자랑스럽고말고."

양춘이 만덕을 잔뜩 추켜세우며 말했다.

"계산을 해보니 보통 밥 한 그릇으로 죽 4~5그릇을 만들 수 있더구나. 그 정도 분량이 되어야 사람들이 버텨낼 수 있어. 그 이상의 죽을 만들 수야 있겠지만, 그렇게 되면 밥알이 멀겋게 물에 떠 있어서 사람들이 힘쓰는 데 큰 도움이 못 될 거야. 그러니 앞으로는 쌀의 양을 조금 줄이되, 창고에 있는 고구마나 감자, 옥수수대까지 잘게 부수어서 같이 넣고 끓여야 될 것 같구나. 그래야 더 오래 버틸 수 있어."

육손이가 차분하게 말했다.

장사를 하며 근래 제법 큰 돈을 만지던 만덕이 기민 구제에 발 벗고 나서게 된 데에는 칠수 아범의 죽음 말고도 다른 이유가 있었다.

제주 목사 이철민은 뒤늦게 부랴부랴 탐라의 기근을 알리는 장계를 조정에 띄웠다. 행여 문책이라도 당할까 두려웠던 그는 기근이 이제야 시작된 듯 장계를 작성했고, 구휼이 원활히 진행되고 있는 것처럼 꾸며대기에 급급했다.

이를 보다 못한 장령 강봉서는 '탐라는 여러 차례 흉년이 들었지만, 지금처럼 추수할 것이 전혀 없었던 것은 이번이 처음입니다'라는 보고를 하기에 이르렀다. 또한 탐라 토박이 학자인 변경붕은 '지금의 상황은 백 년 만에 있을 정도의 큰 재변이옵니다. 탐라 백성의 수가 급격히 줄었을 만큼 피해가 큽니다'라고 보고하기도 하였다.

상황이 자못 심각하게 돌아가자, 탐라의 양반들은 집에 있는 돈과 돈이 될 만한 물건들을 바리바리 싸서 만덕의 객주에 가져오기 시작했다. 값비싼 물건들을 곡식과 맞바꾸자는 제안이었다. 값은 상관없으니, 곡식을 최대한 많이 사들이겠다는 심산이었다. 이들은 이미 다른 객주의 곡식을 모두 사들여 집에 쟁여놓은 상태였다.

여느 장사꾼 같았으면 얼씨구나 쾌재를 부르며 돈을 긁어모았겠지만, 만덕은 그들의 제안에 피가 거꾸로 서는 것 같았다. 이토록 모두의 목숨이 경각에 걸린 시점에 또다시 자기들 살 궁리만 모색하는 그들의 꼴에 치가 떨렸다.

그리고 그날 밤, 만덕은 그녀의 지원군들을 불러 놓고 이제 자신은 당분간 장사를 접고, 객주를 죽소(粥所)로 운영할 거라고 선언했다.

갑작스런 만덕의 결정에도 모두들 당연하다는 듯 동의의 뜻을 내비쳤다. 그 어느 누구도 객주의 향후 따위를 걱정하지 않았다. 사람들부터 살리고 나면, 그다음은 순리대로 해결될 거라는 그 단순한 진리를 다들 알고 있었으니까.

만덕은 이에 그치지 않았다. 이왕지사 객주를 접고, 기민들을 살려보려면 더 많이 알고 계획을 세워야 했다.

"아즈방, 한양에서는 기민(飢民)들을 어떻게 구제해요?"

만덕이 심각한 어조로 방만에게 물었다.

"한양에는 죽소가 다섯 군데 있어. 도성 안에 세 곳, 도성 밖에 두 곳이 있지. 나라에서 진휼소를 세울 때, 먼저 유랑민들에게 잠자리를 제공하는 막사와 죽을 제공하는 죽소를 만들어. 그리고 죽을 끓이려면 솥과 장작, 곡물, 소금, 간장, 채소, 해초류가 필요하니까 그것들도 죄다 제공하고. 기근이 시작되면 한양 죽소들은 발 디딜 틈도 없이 사람들로 북적여. 죽 한 그릇 얻어 먹어보겠다고 밀고 밀치는 일들도 다반사고, 그 틈에 힘없는 노인들이 사람들에게 밟혀서 죽는 일도 비일비재해. 그런데도 관리라는 놈들은 곡물을 몰래 빼돌리고, 양을 늘리기 위해 죽에 맹물만 부어대거든. 오죽하면 사람들은 나라에서 구제하는 죽을 먹고 살아난 사람이 없다고 하소연을 하겠어. 나도 그 광경을 한 번 봤는데, 너무 참혹해서…… 지금껏 잊혀지지가 않아."

방만이 한양에서 공역을 할 때 겪었던 기근을 담담히 이야기했다. 목수들과 함께 나라에서 나온 곡식으로 겨우 연명하면서도 그는 늘 죄책감이 들었다. 자신들만 먹고 살아남았다는 죄책감, 그 불편한 감정이 오래도록 그의 가슴을 짓누르고 있었다.

"언제 즈음 한양에서 구휼미가 당도할까요……."

만덕이 말을 잇지 못했다.

"아까 육손이가 말한 것처럼, 쌀에다가 여러 가지를 섞어서 죽을 쑤는 건 아주 좋은 대책이야. 또 네 객주엔 한양의 죽소에 있는 모든 것들이 이미 마련되어 있잖니? 솥이랑 장작, 소금, 해초류, 간장은 넘치도록 있고, 마음씨 좋은 주인 아낙들도 있으니…… 네 객주의 죽소가 한양보다 더 나은 상황이야. 그러니 너무 겁먹지 말고 해봐라."

방만이 따듯한 마음을 담아 격려했다.

"자, 다들 조금씩이라도 들어요. 그래야 내일도 힘내서 일을 하죠."

월향이 간장과 죽을 내왔다. 밥상에서 수육이나 생선이 사라진 지 오래되었다. 그래도 참 따듯한 밥상이라고 다들 생각하며 죽을 먹기 시작했다.

뿡, 뿌우웅.

"흠, 흐흐흠."

죽을 먹다 삐져나온 방귀에 민망해진 양춘이 헛기침을 해댔다.

"있죠, 하르방. 왜 죽을 먹으나 배부르게 밥을 먹으나 방귀는 냄새가 똑같을까요?"

만덕이 천연덕스럽게 한술 더 뜨자, 양춘이 그녀의 머리통을 쥐어박으며 소리쳤다.

"쓸데없는 소리 지껄이지 말고 죽이나 처먹어."

"하하하."

모두 그렇게 아직은 뱃속에 들어갈 곡식이 있다는 사실에, 그리고 이렇게 함께 할 사람들이 있다는 사실에 위로받고 있었다.

밤새 뒤척이는 왕

한겨울의 끝자락에 왕의 침전 근처에서는 산까치 소리가 들려왔다.

"반가운 손님은 아니어도 좋으니, 제발 날씨라도 좋아졌으면……."

인기척에 놀란 까치가 날아가 버리자, 이 내관이 아쉬운 듯 한숨을 내쉬었다.

요즘 이 내관은 통통했던 몸집에 큰 변화가 생기고 있었다. 동그스름하고 잘 웃던 얼굴에 수심이 가득했고, 눈 주위엔 시커먼 저승꽃이 늘고 있었다. 제법 살이 올라 보기 좋던 배가 쏙 들어가고, 가볍게 통통 걷던 걸음걸이도 무겁게 늘어진 채 자주 한숨을 내쉬었다. 주변에선 나이가 들어서겠거니 넘기고 있었지만, 사실 그가 조금씩 야위어 가는 데에는 다른 이유가 있었다.

겨우내 예민해진 왕이 잠을 이루지 못하고, 자주 끼니를 거르고 있었기 때문이다. 왕은 날씨에 민감했다.

날씨가 좋지 않으면 끼니를 거르고 밤잠을 설치다가도, 화창한 새날이 밝으면 또 언제 그랬냐는 듯 기분이 좋아져 마냥 행복해했다. 사람의 힘으로 될 수 없는 자연의 이치인데도 왕은 지나치게 날씨에 신경을 곤두세웠다.

"전하, 죽 수라 대령했나이다."

오늘은 꼭 죽이라도 올려야겠다고 암팡지게 마음먹은 이 내관이 아뢰었다.

"……"

"전하, 소신 들어가옵니다."

왕이 아무 대답이 없자, 이 내관이 기미 상궁과 궁인들을 대동하고 침전에 들이닥쳤다.

예상과 달리 왕은 벌써 일어나 반듯한 자세로 서책을 읽고 있었다.

"전하, 벌써 기침하셨사옵니까? 하온데 어찌 대답을 안 해 주시옵니까?"

이 내관이 투정을 부리듯 말했다.

"이 내관, 짐이 더 놀랐느니. 이 내관도 이제 많이 늙은 게지. 그렇게 모기만 한 목소리로 고하니 내가 들을 수가 있어야지."

왕이 미안한 마음에 슬쩍 농을 걸어왔다.

"전하, 소신이 전하를 모신 세월을 생각해 주시옵소서. 지금이 정도라도 고할 수 있는 게 기적이옵니다. 천신…… 언제 죽어도 이상하지 않은 고령이옵니다."

이 내관은 '고령'이라는 말에 잔뜩 힘을 실어 말했다.

"그렇게 잔소리를 계속 하다가는 내가 먹을 죽이 다 식어 버리겠군."

"앗, 앗차! 자, 빨리들 기미 하시게."

이 내관이 기미 상궁을 닦달하기 시작했다.

간만에 죽이라도 먹어보겠다고 하는 왕이 너무 고마워서 이 내관은 당장에 눈물이 쏟아질 것만 같았다.

겨우내 얼음이 얼지 않아 속을 썩던 왕은 며칠 전부터 수라를 대충 뜨더니, 급기야 빈 수저질만 연거푸 하던 차였다. 행여라도 지존의 옥체가 상할까 노심초사하던 이 내관은 왕이 좋아하는 달달한 다식에 종류별로 갖은 차를 내왔지만, 번번이 실패했다.

"봄에 얼음이 얼지 않아도 기근이 든다고 하는 터에, 겨울에 얼음이 얼지 않으니 장차 어찌하면 좋으랴……. 차라리 죽고만 싶은 심정이구나."

왕이 웅얼웅얼 내뱉은 말에 이 내관은 차라리 자신이 죽고 싶었다.

"전하, 천천히 드시옵소서. 아무리 죽이라도 체하실 수 있나이다. 그리고 제발 앞으로는 수라를 거르지 마시옵소서."

기미 상궁이 기미를 마치자, 이 내관이 득달같이 달려들어 왕을 채근했다.

"알았느니. 허허허."

첫술을 뜨자 감격해 하는 이 내관을 바라보며 왕이 웃었다.

이 내관이 매의 눈으로 살피는 와중에 죽 수라를 겨우 마친 왕은 정전으로 향했다. 왕은 정전 회의 때문에 죽이라도 한술 뜬 거였다. 이제부터 시작될 전쟁에 미리 힘을 비축해야 했으니 당연한 일이었다. 절대 지지 않고 싶은 전쟁, 대신들과의 실랑이가 곧 시작될 것이었다.

맥없이 걷는 왕을 보며, 이 내관은 가슴이 저렸다. 차라리 꼬장꼬장한 모습으로 독설을 날리던 주군의 모습이 더 낫다고 생각할 즈음, 왕은 점차 본모습을 되찾아가고 있었다.

턱!

왕이 시작부터 장계를 바닥에 내동댕이치자, 대신들은 슬금슬금 눈치를 살피기 시작했다.

"대체 이 지경이 되도록 경들은 무엇을 하시었소? 일국의 신료라는 작자들이 똘똘 뭉쳐 과인을 속이느라 꽤나 재미있으셨겠소. 과인을 속이려 작당들을 했으면 끝까지 들키지를 말든가. 그따위로 허술하게 속일 요량이었으면 왜 시작을 하시었소?"

왕의 분노가 커지고 있었다.

왕은 등극한 뒤로 새해 첫날이 되면 어김없이 농사를 장려하는 윤음을 몇 번씩 내리고, 관찰사와 수령들을 통해 각 지방의 소식을 듣곤 했다. 그런데 올해 초, 날씨에 민감해진 왕이 점점 수척해지고, 잦은 기침이 줄어들지 않자 대신들은 세세히 알리던 기근 소식을 조금 수정해서 보고하기 시작했다. 대신들의 보고에 의지하던 왕은 피해 상황이 심각하지 않은 것으로 생각하고 있었다. 그런데 갑자기 뜬금없는 소식이 왕의 귀에 날아들었다.

서북 지방의 기근이 심해지자, 수백 명의 유민들이 떼를 지어 한양까지 이르렀다는 것이다. 놀란 왕은 참담한 심정으로 한성판윤에게 명하여 유민들을 불러 모으도록 했다. 그리고 성치 않은 몸으로 종루까지 행차하여 일일이 백성들에게 하문했었다. 침통한 얼굴로 백성들의 하소연을 듣던 왕은 마침내 명했다.

"너희들의 누더기 옷과 깡마른 모습을 보니, 나도 모르게 참담해지는구나. 짐이 백성의 부모가 되어 이토록 너희들을 굶주리고 떨게 만들었으니, 비단옷과 좋은 음식에 따뜻한 보료 위인들 어찌 편안하겠는가? 그대들이 노인들을 부축하고 아이들을 이끌고서 사방으로 떠돌면서 안락한 곳을 찾고자 하나, 제 살던 곳에 살면서 제 생업을 지켜야만 구렁텅이에 나뒹구는 화를 면할 수 있다. 짐이 이제 그대들의 부세를 면제해 주고, 곡식을 내릴 터이니 각자 집으로 돌아가도록 하라.”

왕은 즉시 호조와 선혜청에 명하여 쌀과 유의(겨울옷)를 지급하도록 명하고, 비변사 낭청과 선전관으로 하여금 각기 지방으로 곡식을 호송하도록 명했다.

봄추위가 강샘을 부려 쌀쌀했는데도 왕은 종일토록 종루 거리에 머물다가, 유민들이 비로소 쌀과 옷을 받고 나서야 환궁했었다.

그리고 왕은 백성의 지난(至難)한 상황을 숨기기에만 급급했던 대신들의 처사에 화가 나서 밤새 뒤척이다가 이튿날 정전 회의를 소집한 것이다.

턱! 턱! 턱!

쾅!

“이것도 설명해 보시오.”

세 개의 장계들이 차례대로 정전 바닥에 내팽개쳐졌다.

잠시 숨을 고른 왕은 또다시 얼굴이 벌게지도록 소리를 내질렀다.

대신들은 참담한 심정으로 뚫어질 듯 바닥만 쳐다보았다.

“전하, 소신들을 죽여 주시옵소서.”

"죽여 주시옵소서."

영의정 곽필규가 부복하자, 모두들 따라 엎드렸다.

"그대들이 짐의 병을 핑계로 삼아 짐을 기만하는 동안, 탐라의 내 백성 3분의 1이 죽어 나가고 있었단 말이오. 죽여 달라고 하시었소? 죽지도 않을 거면서 무책임한 말들만 내뱉을 것이오?"

"전하, 고정하시옵소서. 부디 옥체만 생각하시옵소서."

좌의정 최용훈이 울음 섞인 목소리로 아뢰었다.

"당장 제주 목사 이철민을 파직하고, 탐라의 실상을 참작하여 구휼미 오천 석을 속히 내려보내도록 하시오."

왕은 탐라에서 올라온 세 장계를 보고 망연자실했다. 가장 먼저 올라온 제주 목사의 장계에 이제 막 시작된 기근이니, 서두르면 해결할 수 있을 거라고 여겼기 때문이다. 연달아 올라온 다른 두 장계를 보고 나서야, 제주 목사가 거짓 장계를 꾸민 걸 알게 된 것이다.

속전속결로 탐라에 구휼미를 보낸 왕은 쌩하니 정전문을 나섰다. 그리고 얼마 지나지 않아 심한 어지럼증으로 휘청거리기 시작했다.

"전하, 괜찮으시옵니까?"

이 내관이 울먹이며 왕을 부축했다.

"조용히 하라, 이 내관. 짐이 며칠 몸살 앓은 것으로 각 지방에서 올라온 장계가 저따윈데, 짐이 여기서 쓰러지기라도 하면 이 나라 꼴이 어찌 되겠느냐?"

왕이 징징대는 이 내관의 입을 단번에 막아버렸다.

침전에 든 왕은 환복을 하자마자 명했다.

"당장 홍문관 부제학 이현욱을 들게 하라."

갑작스런 왕의 부름에 이현욱은 의아한 마음이 들었다. 평소 같으면 장계를 확인한 후, 끝이 보이지 않는 긴 종이 위에 깨알 같은 글씨로 교서를 써 내려가느라 밤을 지새던 왕이었다. 거짓 장계를 받아든 마당에 화를 삭이며 지방 관리들과 수령들을 문책하는 교서와 대책을 마련하느라 촌각을 다투고 있을 왕이 갑자기 늦은 시각 자신을 부르는 연유가 무엇일까……

"전하, 홍문관 부제학 대감 드셨사옵니다."

이현욱의 예상과 달리 왕은 편안해 보이는 얼굴로 그를 맞이했다. 그를 바라보는 왕의 시선에 신뢰가 가득 담겨 있었다.

그는 평소 까탈스럽고 의심 많은 왕이 아끼는 몇 안 되는 신하 중 하나였다.

이현욱.

머리부터 발끝까지 나무랄 데 없는 바른 사내.

홍문관 부제학이라는 자리에 너무나도 걸맞는 사내.

한 치의 착오 없이 일을 수행하는 능력도 탁월했지만, 세상
책을 죄다 읽었다는 왕의 각종 자문에도 막힘없이 응하는 실
력자였다.

몇 년 전.

극심한 기근이 온 땅을 덮쳤을 때, 한양에서는 평소 은 두
냥 이내였던 쌀 한 섬 값이 세 냥에서 닷 냥으로 뛰더니, 급
기야 열 냥까지 치솟았었다. 늘 바글거리던 시전은 곡물이 바
닥나, 파리만 날리고 있었다. 이때 관료들은 시전상인들을 구
제하고, 곡가 폭등을 바로잡기 위해 많은 비상식량을 보유하
고 있던 훈련도감, 어영청, 수어청, 총융청, 사복시 등 중앙의
여러 관청이나 군영에서 미전(米廛)에 곡물을 방매할 것을 제
안했었다.

그런데 방매가 시작되자, 시전에 돌아가야 할 곡물을 일부
사대부들이 사재기한 사건이 발생했었다. 당시 이현욱은 형조
로 하여금 관련자를 색출하여 무겁게 처벌할 것을 건의했고,
기근에 구휼미를 빼돌리고, 거짓 장계를 꾸미던 수령들을 밝
혀내 처벌했었다. 그는 신속하면서도 실수 없는 일 처리로 왕
의 두터운 신임을 받고 있었다.

왕은 종종 갈 길을 잃었다고 느낄 때, 막막해서 잠이 오지
않을 때, 속에서 열불이 나서 진정이 되지 않을 때 그를 불러
답을 구하곤 했다.

"탐라는 어떤 곳이냐?"

현욱이 절을 마치자마자 던진 왕의 첫 물음이었다.

"……."

당황해서 말문이 막힌 현욱에게 다시 옥음이 들려왔다.

"그저 궁금해서 묻는 것이니 편히 답하라. 탐라는 어떤 곳이냐?"

"탐라는 처연한 아름다움이 있는 곳이옵니다. 눈부시게 밝은 햇살에 찬연히 빛나는 바다는…… 이루 말할 수 없이 아름답사옵니다. 하오나 그토록 아름답다가도 성난 듯 날뛸 때에는 수많은 목숨을 거침없이 앗아가는 잔인한 구석이 있사옵니다. 탐라의 백성들은 그토록 변덕스러운 바다에 때론 용감히 맞서기도 하고, 또 때론 순응하기도 하면서 자신들의 삶을 견디옵니다."

"처연하고도 아름다운 바다라……."

왕은 한 번도 본 적 없는 바다를 어렴풋이 떠올렸다.

"탐라의 백성들은 끈질긴 생명력으로 삶을 버텨내옵니다. 광포하게 날뛰는 바다가 가족들의 목숨을 앗아가더라도, 그래서 씻기지 않는 상처를 입었어도, 살아있는 가족들을 먹이기 위해 또다시 빗창을 들고 바다로 뛰어들어 전복을 따고, 미역을 캐옵니다."

"경은 탐라에 어느 정도 머물렀는가?"

"소신, 부친의 임지에 따라가 두 해 정도 그곳에 머물렀나이다."

현욱은 삼십여 년 전 머물렀던 탐라를 떠올렸다. 그리고 오래도록 잊고 지냈던 벗의 이름을 기억해냈다. 김만덕.

"왜 탐라의 땅은 하늘이 내린 복에서 늘 비껴나 있는 것인가?"

왕은 늘 기근과 풍랑이 끊이지 않는 탐라를 떠올리며 괴로운 듯 읊조렸다.

왕은 탐라 땅에 아무리 신경을 써도 그들의 삶이 나아지는 기미가 보이지 않자, 절망스러웠다. 지난해에도 극심한 풍랑으로 수해를 입은 백성들을 구제하기 위해 한양으로 진상해야 할 품목을 대폭 감면해 주었고, 조정에서 귀히 쓰이는 귤과 전복을 조세 품목에서 과감하게 빼주기도 했었다. 그렇게라도 그들의 삶을 어루만져 주고 싶었다.

그리고 왕은 선언했다. 자신은 전복을 다시는 입에 대지 않겠다고. 탐라 백성들의 힘겨운 삶이 어른거려 도저히 먹을 수 없을 것 같다고 했었다. 그리고 비변사에 명했다.

"과인이 왕위에 오른 뒤로 아직도 팔도 백성에게 실질적인 혜택이 두루 미치지 못하고 있다. 더구나 탐라는 바다 밖에 떨어져 있는 데다 근자에 흉년이 자주 들어 백성들이 부황이 들었다. 이를 떠올릴 때마다 내 몸이 아픈 듯하다. 제주 목사가 올린 장계를 이제 보니 전복을 채취하는 힘겨운 장면이 눈에 선하다. 공물을 줄이는 것이 낫지, 어찌 백성을 고통스럽게 하겠는가? 연례로 바치는 회전복 5,508첩 17관 안에서 우선 줄여준 것과 아직 줄이지 않은 것을 특별히 영구히 감면하노니 도민의 폐단을 조금이라도 제거하여 편안하게 살도록 하라."

"짐이 이제 그들을 위해 무엇을 할 수 있겠느냐?"

왕은 풀 수 없는 문제에 봉착할 때마다 현안을 내놓던 자신의 신하에게 하소연하듯 묻고 있었다.

"전하, 이미 전라도 나리포창에 구휼미 동원을 명하셨사오니, 이젠 때를 보아 신속하게 탐라로 곡물을 수송하는 일에 전념하셔야 하옵니다. 청컨대 이후로는 진제창(賑濟倉)을 나주로 옮기심이 어떠실런지요?"

탐라는 고온다습한 기후 때문에 곡식을 비축하면 쉽게 부패했다. 때문에 구휼곡은 탐라 내에서 자체 확보하기보다는 내륙에서 이송해 왔다. 재난이 발생하여 심각한 기근에 직면하면 탐라의 수령은 구휼미를 청하는 장계를 조정에 올렸다. 조정에서는 구휼곡의 양과 동원지역을 선정하여 곡물을 확보한 다음 탐라로 수송했다.

그런데 이전곡을 양남 연해에서 멀리 떨어진 고을에 배정할 경우 신속히 운송하는 데 어려움이 있어, 숙종 30년(1704)에 탐라와 지리적으로 가까운 갈두진에 제주 전담 진제창을 설치했었다. 그러다가 경종 2년(1722)에 전라도 나리포창으로 진제창을 옮겼다. 나리포창은 수운이 편리한 금강 하구에 위치해 있었고, 호남평야와 논산평야 등 조선의 곡창지대가 펼쳐져 있어 구휼곡 확보에 더 유리했기 때문이다.

조정에서 구휼곡을 분급해주면 탐라 백성들은 어곽(魚藿, 해산물)으로 대납했다. 수합한 어곽을 진제창으로 수송하면 이를 매매하여 곡물을 구입한 후 진제창에 보관했다가 흉년이 들면 탐라로 수송했던 것이다.

나리포창은 조선의 곡창지대와 인접해있을 뿐만 아니라, 또한 조선의 3대 시장 중 하나인 강경과도 가까워 탐라 백성들이 대납한 어곽 및 탐라의 특산물을 교역하기에 가장 적합한 곳이었다.

이런 곳을 버젓이 두고, 이현욱이 나주를 언급하자 왕이 의아한 얼굴로 물었다.

"나주를 생각한 특별한 이유라도 있느냐?"

"소신이 탐라에 있을 때, 이 무렵 백성들을 가장 힘들게 하는 것이 바로 풍랑으로 인한 난파 사고였사옵니다. 스산한 늦가을 바람이 불어올 즈음부터 겨우내 탐라엔 죽음의 그림자가 자주 찾아들곤 했나이다. 뭍으로 길을 떠나면 이십여 일이 지나도록 가족의 생사여부조차 모르는 채 가슴 졸이며 기다리는 것이 그들의 숙명이옵니다. 그렇기에 탐라엔 가족의 무사귀환을 비는 사당들이 즐비하옵니다. 나리포는 분명 진제창으로 두말할 나위 없이 적합한 곳이 맞사옵니다. 하오나 나리포는 해로가 먼 데다 거친 칠산 해역을 통과하는 과정에서 사고가 빈번하게 발생하옵니다. 진제창을 나주로 옮기신다면 구휼미를 더욱 빠르고, 안전하게 수송할 수 있사옵니다. 지금 탐라의 기근이 심각해지는 와중에, 구휼미마저 풍랑에 휩쓸려 버린다면…… 그야말로 탐라 백성들은 도탄에 빠지게 되옵니다."

현욱은 문제를 정확히 꿰뚫고 있었다. 늦가을부터 빈번해지는 난파 사고를 피하면서 구휼곡을 안전하게 수송하는 것이 관건이었던 것이다.

"아아! 이를 어쩌면 좋단 말인가? 진작에 서둘러서 나주로 구제창을 옮겼어야 했다. 거짓 장계와 관료들의 우유부단함에 너무나도 귀한 시간을 놓치고 말았으니 이를 어쩌면 좋단 말이냐?"

왕의 얼굴이 처참하게 일그러졌다.

바다 이야기 10
색줄멸

 달에 반응하지 않는 바닷물은 단 한 방울도 없다.

 바람은 기껏해야 표면의 움직임을 좌우할 뿐이지만, 달은 바다의 모든 존재에 영향을 미친다.

 달의 끌어당기는 힘에 바닷물이 보이는 반응을 사람들은 '조석'이라고 부른다.

 밤하늘에 여인의 눈썹 같은 초승달과 복스러운 여인을 닮은 보름달이 떠오를 때, 바닷물을 끌어당기는 달의 힘은 가장 커진다. 바닷물은 점차 수위가 높아지고, 파도가 부서지면서 위로 솟구치며, 넘실대는 조수는 항구로 밀려 들어온다.

 나는 넘어설 수 없는 거대한 힘에 온전히 나를 맡긴 채, 또다른 계획을 실행해야 한다. 이 짧은 시간에 놀랍도록 정확하게 산란 시간을 맞춘 생명체들을 바삐 내보내야 하는 것이다.

내 안에는 알록달록 화려하고 어여쁜 물고기들이 셀 수 없이 많다. 그러나 그저 평범하게 보이는, 소박한 시골 처녀 같은 물고기들도 있다. 색줄멸이 그런 존재 중 하나이다. 사람 손바닥만 한 크기로, 은백색을 띠는 색줄멸은 보름달이 뜬 한밤중이 되면 특별한 외출을 한다. 밀물과 함께 모래밭으로 향하는 것이다.

이들은 은백색 몸을 잠시 모래 위에 뉘었다가, 다음번 파도가 밀려올 때 홀연히 바다로 되돌아온다. 그러나 그 짧은 반각(한 시간)의 시간 동안 이들은 놀라운 일을 해낸다. 얼핏 보기에 이들은 밝은 달빛 아래서 무기력하게 누워있는 듯하지만, 사실 이들은 모래를 파고, 그 속에 알을 낳은 후 수정시키는 일을 한 치의 착오 없이 실행한다.

부모 색줄멸이 아무런 미련 없이 바다로 돌아가고 나면, 모래 속에는 알들만 애처롭게 남겨진다. 다행스럽게도 그날 밤 파도는 알을 휩쓸어가지 않는다. 조석이 이미 썰물로 돌아섰기 때문이다.

이제 알들은 보름 동안 물에 휩쓸려갈 걱정 없이 따듯한 모래 속에서 새끼로 자라게 된다.

충분히 자란 색줄멸은 아무리 답답해도 성급히 얇은 막 속에서 뛰쳐나오지 않는다. 이들은 모래 속에 묻혀 깨어날 때를 기다리고 있다.

마침내 초승달이 떠오르면 높은 파도가 다시 밀려와 알들이 묻혀 있는 모래 속을 헤집어 놓는다. 드디어 새끼 색줄멸의 온몸을 뒤덮고 있던 얇은 막이 터지고, 새끼들이 세상 밖으로 나온다.

그리고 파도를 따라 힘차게 바다로 돌아온다.

색줄멸은 달의 시간을 본능적으로 읽어낸다.

언제 모래밭으로 나가야 할지, 누가 가르쳐주지 않아도 알 수 있다.

언제 깨어나야 할지, 누가 가르쳐주지 않아도 알 수 있다.

그들은 물이 완전히 빠져나가 숨을 제대로 쉴 수 없는 상황 속에서도 알을 낳고, 알을 안전하게 지키기 위해 마지막 힘을 다해 모래 속에 알을 묻는다.

하늘의 언어를 가장 잘 읽어내고 용기 있게 행동하는 생명체, 그들이 바로 소박한 멋을 지닌 색줄멸이다.

이렇게 모든 생명체에는 저마다 천시(天時)를 알 수 있는 능력이 내재되어 있다. 사람들을 이를 '자연의 섭리'라고 부른다.

용감하게 나서야 할 때가 있고, 물러서야 할 때가 있다.

태어날 때가 있고, 죽을 때가 있다.

높아질 때가 있고, 낮아질 때가 있다.

354

가득 찰 때가 있고, 이지러질 때가 있다.

누려야 할 때가 있고, 희생해야 할 때가 있다.

머물러야 할 때가 있고, 떠나야 할 때가 있다.

홀로 우뚝 서야 할 때가 있고, 의지해야 할 때가 있다.

주어야 할 때가 있고, 받을 때가 있다.

보내야 할 때가 있고, 맞이해야 할 때가 있다.

씨를 뿌려야 할 때가 있고, 수확물을 거둬야 할 때가 있다.

그런데…….

참 이상하게도 인간들은 모든 존재에게 각인된 이 능력을 지니지 못한 것 같다.

아니면…… 지녔던 능력을 상실한 건가?

사람들은 어쩌다 이토록 귀한 능력을 잃은 걸까?

인간의 욕심과 이기심이 좀먹듯 야금야금 갉아먹어 버린 걸까?

그렇기에 인간 세계엔 때를 놓치는 일들이 비일비재하고, 그로 인해 수많은 상처와 파괴, 혼란, 그리고 파멸이 뒤따르는 건 아닐까?

그렇게 불완전하면서도 인간들은 어떻게 스스로를 '만물의 영장'으로 자부할까?

쳇!

기껏해야 손바닥만 한 물고기도 알법한 이치를 본인들만 모른다는 걸, 그들은 알까?

아니면······.

이 능력을 지닌 사람들이 조금이라도 남아 있을까?

만약 있다면 이들은 세상을 어떻게 바꾸어갈까?

출항

만덕의 객주에 엉덩이를 비집고 앉아 죽을 얻어먹는 사람들은 날이 갈수록 많아졌다. 아직까지 굶어 죽지 않았다는 안도감도 잠시뿐, 이들도 알 수 있었다. 만덕의 객주에도 곡식이 바닥나고 있다는 것을.

"그 소문 들었어?"

한 사내가 죽을 받아들고 구석에 앉으며 입을 열었다.

"무슨 소문?"

꾀죄죄한 얼굴을 죽 그릇에 박고 있던 사내가 되물었다.

"어제 불상(佛像)에서 땀이 줄줄 흘러내렸대."

"어디 그뿐인가? 며칠 전에는 낮에 번개가 치면서 대낮이 초저녁처럼 어둑해졌었잖아. 내 생전에 이런 일은 처음이라, 너무 무서워서 오금이 다 저리더라니깐. 마누라고 자식들이고

다 내팽개치고, 방구석에 틀어박혀 있었다니깐."

사람들이 웅성거리며 죽을 먹고 있었다. 끝내 괴담이 나돌기 시작했다.

멀리서 이들의 대화에 귀를 기울이던 만덕은 착잡했다. 제대로 먹지 못해 누렇게 버짐 핀 얼굴들에서 웃음기가 사라지고, 두려움이 스며들고 있었다. 죽음의 공포가 서서히 이들에게 엄습해오고 있었다.

"휴, 오늘도 모두 고생했어요."

월향이 앞치마를 탈탈 털며 말했다.

"고생은 무슨……."

지게 한가득 땔감을 해온 방만이 문을 들어서며 대답했다.

"육손이가 요즘 많이 늦네."

미역을 말리던 양춘이 바깥을 두리번거렸다.

곡식이 점차 바닥을 드러내자, 이들은 고구마나 감자, 옥수수대는 물론 소나무껍질까지 빻아 죽에 섞어 끓이고 있었다. 그나마도 여의치 않아 고민하고 있을 즈음, 잠녀들이 미역을 가져다주었다. 평소 만덕이 후하게 갓양태 값을 쳐준 데다, 자신들의 쉼터와 먹을거리를 넉넉히 내주던 그녀가 죽소를 운영한다는 소식에 미역을 들고 속속 찾아들기 시작한 것이다. 그저 문 앞에 슬쩍 미역을 두고 금세 돌아가 버린 그녀들에게 만덕은 고맙다는 말조차 하지 못했다. 잠녀들 덕에 이제 이들은 죽에 미역을 조금씩 넣고 끓일 수 있게 되었다.

"육손이 온다!"

양춘이 육손이를 발견하자 소리쳤다.

매일 물고기를 낚던 육손이의 손은 요즘 점점 더 바빠지고 있었다. 그의 귀가 시간이 조금씩 늦어졌다. 바위에 붙어 있는 고둥이나 굴이라도 더 따려는 마음 때문이었다. 그래도 만덕의 객주엔 육손이가 낚아올린 비린 것들이 매일 넘쳐나서 한양의 죽소보다 나은 상황이었다.

죽을 한 숟가락 뜨다 말고 만덕이 입을 열었다.

"낮에요…… 사람들이 하는 얘기를 들으니, 흉흉한 괴담이 도는 거 같아요."

"그 불상 이야기 말이냐?"

방만이 심드렁하게 대꾸했다.

"아즈방도 들으셨어요?"

만덕이 눈을 동그랗게 뜨고 물었다.

"믿지 말아라. 원래 천변재이(天變災異)가 잦아지면 괴담이 나도는 법이니까."

육손이가 평소와 달리 단호한 어조로 이야기했다.

"별의별 희한한 괴담들이 나돌지. 다들 먹고 살기 힘드니까. 그 불만이 극에 달해서 쉽게 술렁이고, 분노하는 법이지."

양춘이도 거들었다.

"괴담이요…… 듣고 보니 딱, 좀 같네요."

"으응?"

뜬금없는 만덕의 말에 다들 눈을 동그랗게 떴다.

"그렇잖아요. 쌀이며 옷, 나무, 비단 할 것 없이 죄다 잘게 물어뜯어서 못 쓰게 만드는 좀 벌레요. 눈에 잘 띄지도 않고, 한번 생겼다 하면 번식력이 좋아서 막을 방도가 없잖아요. 창고에 아무리 삼나무 조각이랑 숯을 둬도 별 소용이 없어요. 스멀스멀 기어 와서 종국엔 사람 마음까지 갉아먹을 것 같아요. 마음은 지켜져야 하는 건데…… 좀이 슬면 안 되는 건데……."

"그렇게 극성을 부리던 좀도 쨍하니 볕 드는 날엔 종적을 감추잖니."

갑작스런 만덕의 마음 타령에 월향이 대수롭지 않다는 듯 대답했다.

"쨍하니 볕 드는 날이 과연 오긴 할까요? 그런데 아즈방, 우리가 얼마나 죽소를 운영할 수 있을까요?"

만덕이 코가 넉 자로 빠져서 육손이에게 물었다. 셈이 빠른 만덕조차도 도통 가늠이 되질 않았다. 늘어나는 기아자를 언제까지 먹일 수 있을지.

"쌀을 아낀다고 노력하긴 했는데도, 소문을 듣고 찾아오는 사람들이 매일같이 늘어나니 지금 이 속도라면 이 삼 주 뒤면 쌀이 바닥 날 거야. 그 전에 구휼미가 당도해야 할 텐데."

"이삼 주요?"

너무 촉박해져 버린 시간 앞에서 만덕은 망연자실했다.

우려하던 일이 벌어지고야 말았다.

너무나도 다른 장계를 받아든 왕은 급히 구휼미 오천 석을 탐라로 내려보냈지만, 쌀을 실은 배 열두 척 중에 다섯 척이 난파당하는 피해가 발생하고 말았다. 조정에서 보낸 구휼미의 절반이 바다에 침몰되자 나머지 배들은 모두 후풍처(候風處)에서 대기하고 있었는데, 그마저도 침몰될까 봐 선뜻 탐라로 향하지 못한 채 날씨만 살피고 있었다.

후풍처에는 악천후에 대비하여 날씨와 풍세를 예견하는 점풍가(占風家)와 날씨를 관측하여 수시로 보고하는 후망인(候望人)들이 있었다. 요즘 이들 사이엔 꽤 치열한 논쟁이 오가고 있었다. 한꺼번에 침몰될 수도 있으니, 남은 일곱 척의 배를 나누어 구휼미를 수송하자는 의견도 있었고, 한 척, 두 척 침몰되다가 결국엔 모두 잃게 될지도 모르니, 차라리 늦더라도 가장 날씨가 좋은 때를 기다려 한꺼번에 출항하는 것이 낫다고 목소리를 높이는 이들도 있었다.

그렇게 속절없이 시간이 흐르는데도 탐라의 바다는 도통 안정될 기미를 보이지 않고 있었다.

쨍하니 볕 드는 날을 수없이 곱씹던 만덕이 갑자기 말했다.

"아즈방! 아즈망! 제 배를 띄워서 뭍에서 곡식을 사오면 어떨까요?"

"뭐?"

"뭐라고?"

"어?"

모두들 한목소리로 소리를 내질렀고, 이 와중에 양춘은 자신이 잘못 들은 줄 알고 귀를 후벼파고 있었다.

"아, 그러니까, 제 말은 쨍하니 볕 드는 날을 기다리기보다는 차라리 볕을 찾아 나서자는 거죠. 제 배가 어차피 바닷가에 정박한 채 놓고 있으니까요. 오지도 않을 구휼미를 기다리기보다 뭍으로 제 배를 띄우면 어떨까 해서요."

만덕이 기어들어가는 목소리로 대답했다.

"이, 이런! 미친!"

월향이 만덕의 등짝을 사정없이 후려쳤다.

"만덕아, 지금 이 정도로도 넌 최선을 다했다. 그 배는……네 면천을 위해서 마련한 거잖니. 후일에 요긴하게 써야지."

육손이마저 만덕의 제안을 탐탁지 않게 여겼다. 이 날씨에 뭍으로 배를 띄우는 건 그야말로 목숨을 걸어야 할 뿐만 아니라, 만덕이 애써 마련한 배도 파손될 게 뻔했기 때문이다.

"아즈방, 이 기근을 견뎌내지 못하면 면천이 무슨 소용이고,

배가 무슨 소용이겠어요?"

만덕의 황소고집이 슬슬 발동하기 시작했다.

"그래, 맞다. 앉아서 굶어 죽으나, 풍랑에 휩쓸려 죽으나 매한가지지. 움직여 보는 게 더 승산이 있을 수도 있어. 내가 앞장서마."

방만이 갑자기 태도를 바꿔 맞장구를 쳤다.

"오라방, 그래도 이건 너무 위험해요. 만덕이가 지금껏 모은 재산이 몽땅 사라지고, 사람들이 죄다 죽을 수도 있다고요. 탐라의 바다는 늘 그렇게 잔혹했잖아요."

월향이 필사적으로 말리기 시작했다. 그녀는 어미를 삼킨 바다가 또다시 자신이 사랑하는 사람들을 빼앗아가는 걸 보고 싶지 않았다.

육손이가 월향의 등을 토닥였다.

"걱정 마라, 월향아. 가장 노련하다는 뱃놈들로 꾸려보마. 탐라 바다에 맞설 수 있는 항해 기술을 가진 사람들을 데리고 다녀오면 별일 없을 거야. 지금 바람의 방향을 보면 뭍에서 탐라로 들어오는 건 어렵지만, 탐라에서 뭍으로 나가는 건 어렵지 않을 듯해."

방만이 확고한 어조로 말했다.

"아즈방, 정말 그렇게 해주시겠어요?"

만덕이 선뜻 어려운 결정을 해준 방만을 보며 눈물을 글썽였다.

"짱구야, 너야말로 후회하지 않을 자신 있는 거냐? 네가 지금껏 등이 휘도록 일을 하면서 모은 돈들이 풍랑을 만나면 순식간에 사라질 수도 있고, 내가 성공해서 뭍에서 곡물을 사들인다고 해도 결국은 다른 사람들을 먹이는 데 사용될 테니 말이다."

"물론이죠, 아즈방. 절대 후회하지 않아요. 돈은 아즈방이 무사히 돌아오시면 그때부터 또 열심히 벌게요."

"그래. 그럼 이제부턴 나를 믿어 봐라. 난 숱하게 뭍을 다녔던 사람이고, 또 누가 실력있는 선격인지도 훤히 꿰뚫고 있으니. 셈에 한 치의 실수도 없이 모두 쌀로 바꿔오마."

방만이 월향을 바라보며 안심하라는 듯이 환히 웃었다.

방만은 정확히 삼 일 뒤, 뭍으로 떠났다.

떠나는 그의 뒷모습을 보며 만덕은 결국 울음을 터트렸다. 자신이 이 듬직한 아즈방마저 죽음으로 내몬 건 아닌지 자책하기 시작했다.

방만이 떠난 후, 만덕은 매일같이 우느라 눈이 퉁퉁 붓고, 눈 밑이 짓물러 있었다. 불안한 마음에 잠도 제대로 이루지 못했다. 어쩌다 설핏 잠들어도 숨을 조여오는 꿈 때문에 놀라서 깨곤 했다. 사실 만덕은 요즘 길몽인지 흉몽인지 가늠이 안 되는 꿈들을 꾸고 있었다. 혹여라도 흉몽일까 봐 입 밖에 내지도 못한 채 불안해하며, 애꿎은 손톱만 피가 나도록 물어뜯고 있었다.

"만덕아, 만덕아아아!"

꿈속에서 어린 개둥이가 바닷가로 뛰어오며 만덕을 불렀다.

"빨리 와. 여기 예쁜 풍엽어(楓葉魚, 불가사리)가 있어! 정말 예쁜 빨강색이야. 어서 와!"

어린 만덕이 손을 흔들며 소리쳤다.

풍엽어를 손에 올려놓고 뒤를 돌아본 만덕은 개둥이 순식간에 사라지고, 앞에서 거대한 파도가 몰려오는 걸 목격했다. 하늘만큼 높아진 파도는 거친 물살을 휘몰아쳐서 마을을 향해 다가오고 있었다.

"안 돼! 얼른 가서 알려야 해!"

어린 만덕은 풍엽어를 손에 쥐고 미친 듯이 달렸다.

헉헉, 허허헉.

눈을 번쩍 뜬 만덕의 몸에 식은땀이 흥건했다.

"……꿈이네."

만덕은 더 눕고 싶은 마음이 싹 사라졌다. 다시 눈을 감으면 밀려오는 파도에 꼭 죽을 것만 같았다.

창을 열어젖힌 만덕은 시원한 새벽바람을 쏘이며 눈을 감고 있었다.

"너도 나이가 드는가 보구나. 새벽잠을 다 설치고."

어느새 육손이가 다가왔다. 머리만 대면 평상이든 방이든 코를 골던 만덕이 자주 깨는 듯하자, 염려스러운 얼굴이었다.

"그러게요, 아즈방. 별거 아닌 일에도 잘 놀라고, 또 그렇게 놀라서 깨면 잠을 설치고 그러네요."

만덕이 차라리 늙어서 그런 거라면 좋겠다는 심정을 담아 중얼거렸다.

"나쁜 꿈이라도 꾼 거야?"

"길몽인지 흉몽인지 모를 꿈들을 매일같이 꿔요. 조금 전엔 바닷가에서 풍엽어를 주워서 신이 났었는데, 갑자기 거센 파도가 마을을 덮칠 듯이 밀려와서…… 아방의 목숨을 앗아간 파도가 혹시라도……."

만덕은 오한이 드는 듯 떨며, 뒷말을 잇지 못했다.

"그래? 길몽이네."

"길몽이에요? 정말요?"

만덕의 얼굴이 환해졌다.

"응. 예전부터 탐라 사람들이 늘 하는 말이 있었어. 물이 마르는 꿈이 흉몽이고, 물이 넘치는 꿈은 길몽이라고."

"너무 다행이에요. 흉몽일까 봐 마음을 많이 졸였거든요."

"방만이가 곧 오려나 보다."

"어떻게 아세요?"

"꿈에서 풍엽어를 주웠다며. 바다에서 귀한 어종을 낚거나

주운 것도 길몽이거든. 바다가 만선으로 돌아오는 방만이를 지켜주려나 보다. 허허허."

육손이가 편안한 얼굴로 웃자, 만덕은 그제서야 불안을 조금 떨칠 수 있었다.

꿈 이야기를 전해 들은 양춘이와 월향도 간만에 안도하는 기색이었다.

그리고 돌아오는 날까지 방만의 무사귀환을 빌기 위해 월향은 새벽마다 정화수를 떠놓고 더 정성껏 빌기 시작했다. 육손이는 그의 오랜 친구가 돌아와서 먹을 수 있도록 어포를 말렸고, 양춘이는 방만이 가장 좋아하는 술이 담긴 술독을 정성껏 닦기 시작했다. 하늘에 자신의 간절함이 닿을 수 있도록 정성껏. 그리고 만덕은 꺾였던 마음을 다시 일으켜 세워 평소처럼 죽을 끓이기 시작했다.

그렇게 바쁜 일 속에 파묻혀 제각각 다른 방식으로 방만을 기다리고 있었다.

짙은 안개가 내려앉은 새벽 바닷가로 휘적거리며 걸어오던 그림자가 바위 위에 털썩 주저앉았다. 작고 초라한 뒷모습은 새벽 바다의 추위에 온몸을 떨고 있었다. 이제 막 떠오르는 해를 바라보고 있던 사내는 양춘이었다.

월향과 육손이의 어미가 바다에 빠져 죽은 후, 바다 근처엔 얼씬도 하지 않고 산에만 처박혀 살던 그는 자신도 모르는 새 바다에 닿아 있었다. 그리고 떠오르는 해를 마주하자, 참고 있던 속울음을 내뱉었다. 그는 울먹이며 이번엔 제발 방만을 지켜달라고 하늘에, 바다에 간절히 빌고 있었다.

오열하고 있는 그의 등 뒤로 월향이 다가와 가만히 그를 안아주었다. 새벽같이 일어나 정화수를 떠놓고 빌던 그녀도 뭔가에 홀린 듯 그렇게 바다로 향하고 있었다. 어미가 죽고 난 후, 처음 나온 바다였다. 그리고 노쇠한 뒷모습이 오열하는 모습을 보게 되었다.

그들은 그렇게 씻을 수 없는 상처로 평생토록 외면했던 바다로 다시 돌아와 있었다.

"너는 이 새벽에 웬 청승이냐?"

한참을 울고 난 양춘이 민망해지자 불쑥 물었다.

"아즈방이야말로 이렇게 얇게 입고 여기까지 웬일이세요?"

월향도 지지 않고 맞받아쳤다.

"새벽잠을 설칠 정도로 방만이가 걱정되면 이 참에 아예 혼인을 해라."

양춘이 자못 진지한 투로 말했다.

"아즈방! 노망이 나신 거예요?"

월향이 귀까지 빨개져 꽥 소리를 질렀다.

"깜짝이야. 버럭대지만 말고 잘 생각해 보라고. 방만이 애

좀 그만 태우고, 흐흐흐."

양춘이가 느물대며 말했다.

"내 나이가 몇인데…… 아즈방 진짜 노망드셨나 봐요."

월향은 입을 삐죽이면서도 양춘을 부축해 돌아가고 있었다.

새벽부터 사라진 두 사람이 같이 들어오자, 육손이는 영문을 몰라 눈만 끔벅거렸다.

"아함, 잘 주무셨어요?"

만덕이 입이 찢어져라 하품을 하며 나왔다.

"짱구, 넌 꿈속에서 뭘 그리 많이 처먹은 거야?"

양춘이가 만덕에게 시비를 걸었다.

"어! 하르방 어떻게 아셨어요? 저 용궁의 산해진미를 잔뜩 먹는 꿈을 꿨거든요. 다 먹지도 못했는데 깨버려서 지금 아쉬워 죽겠어요."

"입 양 옆에 침이 잔뜩 묻었다. 좀 씻고 와. 칠칠맞기는! 철 좀 들어라."

월향이 포기했다는 듯 고개를 절레절레 흔들어댔다.

"놔 둬. 사십 줄이 넘고도 저 꼴인데, 쉽게 고쳐지겠냐? 철 들면 죽어."

양춘이가 웅얼거렸다.

히히덕대며 죽 끓일 준비를 시작하는 이들 앞에 한 사내가 뛰어 들어오며 소리를 질렀다.

"왔어요, 돌아왔어요!"

묻지 않아도 알 수 있었다.

모두 손에 쥐고 있던 걸 내던지고 미친 듯이 바다로 뛰기 시작했다. 기력이 없다던 양춘이도 거친 숨을 몰아쉬며 쌩하니 달리기 시작했다.

지평선 너머로 아주 작은 배 그림자가 비치고 있었다. 소식을 들은 사람들이 하나둘 모여들기 시작했다.

"와아! 살았다."

"휴! 만세."

"하늘이 도우셨네, 감사합니다."

"바다가 지키신 거지. 하하하."

"역시 방만이네. 방만이가 해낼 줄 알았어!"

"뭐니 뭐니 해도 만덕 객주가 최고지, 하하하!"

사람들이 서로 기쁨을 나누고 있을 때, 네 사람의 얼굴에선 뜨거운 눈물이 흘러내리고 있었다.

그리고 만덕은 만선이 되어 귀환하는 배를 향해 춤을 추기 시작했다.

어릴 적 아방을 기다리며 추던 춤을……

의문의 여인

봄의 전령이 찾아들면서 만물이 싱그런 생명력을 한껏 내뿜고 있었다. 곳곳에선 기나긴 겨울의 추위를 견뎌낸 싹들이 봉긋 피어나고 있었고, 새로운 희망이 어우러져 자라는 듯했다.

그런데 따스한 봄의 기운에도 마음껏 기뻐하지 못하는 이가 있었다.

탐라로 보낸 구휼미 절반이 바닷속에 침몰되었다는 보고에 왕은 몸져누웠다. 우려하던 일이 현실이 되어 절망스러웠고, 후풍처에서 속절없이 때를 기다리고 있는 나머지 배들 소식에 참담했다. 무작정 출발하라고 닦달할 수도 없는 노릇이었다. 그러다 그마저도 모두 잃을까 두려워하는 심정들도 이해가 되었다.

'하늘도, 바다도…… 어찌 이리 가혹하단 말인가.'

왕은 속앓이만 계속하고 있었다.

며칠째 일어나지 못하는 주군을 바라보던 이 내관의 속도 새까맣게 타들어갔다.

그리고 며칠 뒤, 갑작스럽게 밤에 정전 회의가 소집되었다.

한밤중에 편히 쉬고 있던 대신들은 왕의 부름에 잔뜩 긴장했다. 묻지 않아도 알 수 있었다. 오늘도 탐라의 기근이 이들의 쉼을 방해했다는 생각에 대신들은 짜증이 치솟기도 했다.

촛불을 환히 밝힌 정전에 왕은 미리 와서 대신들을 기다리고 있었다. 하나둘 모여든 대신들은 속죄하는 심정으로 깊숙이 머리를 조아렸다.

"조금 전 탐라에서 장계가 도착했소."

왕의 옥음이 한밤중의 정적을 깼다.

"전하, 후풍처에 있는 배들은 천시(天時)를 기다리고 있음을 통촉하여 주시옵소서."

좌의정 최용훈이 아뢰었다. 어찌할 수 없는 자연의 이치를 그만 받아들이시라는 권고가 묻어나 있었다.

"탐라의 기근이 해결되었소."

왕의 얼굴엔 오랜만에 화색이 돌았다.

대신들은 두 귀를 의심했다. 하루 사이에 후풍처의 배들이 당도했을 리도 없고, 하늘에서 곡식이 뚝 떨어졌을 리도 없는데, 갑자기 해결이라니…….

"탐라의 한 백성이 뭍에서 곡식을 사들여 기민들을 구제했다고 하오."

대신들의 웅성거리던 소리가 '한 백성'이란 소리에 딱 멎었다.

"감축드리옵니다, 전하. 하온데 대체 어떤 이가 그런 선행을 하였사옵니까?"

궁금함을 참지 못한 우의정 김은규가 아뢰었다.

"승정원 승지 김정현은 자세히 고하도록 하라."

왕 역시 그저 탐라의 한 백성이라고만 들었을 뿐, 자세한 사항은 아직 보고받지 못한 상태였다. 왕은 이 감격스러운 소식을 대신들과 함께 들을 생각에 한밤중에 급히 정전 회의를 소집했던 것이다.

"신, 승정원 승지 김정현 아뢰옵니다. 탐라의 여인이 뭍으로 배를 띄워 곡물을 사들인 것으로 아뢰옵니다."

"뭐라? 여인이라 했느냐? 반가의 여인이 전 재산을 기부한 것이로구나!"

왕이 놀라움을 금치 못하며 물었다.

"아니옵니다. 여인의 이름은 김만덕이라 하옵고, 탐라에서 객주를 운영하며 꽤 큰돈을 벌어들인 거상이라 하옵니다."

"여인 거상이라 했느냐? 여인의 몸으로 그토록 많은 돈을 벌었다니…… 그리고 전 재산을 선뜻 내놓았다는 말이냐?"

왕은 아직도 혼란스러웠다.

"하온데 그 여인이 기적에 이름이 올라 있다고 하옵니다."

선뜻 이해되지 않는 장계의 내용을 고하느라, 승정원 승지
는 진땀을 빼고 있었다.

"기, 기녀란 말이냐?"

왕은 눈이 튀어나올 듯 소리를 치며, 자리에서 벌떡 일어났
다. 그는 승정원 승지가 제정신으로 장계를 읽고 있는 것인지
슬슬 의심이 들기 시작했다.

"예, 그러하옵니다. 무슨 연유인지는 소상히 모르겠사오나,
분명 제주 목사 이우현이 올린 장계에는 탐라 기녀 김만덕이
객주를 운영하며 꽤 큰돈을 벌었는데, 구휼미가 당도하지 않
자, 사비를 털어 곡물을 구해 기민자들에게 삼백 석의 구휼미
를 나눠줬다고 되어 있사옵니다."

"지, 지금 삼백 석이라 했느냐? 그 많은 재산을 다 구휼미를
구매하는 데 썼단 말이지?"

왕은 오늘따라 자꾸 말을 버벅거렸다.

관료들 역시 어안이 벙벙한 채 놀라움을 금치 못했다. 아무
리 재산이 많은 집안일지라도 기부곡을 쌀 백 석을 전후로 내
는 게 일반적이었기 때문이다. 그녀의 기부곡이 얼마나 어마
어마한지 가늠조차 되지 않았다.

"참으로 기특한, 아니 대단한 여인이로고! 김만덕, 김만덕

이라. 하하하!"

감격에 겨운 왕의 웃음소리가 정전을 울렸다.

처음부터 모든 정황을 듣고 있던 현욱은 잔잔한 미소로 중얼거렸다.

"짱구, 김만덕. 역시 너였구나! 이런 기막힌 일을 벌일 수 있는 건, 너뿐이지."

재회

　매일같이 뜨던 해가 오늘만큼은 더 힘차게 떠오르며 새로운 시작을 알리는 듯했다. 시끌벅적한 하루가 시작되고 있었다. 방만이 뭍에서 돌아온 후, 만덕은 곡식을 제주 관아에 모두 가져갔다. 객주에서는 더 이상 구름처럼 몰려드는 인파를 수용할 수 없었기 때문이다. 만덕과 그녀의 조력자들이 곡물뿐만 아니라 가마솥에 주걱, 소금, 간장, 미역 등을 바리바리 싸 들고 나타나자 제주 목사 이우현은 체통이고 뭐고 다 집어치우고, 넙죽 절이라도 하고 싶은 심정이었다.

　"김만덕, 그대의 용기가 죽어가던 백성들을 살려냈구나. 참으로 큰일을 해냈다. 이후로는 제주 관아의 모든 군졸들이 그대를 도와 백성을 구휼하는 데 전념할 것이다. 필요한 물자가 있다면 지체 없이 고하도록 하라."

만덕의 지휘로 제주 관아에서는 수많은 가마솥이 내걸리고, 창을 들던 군졸들은 이제 도끼를 들고 땔감을 패고, 주걱을 들고 죽을 나눠주기 시작했다. 제주 목사는 비척대며 제대로 걷지조차 못하는 백성들이 제주 관아에서 충분히 기력을 회복하고 생업에 복귀할 수 있도록 막사를 설치하고 죽소를 운영했다.

관아 문이 열리기도 전에 장사진을 친 백성들은 조금씩 마음의 여유가 생겨났다. 한 숟가락이라도 얻어먹으려고 악착같이 달려들었던 강퍅한 마음들에 다시 풋풋한 인정이 싹트고 있었다. 어린아이들과 노인들을 선뜻 앞에 세워주는 사람들이 늘기 시작했다.

"고맙소. 늙은이가 주책맞게 살고 싶은 마음만 커져서……. 자식들을 모두 앞세우고도 따라 죽지도 못했소."

서 있기도 힘들어 보이는 노파가 지팡이를 짚고 앉아 있자, 한 군졸이 다가와 그녀를 맨 앞으로 이동시켰다. 아무도 토를 다는 사람이 없었다. 미안해하는 노파에게 그저 괜찮다는 눈인사로 답하고 있었다.

"늙으나 젊으나 살고픈 마음은 다 똑같지요. 그게 무슨 죄라고……."

노파 뒤의 사내가 따뜻한 시선으로 말했다.

"이제 넘치는 곡식이 도착했으니, 할망 천천히 잡숴요."

뒤에 있던 아낙도 노파에게 위로를 담은 말을 건넸다.

질긴 목숨이 때론 형벌처럼 느껴질 수도 있다는 걸 이들은 모두 알고 있었다. 가족을 버리기도 했고, 눈앞에서 죽은 가족을 제대로 묻어줄 기력이 없어서 버리듯 도망치기도 했고, 늙은 노모가 거추장스러워 차라리 죽었으면 좋겠다는 생각도 했었다. 배고프다고 울어대는 아이를 나무 기둥에 묶어두고 떨어지지 않는 발걸음을 옮긴 이들도 있었고, 차라리 다 같이 죽자고 매서운 칼바람이 불던 바다로 뛰어들었던 이들도 있었다.

그렇게 이 년이 넘는 시간을 고스란히 견뎌낸 사람들은 지금 기쁜 기색조차 마음껏 할 수도 없었다. 살고자 내팽개친 수많은 것들이 이들의 마음에 아귀처럼 달려들었다. 그렇게라도 살아남으니 좋냐고, 쌍심지를 켜고 힐난하는 듯했다.

이들에게는 '괜찮다, 이해한다'는 고개짓과 눈인사조차도 큰 위로가 되고 있었다.

관아 문이 열리자, 가마솥에서 바글바글 끓고 있던 죽 냄새가 진동을 했다. 쪼그라들었던 창자가 꿈틀대기 시작했다. 한 그릇씩 받아 든 사람들은 이전보다 훨씬 많아진 쌀알에 눈물이 왈칵 쏟아져 내렸다.

'살았다……'

가마솥 앞에서 땀을 송골송골 흘리며 일하던 만덕에게 군졸 하나가 다가왔다.

"저기, 만덕 객주. 지금 급히 제주 목사께서 찾으시네."

"저를요? 지금 바쁜데…… 죽 먼저 다 나눠주고 갈게요."

만덕의 대답에 군졸은 어안이 벙벙했다. 감히 제주 목사의 부름에 죽을 푸느라 바빠서 당장은 못 간다고 전했다가는 자신의 목이 남아 있을지 의심이 들기 시작했다.

"그래도 지금 당장 데려오라고 하셨는데……."

군졸이 머리를 긁적이자, 만덕이 불량스럽게 양손을 허리에 걸치며 한숨을 푹 내쉬었다.

제주 관아에서 만덕을 모르는 이는 없었다. 만덕은 평소 괴짜 같은 구석이 많은 비바리로 유명했다. 양인도 천인도 아닌 그녀가 두둑한 돈주머니를 툭 던지듯 관아 마당에 놓고는 월향이와 육손이를 노제 시킨 일을 두고 다들 입을 떡 벌렸었다. 번번이 자신의 면천을 방해하던 제주 목사들을 향해 시원스럽게 한 방 날리고, 떳떳하게 관아를 떠나던 그녀의 뒷모습에 다들 혀를 내두르곤 했다.

그러더니 이번엔 가늠조차 안 되는 거액의 돈을 툭 내더니 만 탐라 전체를 구해버린 것이다. 깡과 배포가 크다 못해 도통 제정신으로는 이해가 되지 않는 수준이었다.

그토록 대단한 일을 해낸 그녀가 공을 내세울 법도 한데,

매일같이 관아에서 죽을 끓이고 있었다. 그리고 지금은 바빠 죽겠으니 저리 비키라는 표정으로 자신을 쏘아보고 있었다.

"만덕 객주. 그, 그럼 내가 죽을 나눠 줄 테니 냉큼 가 봐."

군졸은 만덕의 손에서 주걱을 빼앗다시피 받아들었다.

하는 수 없이 만덕은 두건을 벗어들고 탈탈 털었다. 가만 냅 두면 제 할 일을 마칠 수 있을 텐데, 오라 가라 명하는 제주 목 사의 처사에 불만이 가득한 얼굴이었다.

"만덕아, 인상 좀 펴라. 제발 고분고분 대답하고."

옆에서 지켜보던 월향이 부탁하는 어조로 말했다.

월향은 부당하다 싶으면 양반이고 뭐고 간에 불쑥 튀어나오 는 만덕의 불량스러운 심사를 걱정했다.

마당을 가로질러 우련당(友蓮堂, 연회를 베풀던 곳)으로 향하 면서도 만덕의 시선은 죽을 기다리는 사람들을 향해 있었다.

문을 드르륵 열고 들어간 방에는 한 상 가득 음식이 차려 져 있었다. 이제 겨우 도착한 곡식을 제주 관아의 수장이 이따 위로 쓰고 있다는 사실에 만덕은 열불이 나기 시작했다. 입술 을 꽉 깨물고 얼굴을 조아린 채 앉아 있는 만덕에게 제주 목 사가 말했다.

"한양에서 안무사(安撫使)께서 도착하셨다. 어명을 받고 급 히 탐라 백성을 위무하러 오신 길이다. 그대의 높은 덕을 치하 하시고자 부른 자리니, 안무사께서 들어오시면 원하는 것을 잘 생각하여 고하도록 하라."

제주 목사의 말이 끝나기가 무섭게 안무사가 들어와 상석에 자리했다.

"먼 길 오시느라 고생하셨습니다, 대감. 술 한잔 받으시지요."

제주 목사가 술을 따르며 인사를 건넸다.

구 제주 목사 이철민이 파직되고, 이곳으로 막 부임 왔을 때 그는 먼 뱃길 여정에 울렁이던 뱃속과 지끈거리던 두통을 잊을 수가 없었다. 술 한잔을 하고 뜨끈한 방에서 자고 난 후, 겨우 제정신을 차릴 수 있었다. 그래서 그는 안무사가 도착했다는 전갈에 바로 술상부터 차린 것이다.

"됐소. 시급한 사안을 눈앞에 두고 술을 마시지 않는 것이 내 원칙이오."

나긋나긋하게 술을 권했던 제주 목사는 안무사의 거절에 뜨끔했다.

한쪽 구석에 무릎을 꿇고 앉아 있던 만덕은 순간 머리를 번쩍 들어 안무사를 쳐다볼 뻔했다. 실로 오랜만에 제대로 된 관리가 왔다는 반가움에 자신도 모르게 나온 행동이었다.

"제주 목사께선 이후로 어떻게 구휼 작업을 진행하실 생각이시오?"

안무사가 딱딱한 어조로 물었다.

"아, 예. 소신은 백성들이 기력을 회복할 때까지는 죽소에서 죽을 나눠주고, 이제 조정에서 보낸 구휼미까지 모두 도착했으니 백성들에게 곡식을 나눠주고 곧 생업으로 돌아가도록 조처할 것이옵니다."

제주 목사는 자못 뿌듯한 어조로 말을 이어갔다.

"그건 너무나도 뻔한 답이 아니오? 나는 모일 모시까지 백성들에게 죽을 쑤어줄 것이며, 한 가구당 곡식을 어느 정도 배분할 것인지, 그 구체적인 답을 묻고 있는 것이오."

"아, 그러니까…… 이제부터 계산을 해 봐야지요."

제주 목사는 자라처럼 목을 움츠리며 겨우 답했다.

쾅!

"지금껏 계산을 안 했다는 말씀이오? 지금 당장 그 일을 시작해 주시오. 다만 구휼미가 골고루 백성들에게 돌아갈 수 있도록 가족 수에 따라 대호(大戶), 중호(中戶), 소호(小戶), 독호(獨戶) 등 차등을 두어 분급하는 것을 원칙으로 하시오. 또한 이번 구휼 작업에는 떠돌던 유랑민들까지 빠짐없이 포함되어야 할 것이오. 연회는 그 이후에 해도 늦지 않소."

이토록 세세하면서도 명확한 지시에 기가 질린 제주 목사는 황급히 자리를 떠났다.

제주 목사가 떠난 후 한동안 정적이 흐르자, 만덕은 긴장이 되기 시작했다.

'왜 아무 말씀을 안 하시지? 내가 또 무슨 실수를 했나?'

불러놓고 아무 말 않는 안무사의 처사에 만덕의 머릿속엔 궁금증이 차올랐다.

"그대가 김만덕인가?"

한결 누그러진 어조로 안무사가 물었다.

"예, 그러하옵니다."

만덕의 대답도 다소 공손해져 있었다.

"주상전하께서 그대가 탐라 백성들에게 베푼 덕을 크게 치하하고 싶어 하신다."

"제가 한 일이 그리 큰 칭송을 받을 만하다고는 생각하지 않사옵니다. 그저 모두가 살아야겠기에 시급한 일을 했을 뿐이옵니다. 저는 돈을 냈을 뿐이지만, 목숨을 걸고 바닷길을 다녀와 준 이, 새벽마다 자리를 떨치고 일어나 죽을 끓인 이들, 필요한 장작을 패느라 손이 짓무른 이, 그리고 씹을 거리를 조금이라도 더 마련하기 위해 소금기에 온몸이 절도록 비린 것들을 낚아 올린 이들이 탐라 백성을 살린 것이옵니다. 치하받아야 할 사람은 제가 아니라, 이들 모두이옵니다."

"하하하. 과연 그대의 말이 옳다. 보고 싶었다. 김만덕."

보고 싶었다는 안무사의 말에 만덕은 고개를 갸우뚱거렸다.

"그동안 잘 있었느냐, 만덕아?"

'이건 또 뭔 말이지? 내가 헛것을 듣는 건가?'

만덕은 속으로 오만가지 생각이 들었다.

"저를…… 아십니까?"

도통 갈피를 잡을 수 없자, 답답해진 만덕이 물었다.

"고개를 들어보아라."

잽싸게 얼굴을 들어 안무사를 본 만덕은 입이 떡 벌어졌다.

분명 나이가 들었지만, 옛적 반듯하고 훤칠하던 현욱 도령이 눈앞에 앉아 있었다.

"어, 어! 현, 현욱 도령?"

말을 버벅거리던 만덕은 급기야 꿈인지 생시인지 얼굴을 꼬집어 보기 시작했다.

"하하하. 이제야 알아보는구나. 그간 잘 지냈느냐?"

현욱의 목소리가 반가움에 떨렸다.

"그럼. 나야 잘 지냈지. 현욱 도령은 어찌…… 앗! 송구합니다. 소인이 지체 높으신 안무사 어른께 무례를 범하였사옵니다."

반가움도 잠시뿐, 만덕은 제정신을 곧 차렸다. 어렸을 적에야 반말을 해도 너그러이 넘어가 주었지만, 지금은 어명을 받들고 온 조선의 높으신 관리가 아니던가.

"하하하. 반말을 들을 각오로 왔는데 벌써부터 머리를 숙이다니, 너답지 않구나."

"소인, 이제 철없는 아이가 더 이상 아니옵니다."

"나는 그때의 짱구, 김만덕이 보고 싶었다."

"그, 그 별명을 아직도 기억하십니까? 그럼 제가 그 말을 무지하게 싫어한다는 것도 아시겠습니다?"

만덕의 어투가 조금씩 바뀌고 있었다.

"나만 너를 그렇게 부르는 게 아니던 걸? 하하하."

현욱은 관아 마당에서 노인들이 만덕을 스스럼없이 짱구라고 부르는 걸 들으며, 웃음을 꾹 참았었다.

만덕은 이제 더 켕길 게 없다는 표정으로 장난스레 방긋 웃었다.

"그나저나 현욱 도령은 많이 늙으셨네요. 하기야 예전에도 나이에 비해 너무 조숙했지요? 늘 심각하기도 했고? 과거 공부를 너무 심하게 했나⋯⋯ 등도 많이 구부정하고, 주름살도 많아진 거 같고⋯⋯."

짱구라는 말에 발끈한 만덕이 제법 나이든 티가 나는 현욱을 향해 되갚음을 시작했다.

"하하하, 으하하하하."

현욱은 늙어도 여전히 너무나 유쾌한 옛 벗의 공격에 크게 웃어댔다.

"그런데 왜 아직도 기적에 이름이 남아 있는 것이냐? 면천을 못한 것이냐?"

현욱이 웃음을 뚝 그치고 물었다.

"하려고 했죠. 아니, 하고 싶었죠. 아무리 돈을 많이 들고 가도 무슨 핑계를 대서라도 해줄 수 없다고 하니 뭐 별 수 있나요. 그래서 그 돈으로 월향 아즈망이랑 육손이 아즈방 먼저 노제시켜 드렸어요. 부임하는 제주 목사 나리들마다 늘 똑같은 대답이라⋯⋯. 이젠 치사스럽기도 하고, 뭐 그게 그리 중요한가 싶기도 하고, 그러던 와중에 목숨이 오락가락할 정도로 유례없는 기근이 닥쳐서 그만 까먹고 있었네요, 제 면천을."

만덕은 안무사 앞이라는 사실을 또 잊은 채, 상 위에 놓여 있던 육전을 손으로 하나 집어 들고 우적우적 씹었다.

"그랬구나. 그럼 이제 답해 보아라. 소원이 무엇이냐?"

"소원이요? 정말 들어 줄 겁니까?"

만덕이 눈을 반짝이며 물었다.

"주상전하께서 네게 물으시는 것이니, 응당 들어주시겠지."

"한양 가서 궁궐 구경도 하고, 이왕지사 간 김에 임금님 얼굴도 좀 뵙고. 그래도 제일 하고 싶은 건 역시 금강산에 가는 거지요! 그런데 이렇게 많은 소원도 들어 줍니까?"

만덕이 신이 나서 연신 벙글거렸다.

"으응? 면천이 아니고?"

"소원이라는 게 사실 하고 싶은 거잖아요? 지금 당장 면천이 된대도 별로 바뀔 게 없어서요. 자식이 있다면야 대물림되는 천한 신분을 당장에 바꾸고 싶겠지만, 제가 자식이 있는 것도 아니고. 그러니 지금은 궁궐이랑 금강산이 진짜 가보고 싶거든요. 어떻게 안 될까요?"

아무리 머리통을 굴려봐도 제일 하고 싶은 건 그것뿐이었다. 입버릇처럼 되뇌이던 금강산에 꼭 가보고 싶었다. 나중에 월향이 알면 또 한바탕 난리가 나겠지만, 그래도 찬란히 빛날 금강산이 눈앞에 아른거렸다.

"그래. 네 뜻이 정 그렇다면 주상전하께 그렇게 고하마. 그런데……."

현욱은 말끝을 흐렸다.

"뭐 물을 게 더 있으십니까? 없으면 저 그만 나가서 죽 끓여야 되는데요."

육전을 실컷 집어먹은 만덕이 당장에라도 나갈 듯 엉덩이를 들썩거렸다.

"혼인을…… 아직 못한 것이냐?"

현욱은 결국 묻고 말았다. 그리고 만덕의 표정에 아차, 싶었다.

"못 하다니요? 못 한 게 아니라, 안 한 건데요."

만덕이 한 마디씩 꼭꼭 씹는 듯 답했다.

"아, 미안하구나. 기분을 상하게 할 생각은 없었다."

현욱은 만덕의 눈치를 살피기 시작했다.

"안 한 거라니까요! 왜 안 믿으십니까?"

만덕이 서운한 기색으로 물었다.

"아니, 보통은 네 나이까지 시집을 못 간 노처녀는 있어도 안 갔다는 처자를 들어본 적이 없어서 말이다."

현욱은 또다시 솔직한 답변을 한 자신의 입을 한 대 치고 싶었다.

"저는 혼인이 시시해서 안 했습니다. 정말이에요."

"뭐가 시시한 것이냐?"

만덕은 제대로 한 판 붙어보자는 심정으로 팔까지 걷어붙 였다.

"우선 탐라엔 외양이 멋진 사내가 없었습니다. 일생에 한 번 하는 혼인인데 아무렇게나 막 생긴 사람한테 갈 수는 없 잖아요?"

"그래. 그리고 또?"

이제 현욱은 만덕을 골리는 재미에 푹 빠져 있었다.

"둘째, 혼인을 하면 제가 하고 싶은 일을 마음껏 못하잖아 요? 현욱 도령도 알다시피 제가 손으로 뭘 만들었다 하면 순 식간에 거액으로 팔리고 그러지 않습니까? 그런데 밥하고 애 들 키우면서 어느 세월에 그런 걸 만들고 돈을 벌겠어요? 그 러니 하나를 포기하는 수밖에요."

"차라리 그 설명이 더 납득이 되는구나."

현욱이 진지하게 맞장구를 쳤다.

"그리고 돈을 벌어보니 이게 꽤나 재미있더라고요. 지난번엔 갓양태를 팔아서 돈을 엄청 벌었거든요. 아마 한양 양반 나리들이 쓰고 다니는 갓은 전부 제 객주에서 판 걸 거예요. 물론 거짓말 쬐금 보태서 그렇다는 얘기죠. 어쨌든 결론은 제가 그러느라 너무 바빠서 혼인을 할 생각을 때려치웠다는 거죠."

"그런데 어떻게 그 많은 돈을 선뜻 내놓을 수 있었느냐?"

현욱은 사실 그게 제일 궁금했다.

"솔직하게 말해도 됩니까? 사실 열 받아서 그런 겁니다."

그는 뜬금없는 만덕의 대답에 눈을 동그랗게 떴다.

"기근이 심각해지면서 눈앞에서 사람들이 쓰러져 죽어 가는데 양반님네들이 바리바리 귀한 물건들이랑 돈을 싸 들고 와서 제 객주에 남아 있는 곡식과 맞바꾸자고 하더라고요. 값은 얼마든 상관없다면서. 그래서 그 길로 객주 장사 접었어요. 그 곡식 풀어서 죽을 쑤면서 구휼미를 기다렸거든요. 조금씩 아끼면서 시간을 벌어볼 생각이었어요. 그런데 구휼미 절반이 바다에 빠져버렸다는 거예요. 거참, 상것들은 뒤로 자빠져도 코가 깨지는 법인지……. 그래서 이래 죽으나 저래 죽으나 똑같으니, 차라리 뭍으로 가서 곡식을 사오자고 결정을 했지요. 어차피 제 배가 놀고 있었으니까요. 사놓고 띄워보지도 못한 배가 곡식을 싣고 만선으로 돌아올 때 결심했어요. 그깟 돈 써서 귀한 목숨들 구했으니 그걸로 충분하다고. 장사는 또 시작하면 되는 거니까요. 아직 멀쩡히 살아있으니, 다시 일을 시

작하면 또 돈들이 우수수 떨어지는 낙엽마냥 떼굴떼굴 굴러
들어 올 테니까요. 저 제법 돈 버는 재주 있어요."

만덕은 신이 나서 떠들어대고 있었다. 그간 누구에게도 하
지 못했던 말들이 현욱 앞에서 쏟아지고 있었다.

"하하하, 그래. 네 솜씨랑 돈 버는 재주야 내가 잘 알지. 그
런데 아까 죽 끓이러 곧 나가봐야 된다고 하지 않았느냐?"

현욱이 놀리듯 물었다.

"앗, 이 정신머리! 그러게 왜 혼인 얘기는 꺼내셔서……. 그
럼, 안무사 나리. 소인은 이만 물러 가겠습니다요."

만덕은 그래도 예를 차려야 한다는 생각에 넙죽 절을 하고,
총총히 사라졌다.

들썩이는 한양

　귀를 간질이던 봄바람의 자리에 조금씩 후끈한 여름 기운이 들어서고, 연녹색 어여쁘던 잎사귀에도 어느새 녹음이 스며들고 있었다. 소쿠리 가득한 채소들을 씻는 궁인들의 손길이 살랑살랑 부는 바람결에 나부끼는 듯 가벼웠다.

　"소문 들었어? 탐라 사람들을 몽땅 구한 게 사내가 아니라, 여인이래."

　붉게 물든 뺨에 앳되어 보이는 궁녀가 재잘거렸다.

　"그러게 말이야. 그런데 어찌 반가의 여인도 아닌데, 그리 돈이 많지?"

　"상인이래. 탐라에서 객주를 운영하면서 돈을 엄청 벌었다나 봐."

　"아니야. 기녀라고 하던데?"

"으응? 기녀가 돈이 그렇게 많다고? 양귀비처럼 미색이 뛰어났나? 아무리 예뻐도 기녀가 그렇게 부자일 수가 있나?"

"어쨌든 대단하긴 하네. 탐라에 사는 여인이 한양 땅을 들썩이게 하는 걸 보면."

"어쩜! 너무 멋있지 않니? 한낱 천한 여인이 탐라 백성을 구하다니! 그 기상이 사내 못지않은 것 같아."

앳된 얼굴의 궁녀가 몽상에 빠진 얼굴로 감탄을 쏟아냈다.

"어머, 얼른 서두르자. 마마님께 꾸중 듣겠다."

만덕을 상상하느라 촉촉한 눈을 빛내던 어린 궁녀들이 서둘러 수라간으로 향했다.

요즘 한양엔 어딜 가든 만덕 얘기뿐이었다.

시를 지으며 벗들과 교유하는 사대부들도, 우물가에서 두런두런 이야기를 나누는 아낙들도, 주막에서 거나하게 탁주로 목을 축이는 사내들도, 성문을 지키던 군사들도, 저자에서 노는 철없는 아이들도, 그리고 심지어 구중궁궐에 갇혀 지내는 궁녀들조차도 만덕을 모르는 이가 없었다.

수라간은 아주 오랜만에 활기를 되찾고 있었다. 탐라 기근으로 근심하던 왕이 감선(減膳)을 풀고, 제대로 수라를 드시는 첫날이었기 때문이다.

조선의 왕들은 천재지변이나 전란으로 백성의 삶이 도탄에 빠지면, 자신의 부덕함을 탓하며 백성의 어려움을 위로하기 위해 음식의 가짓수를 줄이는 것으로 모범을 보였다. 육식을 금하고 소선(素膳)을 통해 절제와 검소를 몸소 실천하였는데, 보통 3~5일 정도를 감선 기간으로 정하였다. 그러나 감선의 기간이 길어지면 신하들은 왕의 건강을 염려하여 수라상에서 고기를 포함한 음식 수를 평소대로 올리는 복선(復膳)을 간절히 주청하기도 했다.

그런데 탐라 기근에 오래도록 고심하던 왕은 감선 기간도 두 달을 훌쩍 넘겨버린 채, 신하들의 복선 주청도 번번이 물리치고 있었다. 탐라의 한 여인 덕분에 왕은 웃음을 되찾고, 감선도 풀게 했다. 이 내관은 얼굴도 모르는 여인에게 너무나도 고마워 눈물을 찔끔 흘리고야 말았다.

기쁨도 잠시, 이 내관의 한숨이 다시 깊어졌다.

"전하, 부디 옥체를 생각하시옵소서. 지금 수라간 궁인들이 너무나도 기쁜 마음으로 수라를 준비하고 있사온데, 어찌 또……."

"이 내관. 너무 기쁜 날이니, 짐이 먹고 싶은 음식으로 준비하라는 것이다. 일국의 군왕인 내가 먹고 싶은 것을 먹겠다는데, 뭐 그리 서설이 긴 것이냐?"

왕이 이해가 되지 않는다는 표정으로 되물었다.

"전하, 곰곰이 생각해 보시옵소서. 필시 고기와 신선로, 각종 산적과 어육을 드시고 싶으실 것이옵니다. 안 그렇사옵니까?"

이 내관이 왕의 수라상에 마땅히 올라야 할 음식들을 읊어 대고 있었다.

"아니, 짐은 웅어구이와 고추장을 먹고 싶다고 했느니! 그리고 찬품(饌品)도 서너 가지를 넘지 않게 하되, 반드시 작은 접시에 조금씩 담도록 하라."

왕도 물러서지 않았다.

왕은 웅어와 고추장을 좋아했다.

웅어는 그다지 큼지막하지는 않지만, 맛은 좋은 물고기였다. 다만 왕이 기쁜 날에 즐겨 드실 정도의 고급 어종은 결코 아니었다.

이 내관은 평소에도 왕의 웅어 사랑이 탐탁지 않았다. 본인만 좋아해도 될 웅어를 기쁜 일만 있으면 신하들에게 마구마구 선물했기 때문이다.

"전하, 수라간에 그리 이르도록 하겠나이다. 하오나 꼭 수라를 모두 드셔야 하옵니다."

"알았느니."

꺾일 리 없는 왕의 고집에 이 내관이 한 걸음 양보하며, 수라를 다 먹겠다는 약속을 받아냈다.

맛있게 수라를 마친 왕은 또다시 깊은 생각에 잠겼다.

"전하, 산사차이옵니다."

이 내관이 미동도 하지 않는 왕을 향해 걱정스럽게 아뢰었다.

"전하!"

"응? 무슨 차라고?"

"산사차이옵니다. 더부룩하지 않게 속을 다스리는 데 도움이 되실 것이옵니다."

이 내관은 간만에 배불리 먹은 왕을 위해 산사차를 준비시켰다.

"전하, 무슨 근심이라도 있으시옵니까?"

"근심이라고 하기엔 너무 기쁜 근심이구나."

"예에?"

"탐라 백성들을 살린 김만덕이란 여인 말이다."

왕은 불쑥 만덕의 이야기를 꺼냈다.

"무슨 문제라도 있사옵니까?"

"짐이 홍문관 부제학 이현욱을 탐라 안무사로 보내면서, 그 여인에게 소원이 무엇인지 물으라고 했었다. 그런데……."

왕이 말끝을 흐리자, 이 내관은 궁금증이 솟기 시작했다.

"전하, 그래서 그 여인의 소원이 무엇이옵니까?"

"허, 참! 그것, 참! 이 내관 만약 네가 천인이라면, 무슨 소원이든 다 들어주겠다는 제안에 무엇이라고 답하겠느냐?"

"그야, 응당…… 면천 아니겠사옵니까? 자손 대대로 천인을 면할 수 있는 유일한 기회가 아니옵니까? 소신은 마땅히 면천을 청할 것이옵니다."

"그치? 그래야 정상이지? 나도 당연히 김만덕이 그런 소원을 말할 줄 알았거든?"

"하온데 다른 소원을 아뢰었사옵니까?"

"이현욱의 장계를 보니, 김만덕은 면천을 전혀 원하지 않는다는구나."

"정말이시옵니까? 그럴 리가요……."

"면천 대신 아주 기막힌 일을 소원으로 아뢰었다. 그저 탐라 땅에서 잠시 벗어나 한양에 와서 궁궐을 구경하고, 금강산에 다녀오고 싶다는구나. 그것, 참! 일국의 지존이 들어주겠다는 소원인데, 궁궐 구경에 금강산 유람이라니……. 더한 걸 달래도 흔쾌히 줄 수 있거늘."

왕이 아쉬운 듯 중얼거렸다.

왕은 선뜻 이해가 되지 않았다. 물론 궐에 들어오는 것도, 금강산 유람을 떠나는 것도 쉬운 일은 아니지만, 전 재산을 내놓고 탐라를 구한 사람치고는 너무 보잘것없는 소원을 아뢴 것에 적잖이 놀라고 있었다.

"하온데 전하. 그 여인은 참으로 별난 여인인 듯하옵니다. 조선 땅에서 아녀자들의 삶이 극히 제한되어 있지 않사옵니까? 반가의 여인들은 규방과 장옷에 갇혀 자유롭지 못하옵고, 양인 여인들 역시 저자나 우물가에 나가는 것 외에 멀리 다니지 못하지 않사옵니까? 그런데 조선의 가장 끝자락에 사는 여인이 바다를 건너 뭍에 오고 싶어 하고, 더구나 금강산 유람까지 꿈꿀 수 있다니……. 천신은 그 여인이 참으로 별나게 느껴지옵니다."

"듣고 보니 과연 그렇구나. 도대체 어떤 포부가 있기에 여인이 그런 마음을 품을 수 있을까? 면천이나 천금마저도 시답지 않게 여겨 마다한 채, 금강산이나 유람시켜 달라니 참으로 유별나지 않느냐? 사내 못지않은 걸출한 기상이 아니냐?"

왕은 김만덕이란 여인이 궁금해지기 시작했다.

왕의 얼굴에 잔망스럽게 호기심이 들어서고 있었다.

소원 성취

볕이 눈부시게 내리쬐는 아침.

다들 누가 뭐랄 것도 없이 손에 빗자루며 걸레를 들고 마당에 모여들었다. 그동안 죽소로 운영하던 객주를 말끔히 치우기에 더없이 좋은 날씨였다. 묵은 때와 어두운 슬픔, 죽음의 그림자를 모두 몰아내고 풋풋한 기쁨을 맞이할 때였다. 텅 비었던 곳간에 새로운 물건을 들여놓을 생각에 다들 가슴이 벅차올랐다.

"어머, 아즈방! 무거운데 왜 그걸……. 오라방들한테 시키시지요."

월향이 잔뜩 굽은 등에 술항아리를 지고 온 양춘에게 달려갔다.

"월향아, 네가 아직 아즈방 힘을 잘 몰라서 그래. 아즈방이 언제 술동이 남한테 맡기는 거 봤냐? 아직 기력이 짱짱하신 거지."

마루와 정지를 손보고 있던 방만이 대수롭지 않다는 듯 말했다.

마당을 쓸고 있던 육손이가 어느새 다가와 술동이를 옮기기 시작했다.

픽!

"넌 오늘부터 내 술 처먹었다간 봐. 아주 그냥 주둥아리를 콱 찢어놓을 테니까."

골이 잔뜩 난 양춘이 기어이 방만의 등을 한 대 후려쳤다.

"아이고, 아야! 아즈방은 어째 때릴 때만 힘이 넘치시는지……."

방만이 등을 쓱쓱 문지르며 궁시렁댔다.

양춘이는 일상으로 돌아간 사람들이 제일 먼저 찾을 물건이 술이라는 걸 알고 있었다. 다시 찾아온 삶에 서로 위로하며 한 잔, 기뻐하며 한 잔, 그리고 죽은 이들에겐 미안해하며 또 한 잔할 게 뻔했으니까. 그래서 만덕의 창고를 가장 먼저 술로 그득하게 채워주고 싶었다. 수고했다고, 대단한 일을 했다고, 한마디 해 줘도 될 법한데, 도통 온몸이 간질거려서 죽을 맛이었다. 그러느니 차라리 술동이를 지고 온 것이다.

"근데 짱구는 저기 서서 뭐 하는 거냐? 얼렐레! 꼴에 새색시 흉내를 다 내고 있네?"

양춘이 문 앞에 서 있는 만덕이를 보며 말했다.

"그죠? 새색시 같긴 하죠? 저도 만덕이 저런 모습 처음 봐요."

월향이 우스워 죽겠다는 표정이었다.

"월향아, 쟤 연지곤지라도 좀 찍어줘 봐라. 볼 만하겠다."

방만이가 거들었다.

요즘 만덕이는 아침마다 집 앞에 줄지어 찾아드는 사람들을 상대하느라 나름 바빴다. 해 뜨기가 무섭게 사람들은 손에 무언가를 달랑달랑 들고 객주를 찾았다.

막 낳은 따끈따끈한 계란을 들고 오는 이.

파릇파릇 돋은 나물을 된장에 무쳐 오는 이.

도토리로 쑨 묵을 들고 오는 이.

얇게 민 메밀 반죽을 굵직하게 썰어서 수제비를 끓여 오는 이.

두 손 가득 미역을 들고 오는 이.

소쿠리 하나 가득 고구마를 담아오는 이.

들고 올 게 마땅치 않은 이들은 그저 빈 몸으로 와서 허드렛일이라도 거들고 싶어했다.

만덕이 사람들에게 꾸벅꾸벅 인사하는 모양새를 보고 다들 웃음이 삐져 나왔다. 팔 걷어붙이고 요란스럽게 떠들어대며, 쓸고, 닦고, 물건을 만들어야 직성이 풀릴 그녀가 새색시 마냥 다소곳이 인사하는 일이 매우 고되다는 걸 그들은 알고 있었다.

아침마다 찾아와 주는 이들 덕분에 월향은 요즘 밥을 하지 않아도 될 정도였다. 그저 만덕이 건네는 음식들을 차곡차곡 상 위에 얹고, 혀를 내두르며 먹기만 하면 되는 날들이 이어지고 있었다.

"만덕 객주, 만덕 객주!"

관아의 포졸이 다급히 만덕을 부르며 들어왔다.

"지금 당장 관아로 들라고 하시네."

"저를요? 누가요?"

"안무사께서 급히 찾으시네."

지루해서 죽을 뻔했던 만덕은 동아줄을 잡은 심정이었다.

따스한 햇볕을 등지고, 현욱이 관아 마당을 거닐고 있었다.

"요즘 아침마다 꽤 바쁘다는 소문이 자자하더구나."

그가 헐레벌떡 들어서는 만덕을 보고 인사를 건넸다.

"고맙습니다, 안무사님. 저 정말 숨이 꼴랑 넘어갈 뻔했습니다."

"으응?"

"아침마다 두 손을 다소곳이 모으고 문 앞에 서 있는 게 얼마나 고된지 아십니까? 숨통이 콱 막혀서 죽을 것 같았어요."

"그래도 사람들이 생명을 되찾아준 은인에게 고맙다는 마음을 표현하는 것이 아니냐?"

"알죠, 알죠. 그래도 제가 뭐 대단한 일을 한 것도 아닌데, 이제 와서 거창하게 인사치레를 받자니 좀 민망하기도 하고요. 그리고 하고 싶은 일이 태산같이 많은데 멍하니 서서 꼭두각시 놀음 하려니 죽을 맛이었어요. 어색한 웃음을 짓느라 얼굴에 마비가 올 거 같아요."

만덕이 폭풍같이 말을 쏟아냈다.

"하하하. 그러고 보니 네 상황이 참 별스럽긴 하구나."

현욱이 고개를 주억거리며 말했다.

"뭐가 별스럽습니까?"

"내가 살면서 양반들이 관직 하나 얻고, 청탁 하나 넣어보려고 고래등 같은 기와집 앞에 줄을 선다는 얘기는 들어봤어도, 고맙다고 찾아와서 장사진을 이루는 건 본 적이 없거든. 하여간 네 덕에 내가 별난 구경을 참 많이 한단 말이지."

현욱이 놀리는 소리에 만덕이 툴툴대며 물었다.

"근데 아침부터 왜 부르셨습니까, 안무사님?"

"한양에서 기별이 왔다."

"무슨 기별이요? 임금님이 제 소원 들어주신답니까?"

만덕이 호들갑을 떨며 물었다.

"떠날 채비를 시작하거라. 금강산까지 다녀오려면 시일이

걸릴 테니 여벌 옷도 넉넉히 준비하고."

"와아! 정말입니까?"

만덕이 발을 동동 구르며 마당에서 깨방정 춤을 추기 시작했다. 남들은 중늙은이가 다 된 나이에 남사스럽다며 결코 하지 않을 짓을, 그녀는 너무나도 천연덕스럽게 즐기고 있었다.

왕의 서신이 도착한 건 어제 오후였다.

서신을 받아 든 현욱은 많이 당혹스러웠다.

만덕을 궁금해하는 왕의 마음이 서신에 고스란히 담겨 있었기 때문이다.

일국의 지존으로 기특한 일을 해낸 만덕을 대견해 하는 느낌이 아니라, 정말 별스러운 만덕의 정체를 궁금해하는 듯했다.

의심 많고 까탈스런 왕의 마음에 호기심이 꿈틀대고 있었다.

부친을 따라 처음 탐라에 왔을 때, 따박따박 말을 되받아치며 당돌했던 만덕은 세월이 흘러도 여전히 변함이 없었다. 어디로 튈지 알 수 없는 그녀의 엉뚱함도 여전히 유쾌하게 남아 있었다. 머릿속엔 늘 재미나고 신나는 일들이 가득했던 왈가닥 꼬마는…… 그 모습 그대로 귀여운 중년 여인이 되어 있었다. 세파에 꺾이지 않은 순수한 모습으로. 그런 만덕을 무슨 말로 표현할 수 있을까?

왕도 알아차린 걸까?

남들의 시선에 얽매이지 않고, 자유롭고 유쾌한 만덕의 괴짜 같은 진면목을.

세상이 정해놓은 틀 속에 갇히기보다, 기꺼이 틀을 부수면서 펄떡이는 그녀의 생명력을.

그리고 이런 마음을 지닌 이가 세상에 극히 드물다는 걸.

그래서 꼭 보고 싶었던 걸까?

왕은 무리수를 두고 있었다.

천인 여인이 감히 입궐해서 왕을 뵐 수 있는 방법이 조선 땅엔 아직 존재하지 않았다. 또한 출륙금지령에 묶인 탐라 백성이 섬을 떠나 한양 땅을 밟고, 금강산까지 유람할 수 있는 길도 전혀 없었다.

필시 신하들의 반대가 빗발쳤을 것이고, 깊은 수심에 잠긴 왕은 연일 잠을 이루지 못했을 것이다.

그러나 왕은 신료들이 기함을 할, 전대미문의 결정을 내렸다.

기적에 이름이 올라있는 만덕에게 관직을 하사한 것이다. 그녀를 의녀의 최고 수장, 차비대령(差備待令) 행수의녀(行首醫女)로 삼아 입궐하게 하고, 왕뿐만 아니라 내명부의 왕실 여인들까지 모두 만나볼 수 있는 길을 열어 주었다.

또한 금강산을 두루 보고 돌아갈 때까지 각 지방 관아에서 양식과 재물을 넉넉히 제공하여, 그녀의 소원 성취에 조금도 부족함이 없도록 조처한 것이다.

서신에서 왕은 온몸으로 외치고 있었다,

'별난 비바리, 김만덕! 너를 꼭 만나보고 싶구나.'

관아에서 나온 만덕은 신이 나서 어깨춤이 절로 나왔다. 평
생소원이 마침내 이루어진다는 생각을 하니, 기쁘면서도 울컥
하는 마음이 치솟았다.

"빨리 가서 알려드려야지."

먼지를 일으키며 후다닥 뛰어가는 만덕의 뒷모습에서 중년
여인의 단아한 자태라고는 눈 씻고 찾으려야 찾을 수 없었다.

"······."

"왜 다들 아무 말씀이 없으세요?"

만덕이 출륙금지령을 깨고 금강산에 갈 뿐만 아니라, 왕까
지 뵐 수 있게 되었다는 소식에 다들 턱이 툭, 떨어져 할 말을
잃었다. 놀라움도 잠시뿐, 모두 면천 따위는 잊은 채 오로지 한
가지 생각에 골몰하고 있었다.

'이를 어쩐다······?'

'저걸 어떻게 인간형상으로 만들어 놓지?'

'저 천방지축을 어떻게 일국의 군왕 앞에 설 정도로 다듬
어 놓지?'

'궁궐의 복잡한 예법은 둘째치고, 온몸에 넘쳐 흐르는 저 불

량한 자태는 어떻게 없애지?'

제각기 머릿속이 시끌거렸다. 그리고 다들 뭔가에 홀린 듯 스윽 밖으로 나갔다.

"하르방? 아즈방들? 아즈망? 뭐가 잘못되었나요?"

만덕이 어리둥절해서 물었다.

월향은 급히 정지로 향했다. 새벽녘에 낳은 계란이 남아 있는지 확인하기 위해서였다. 양춘은 급하다며 육손이와 방만을 끌고 산속 초가로 향했다.

혼자 남겨진 만덕은 의아할 뿐이었다.

"다들 내가 면천을 소원으로 아뢰지 않아서 화가 나신 건가?"

양춘이는 문득 먼 여정에서 가장 중요한 게 '체력'이라는 걸 떠올렸다. 그래서 탐라 특유의 보양식, 꿩엿을 만들기로 결심했다. 우선은 꿩부터 잡아야 하니 육손이와 방만이 필요했다. 여든다섯이 훌쩍 넘은 자신이 할 수는 없는 노릇이니까.

"만덕아, 들어와봐."

손에 큰 사발을 든 월향이 만덕을 불러들였다.

"누워."

다짜고짜 월향이 목침을 가리키며 명령했다.

"아즈망, 혹시 면천 때문에 화가 나신 거라면……."

"누우라니깐! 시간이 없어."

"예에?"

"너 설마 그 꼴로 주상전하를 뵐 건 아니지? 아녀자들 화장수나 조두를 만드느라 뼛골 빠지게 일했으면서도, 정작 너는 그 물건들을 소 닭 보듯 했으니 얼굴이 그 꼴이지. 급한 대로 계란을 술에 담가 놨으니 일주일 정도 지나면 얼굴에 펴 바를 수 있을 거야."

"계란을요? 먹는 게 아니고, 얼굴에 바른다고요?"

"그렇게 하면 얼굴이 매끄름해지고 윤기가 나. 물론 살결이 하얘지기도 하지. 그런데 이제야 그걸 만들었으니, 급한 대로 이것부터 좀 마셔라."

월향이 사발을 건넸다.

"이건 뭐예요?"

"술에 담근 구기자 열매야. 이걸 꾸준히 마시면 백발은 흑발이 되고, 얼굴빛이 열다섯 소년같이 된대."

만덕은 어이가 없었다. 갑작스런 월향의 태도 변화가 의아했다.

기녀였던 월향은 만덕을 이 꼴로 한양에 올려보낼 수 없었다. 그녀는 한때 예쁘장했던 어린 만덕의 얼굴을 기억해냈다. 조금만 손을 쓰면 천하절색까지는 아니라도, 원래의 귀여운 얼굴 정도는 되살릴 수 있을 터였다. 이건 자존심이 걸린 문제였다. 예쁘고 화려한 여인들이 많은 한양에서 만덕이 촌티를 폴폴 내뿜는 건 결코 용납할 수 없었다.

"캬, 맛있다."

새콤한 구기자 술을 들이킨 만덕이 트림을 끄윽, 하며 드
러누웠다.

"당장 일어나."

월향이 앙칼진 목소리로 말했다.

"아니, 왜요? 얼굴이 고와지려면 이제 쉬어야지요."

벌써 취기가 오른 만덕이 알딸딸해져서 말했다.

툭.

월향이 명주천과 침선통을 바닥에 놓았다.

"이제 여벌 옷을 지어야지. 시일이 촉박하니, 가만 있자······
뭐부터 해야 하나?"

월향이 평소와 다르게 허둥대고 있었다.

"휴우, 저는 바느질은 젬병인 거 아시잖아요. 바늘 대신 차
라리 조개껍데기랑 어교를 주시면 모를까."

"시끄럿! 안 그래도 너한테는 옷 못 맡겨. 잠자코 앉아서 그
냥 네가 신을 버선이나 만들어. 출발 전까지 딴짓할 생각은 추
호도 하지 말고."

입이 댓발 나온 만덕이 명주천을 멍하니 바라보았다.

"지금 우리더러 꿩을 잡으라고요? 갑자기? 왜?"

방만이 따지듯 물었다.

"금강산에 간다잖아, 만덕이가."

양춘이 대수롭지 않게 대답했다.

"아니, 그러니까요. 만덕이가 금강산에 가는데 왜 꿩이 필요하냐고요?"

방만은 아침 댓바람부터 산에 끌려와서 갑자기 꿩을 잡아오라는 양춘의 말에 벌컥 화를 냈다.

"천둥벌거숭이 같은 애가 보통 아녀자들처럼 얌전히 금강산을 구경하겠냐? 이리저리 들쑤시고 다니면서 풀이나 꽃도 구경할 테고, 호기심이 발동하면 눈이 뒤집어져서 위험천만한 곳을 제멋대로 오르내리지 않겠냐고."

양춘의 어조가 간곡해지고 있었다.

"그건 그렇죠. 어려서부터 늘 가보고 싶어 하던 곳이니까요. 금강산은 기암괴석(奇巖怪石)이 많아 절경이라고 하던데……설마 거길 막 올라가지는 않겠죠?"

육손이가 걱정스럽게 말했다.

"당연히 올라가고도 남을 애지. 기억 안 나? 송엽주 만든답시고 절벽에 있는 소나무까지 오른 애 아니냐. 그러니까 위험천만한 짓을 못 막을 바에야 차라리 몸보신을 시켜서 보내는 게 낫지. 나 꿩엿 만들어야 돼. 그러니까 잔말 말고 꿩 잡아와."

양춘이 꿩코(꿩 잡는 올가미)를 툭 던지며 말했다.

"아, 꿩엿……."

꿩엿이라는 말에 심기가 불편했던 방만도 금세 태도를 바꿨다.

꿩엿은 차조로 지은 밥에 엿기름을 넣고 삭힌 뒤 꿩고기를 넣고 졸인 엿으로, 탐라 백성들이 겨울철에 보양식으로 먹던 음식이다. 특히 바닷가 마을에 비해, 산 근처에 사는 사람들은 겨울철이 되면 먹을 게 마땅치 않았다. 그러다 보니 한라산 중턱에 지천으로 서식하는 꿩은 산마을 사람들의 주요한 식량이 되었고, 꿩을 이용한 음식들이 생겨났다. 가을걷이가 끝나고, 겨울철 농한기에 접어들면 사람들은 꿩사냥에 나섰다. 주로 꿩이 지나는 길목에 꿩코를 설치해서 꿩을 잡았다.

평생 술독 주변에 얼쩡거리는 뱀이나 쥐를 잡았던 양춘에게는 온갖 종류의 덫들이 있었다. 그리고 마침 오늘은 든든한 사냥꾼들까지 있으니, 그는 더할 나위 없이 기분이 좋았다.

반면 그날 꿩코에 걸려들지 않는 꿩을 기다리다 지친 육손이와 방만은 맨손으로 꿩사냥에 나섰다. 겨우 한 마리씩을 잡아 체면을 살린 두 사내는 나이를 어디로 처먹었길래 겨우 요것밖에 못 잡았냐, 구십이 다 된 자신도 댓 마리는 잡았을 거라며 잔소리를 해대는 양춘을 뒤로한 채, 평상에 드러누웠다.

죽은 듯이 뻗어서 자던 두 사내는 밥때가 넘도록 일어나질 못했다. 고령의 양춘이 이날 실컷 부려먹은 이 두 사내도 칠십 세가 다 되어 가는 쭈그렁 하르방들이라는 사실을 의식하는 이들은 아무도 없었다.

이들에게 사십이 훌쩍 넘은 만덕이 늘 꼬마이듯, 이 두 사내도 양춘에게는 그저 철없는 사내아이들에 불과했으니까.

그날 밤, 만덕은 오랜만에 문갑에서 빨강 댕기를 꺼내 들었다.

어릴 적 아방이 뭍에서 사다준 빨강 댕기는 만덕이 소중히 여기는 보물이었다.

행여라도 없어지거나 닳을까 봐 문갑 속에 고이 모셔두고 있다가도, 문득 가족이 보고 싶은 날에는 어김없이 꺼내 들고 애틋하게 만지곤 했다. 그러면 어렸을 적 댕기를 매주고 환하게 웃었던 어망과 아방의 얼굴이 선명하게 떠오르곤 했다.

"아방! 어망! 저 내일 한양에 가요. 임금님이 사시는 궁궐에 가고, 금강산에도 가게 되었어요. 임금님이 탐라 백성들 살려줘서 고맙다고, 제 소원을 들어주신대요. 게다가 임금님이 제게 관직도 하사하셨다니까요. 정말 꿈을 꾸고 있는 것 같아요. 탐라 밖 세상이 어떨지 너무 궁금해서 지금 잠도 잘 안 와요. 그런데 제가 혼자 한 일이 아니잖아요. 혼자만 가게 돼서 서운하기도 하고 죄송스럽기도 해요. 그분들이 없었다면 제가 무슨 수로 객주를 운영했겠어요? 그분들이 없었다면 제가 무슨 수로 그 많은 돈을 벌 수 있었겠어요? 그분들이 없었다면…… 제가 무슨 수로 탐라 백성을 살릴 수 있었겠어요? 제 삶에 봄

볕 같은 분들이 찾아와 주신 덕에 제가, 아니 제 삶이 한순간도 한스럽지 않았던 거 같아요. 아방, 어망! 듣고 계신 거죠? 두루두루 재미난 구경하고 올 동안, 우리 식구들 좀 꼭 보살펴 주세요. 제가 없는 동안 너무 적적하지 않으셔야 될 텐데, 그게 걱정이에요."

이불 속에서 오랫동안 중얼대던 만덕은 빨강 댕기를 손에 쥔 채 잠이 들었다.

어슴푸레한 새벽녘.

정화수를 앞에 두고 서 있는 여인의 뒷모습에서 간절함과는 사뭇 다른 감정이 배어나고 있었다. 월향은 방만이 뭍으로 갔을 때 오로지 그의 무사귀환만을 빌고 또 빌었었다. 굽힌 허리가 휘어질 듯하고, 추위에 손이 곱아질 때까지 입속에선 '살려달라' '지켜달라'는 말만 되뇌이고 있었다.

그러나 지금 그녀는 전혀 다른 것을 빌고 있었다. 웬일인지 그녀는 만덕의 무사귀환 따위를 빌지 않았다. 그건 당연히 이루어질 거라는 확신이 그득그득 차올랐기 때문이다. 대신 그녀는 만덕이 왕 앞에서 제발 성질 좀 죽이고 다소곳하게 해 달라는 생뚱맞은 소원을 빌고 있었다.

그간 어찌저찌 노력해서 만덕의 다소 귀염성 있는 얼굴을 되찾아놓긴 했으나, 그녀의 성질머리마저 손 볼 수는 없었기 때문이다.

한참을 중얼거리며 빌고 있는데, 정지에서 들리는 덜그럭거리는 소리가 월향의 신경을 곤두서게 했다.

제 한 몸 추스르기도 벅차 보이는 노인이 작은 단지를 소중히 부여잡고 꿩엿을 담고 있었다. 안 그래도 평소 단 것이라면 사족을 못 쓰던 만덕이 먼 여정에 입이 궁금할 때마다 실컷 퍼먹으라고 커다란 숟가락까지 단지에 대롱대롱 묶어두었다.

그간 밤늦도록 꼬아 만든 짚신을 한가득 챙기는 손길도 있었다. 육손이는 기암괴석을 오르내리면서 발바닥에 불이 날 만덕을 위해 등잔 기름이 바닥나도록 짚신을 만들었다.

방만은 어젯밤 한숨도 자지 못했다. 그간 한양과 탐라를 숱하게 오간 그는 아무리 왈가닥이라고 해도 분명 여인인, 만덕이 그 험한 뱃길을 어찌 다녀올까 싶어 걱정이 이만저만이 아니었다. 불안한 마음에 벌떡 일어난 그는 창고에 굴러다니는 작은 통나무를 방으로 들여왔다.

툭툭, 쓱쓱, 싹싹.

방만은 나무를 깎고 다듬으며, 옥돔 모양의 작은 목각인형을 만들고, 줄을 매달아 목걸이를 만들었다. 이곳저곳 망아지 마냥 신이 나서 다닐 때, 쉬이 끊어지지 않도록 가죽끈을 사용했다.

옥돔은 보통 수명이 삼십오 년이 넘어, 작은 물고기치고는 매우 오래 사는 어종이었다. 그래서 예부터 탐라 사람들이 행운과 장수를 가져다주는 물고기로 귀히 여겨, 생일이나 회갑연 등 경사스러운 날에 꼭 빠지지 않고 상에 오르는 어종이기도 했다. 방만은 이 작은 옥돔 인형이 만덕의 긴 여정에 행운과 안전을 가져다주길 빌고 또 빌었다.

밤새 걱정하느라 눈이 시뻘게진 늙은이들의 심란함을 알 턱이 없는 만덕은 입이 찢어져라 하품을 하며, 밝게 떠오른 햇살에 마냥 들떠 있었다.

월향의 눈부신 활약으로 매꼬롬하고 윤기 나는 얼굴을 되찾은 만덕은 몰라보게 예뻐져 있었다. 깔끔하게 풀까지 먹인 옷을 차려입은 만덕이 문을 부술 듯 열어젖히고 나왔다. 그녀가 댓돌에 막 발을 내리려는 찰나, 육손이가 다가와 새 신을 신겨주기 시작했다.

"만덕아, 늘 조심해야 한다. 위험한 곳은 애초에 오를 생각 말고."

육손이가 잔잔한 음성으로 말했다.

"예, 아즈방. 걱정 붙들어 매세요. 제가 무슨 어린 애도 아니고……."

만덕이 방긋 웃으며 대답했다.

"아이, 참. 빨리 서둘러. 안무사님보다 늦게 도착하면, 그게 웬 버르장머리 없는 짓이냐?"

방만이 꾸물거리는 사람들을 향해 소리쳤다.

방만의 재촉을 무시한 채, 이번엔 양춘이가 만덕에게 다가와 작은 단지를 건넸다.

"출출할 때마다 조금씩 꺼내 먹어라. 그렇다고 입에 한가득씩 넣고 처먹지는 말고. 숟가락 어디다 뒀는지 홀랑 까먹을까봐 손잡이에다 매달아 놨다. 옛다."

"우와! 하르방. 이거 꿩엿이에요? 흠흠, 냄새가 기가 막히네요."

만덕은 대롱대롱 매달려 있는 숟가락을 보자, 눈물이 왈칵 쏟아질 뻔했다.

"서두르라니깐!"

방만이 씩씩대며 다시 재촉했다.

"방만아, 너도 줄 거 있지 않아?"

방만이 뚝딱거리며 만든 물건의 정체를 이미 알고 있던 육손이가 방만의 옆구리를 찔렀다.

"자, 이거 받아라."

육손이의 채근에 방만이 어색하게 옥돔 인형을 건넸다.

"어머! 너무 귀여워요, 아즈방. 아이고, 앙증맞아라."

만덕이 호들갑을 떨었다.

"맘에 들면 한번 목에 걸어 보든가."

방만이 눈을 흘기며 슬쩍 권했다.

"오라방. 그거 나도 하나 만들어줘요. 꽤 이쁘네."

월향마저 방만이의 솜씨를 추켜세웠다.

그렇게 투닥거리며 도착한 바닷가엔 너무나 황.송.하.게.도 안무사님께서 미리 도착해 있었다.

"아이쿠, 진짜 안무사님이 먼저 와 계시네. 왜 쓸데없이 저렇게 부지런을 떠시는지⋯⋯."

뜨끔해진 만덕이 대충 둘러대며 말했다.

"저, 다녀올게요. 저 없는 동안 아프지 마시고, 모두 건강하셔야 돼요."

만덕은 꾸벅 인사를 하자마자 뒤도 안 돌아보고, 급히 현욱의 뒤를 따라가 버렸다. 자신의 든든한 보호자들을 더 보고 있다가는 눈물이 쏟아져 내릴 것 같았기 때문이다.

"짱구 돌아올 때까지 나⋯⋯ 살아있겠지? 저 망나니가 금강산이랑 한양 땅 좋다고 영영 안 돌아오는 건 아니겠지?"

만덕의 뒷모습을 보던 양춘이 중얼거렸다.

"아이고, 걱정 마셔요 아즈방. 아즈방은 백 살까지 사실 테니까. 그리고 만덕이는 꼭 돌아올 거예요. 밀물이 밀려오듯 그렇게 당연스럽게."

"그렇지. 바다를 닮은 아이, 그게 우리 만덕이니까."

육손이가 '우리'라는 말에 힘주어 말했다.

"짱구야, 빨리 와라! 벌써 보고 싶다."

416

방만의 갑작스런 고백 조 어투에 모두들 눈을 동그랗게 떴다.

그리곤 누가 먼저랄 것도 없이 모두 입가에 손을 대고 까르르 웃으며, 소리치기 시작했다.

"안 돌아오면, 우리가 찾으러 갈 거다, 이놈아!"

양춘이가 지팡이를 사정없이 휘둘러대며 소리질렀다.

"그래, 빨리 오렴. 아프지 말고."

"소원 성취했으니, 실컷 놀다 오거라."

떠나는 배를 향해 손을 흔드는 구부정한 노인들 위로 눈부신 햇살이 내리쬐었다.

참고 문헌

1. 옛 문헌

『논어(論語)』

『조선왕조실록(朝鮮王朝實錄)』

『경국대전(經國大典)』

『홍재전서(弘齋全書)』

『승정원일기(承政院日記)』

『일득록(日得錄)』

『비변사등록(備邊司謄錄)』

『청장관전서(青莊館全書)』

『제주풍토기(濟州風土記)』

『한중록(閑中錄)』

『규합총서(閨閤叢書)』

『신증동국여지승람(新增東國輿地勝覽)』

2. 논문 잡지 및 단행본

레이첼 카슨 지음, 김홍옥 옮김, 『우리를 둘러싼 바다』, 에코리브르, 2018.

한승철, 「제주 여성 유통 물류인으로서의 김만덕의 성공 요인 탐구」, 『제주발전연구』
　　　　제18호, 2014.

양진건, 「제주도의 또 다른 문화 들여다보기-제주 유배 문화」, 2013.

장경희, 『의궤 속 조선의 장인』, 솔과학, 2013.

유승희, 「조선후기 한성부 무주택자의 거주 양상과 특징-차입, 세입의 실태를 중심으로」,
　　　　『한국민족문화』, 제40호, 2011.

안대회, 『조선을 사로잡은 꾼들』, 한겨레출판사, 2010.

노혜경, 노태협, 「경상과 송상의 상거래 유통망에 관한 비교연구」, 『경영사학』
　　　　제25집, 2010.

김오진, 「조선시대 제주도의 기상재해와 관민의 대응양상」, 『대한지리학회지』
　　　　제43권, 2008.

정경희, 「제주의 관모 공예」, 『제주도지』 제7권, 2006.

정연식, 「조선시대 기역의 실태」, 『국사관논총』 제107권, 2005.

권내현, 「조선 후기 입양의 시점과 범위에 대한 분석」, 『대동문화연구』 제62집, 2003.

진태준, 「제주도 민간요법」, 『황제의학』 2권, 1977.

진성기, 『남국의 민속놀이』, 홍인문화사, 1975.

신영훈, 『한옥과 그 역사』, 동이문화사, 1975.

3. 기타 자료집

디지털제주문화대전

한국민속대백과사전

증보제주어사전

『제주의 문화재』, 제주도, 1998.

『제주의 전통문화』, 제주도 교육청, 1996.

『제주의 민속-세시풍속』, 제주도, 1993.

조개는 그런 존재란다.
불쑥 찾아든 '불청객'을 '진주'로 탈바꿈시키며
자신의 생을 빛나게 만들어내고야 말지.
유난히도 조개를 좋아하는 아이야.
바다를 닮은 네가, 네 삶에 불쑥 끼어든 '불청객'조차
아름다운 '진주'로 만들어갈 수 있길 간절히 빌어본다.
생명을 귀히 여기는 바다의 염원을 담아…….